神木往事

王万刚　王振强　著

中国民族文化出版社

北 京

图书在版编目（CIP）数据

神木往事 / 王万刚，王振强著. -- 北京：中国民
族文化出版社有限公司，2025.1
　　ISBN 978-7-5122-1809-3

　　Ⅰ. ①神… Ⅱ. ①王… ②王… Ⅲ. ①长篇小说-中
国-当代 Ⅳ. ①I247.5

中国国家版本馆CIP数据核字（2023）第205064号

神木往事

Shenmu Wangshi

作　　者　王万刚　王振强
责任编辑　郝旭辉
责任校对　孙　洋
出 版 者　中国民族文化出版社　地址：北京市东城区和平里北街14号
　　　　　邮编：100013　联系电话：010-84250639　64211754（传真）
印　　装　武汉鑫佳捷印务有限公司
开　　本　145 mm×210 mm　32开
印　　张　9.875
字　　数　267千字
版、印次　2025年1月第1版第1次印刷
标准书号　ISBN 978-7-5122-1809-3
定　　价　88.00 元

自序

　　人生"三部曲"第一部《神木往事》，经神木市委宣传部选送、榆林市委宣传部审阅同意立项资助后，即将付梓。我外甥王振强对本部回忆录反复修改，润色，他利用一切可利用的时间裁枝剪叶，去粗取精，尽了最大的努力，使本书能尽早与读者见面。怎么感谢？谁让他是我的亲外甥呢。

　　我算不得天才，学历也不高。两个月前外甥捎书信来，让我给这本书写篇序言，这给我出了一个难题，写什么呢？我左思右想，不管怎么样还是勉为其难写吧。既是总结与感谢，也是鞭策与希望。

　　要点出全书的经脉，在我看来，可以用两个字概括——忍耐。父母亲忍耐了多次失去亲人的悲痛，忍耐了年复一年的饥寒交迫，也忍耐了追求过上好光景的重重阻碍、巨大压力，更忍耐了好生活背后他人的闲言冷语。这忍耐是希望、力量和责任的代名词。

　　《神木往事》的主要篇章由"我"讲述父母的往事。这往事记的是真情实感，写的是命运与亲情，以及父母寻求幸福而遭遇的苦难。这往事历历在目，我追忆起来依然激动、悲伤和悔恨。更重要的是让读者通过阅读，在往事的追忆中总结经验，不忘初心，汲取教训。

　　开始写作回忆录时，我有一个心理建设的过程，要经过深思熟虑。

　　2005 年，是我离开教育界的第三个年头。那时，每当看见父母亲老两口满脸的皱纹和黝黑、扁长、长满老茧的双手，我就产生了无穷无尽的回忆和满腹的辛酸苦痛。他们在极为艰辛的年代出尽了牛马力，流尽了人间汗。事到如今，我如何去报答他们？想来也容易，生活富足早不是老两口的奢求了。他们盼的是陪伴、团圆，弟兄、妯娌、子孙围坐他们身边和睦相处，喜笑颜开，他们就知足了。父亲不知在我面前说过多少次，他什么也不愁，最担心的就是我们弟兄几家像有的兄弟姐妹因钱搞得乌烟瘴气。我也多次向父亲表态："你放心，有我在，这个大家庭肯定会和睦相处。"我发誓要把老两口在穷山恶水的黄土地上留下的最宝贵的精神财富——勤、俭、慈、善、闯——传承下去，将苦苦挣扎拼搏的印记铭记心中，并作为行动的源泉和生存的灯塔，那么我们这个家族就有了希望。

可当我把从父母那里耳闻目睹的故事讲给孩子们听时，却得到这样的回答："爸爸，这已是过去的事了，这个年代不谈过去，好吗？"

我纳闷儿了，沉默了，怎么回答他们？是的，生活好了，拿过去吞糠咽菜、补丁摞补丁、艰辛劳作的生活给他们唠叨，意义在何处？我和这一代的沟通真的很难。可我不死心，有句话说得很好：想回到过去，那是没有头脑，而不怀念过去，那是没有良心。

我想将这些真实的故事，一个个犹如传家宝，一代代传承下去。

2006年，我独自创业已站稳脚跟，在神木县城开设了五处中小型宾馆，并在朋友的煤矿、酒店、煤化工企业有些股份，可算小有成就。时下，榆林市有政界、商界的人士开始为家人、族人撰写回忆录和家谱。我的心潮开始起伏，将自己的想法告诉了挚友，他给我鼓劲打气，并愿意免费找一位专业作家以此为题材进行创作。可后来因生意繁忙，又搁置了。

2010年春末夏初，父亲突发脑出血，住院治疗一月有余，总算好转。可留下了后遗症，说话迟钝，行动不便。当时，我后悔没早点儿动笔写父母亲。之前父亲就提出想到北京看看，我想满足父亲提出的最后一次要求，可父亲年事已高，行动也不方便，也没实现。我还算个儿子吗？

我有时彻夜难眠，想的很多，老是想到父亲经常开导我的一段话："钱有多少为够？够花就行了。我们需要钱，但它不是主要的，更不是重要的。你妹为了钱，跑出租车遇害；卡林跑客车也为了钱，每天让我们老两口的心吊在树柯权上；你又有病还在为钱忙碌，你们能不能让我俩安宁一天？"

我们需要创建一个幸福、美满、和睦的家庭。爱国将领林则徐也说过："子孙若如我，留钱做什么？贤而多财，则损其志。子孙不如我，留钱做什么？愚而多财，益增其过。"

"我们需要钱，但它不是主要的。"这句话又让我更加揪心。我每年近百万收入，何苦在病魔缠身之际还开设投资公司？为什么不能陪在父母身边让他们安度晚年？那时，我们弟兄三个可以说什么也不缺了，只缺了两个字——陪伴。

我利欲熏心，无法超然，而能超然地面对一切的是我的父母。父亲说话迟钝、行动不便的几个月里，只要我去看望陪伴，父亲总是说："能活这么大岁数，真是谢天谢地了。"他还说："不后悔自己走过的一生，虽前半辈子受尽了苦，可后半辈子享尽了福，儿孙满堂。"怎么会不后悔呢？可他还是以感恩的心境超然面对死亡。

2011年春节马上要到来的时候，父亲旧病复发，全身瘫痪，失去语言表达能力。节后几天，经全力抢救，终因心肺功能衰竭离开了我们。

当时，我就打定主意，一定要将父母一生一世勤、俭、慈、善、闯的优良品德写成一本书，留给下一代。或许是上天有眼，对我这不孝子的惩罚，兜兜转转，终于能安下心来著书立传。

原计划不超过三十万字，当我写了近五万字时，拿给我的三个儿女，看后，他们说："爸，您写得太精彩感人了，犹如电视连续剧中的动人片段，我们流了不止一次泪水。您写吧，我们支持您。"

儿女们的支持，是我的精神支柱和动力源泉。写吧，我决心已定。我要将上至爷爷、奶奶、父亲、母亲，下至我们两口子的坎坎坷坷经历写出来，这经历不能有一点儿浮夸虚构，完整铸成一套人生"三部曲"。之后的岁月里，写作成了我生活下去的动力，哪怕病魔摧残我的身体，但我依然保持乐观的态度，硬是利用各种空余时间完成了这部书的手稿。

2023年初，我收到出版社的返稿。仔细阅读后，发现其中还有许多有待完善的地方。于是，我每天克服身体上的不适，居住条件的恶劣，做了大幅增删，删除了冗余的句子和内容，加入遗漏的故事情节，同时调整人称。

对我的亲外甥，大舅非常感谢你，发自内心地对你说：书里包含着你的心血，寄托着你的珍爱。

《神木往事》即将付梓，激动之情难以言表。盼望印刷的铅字能准确表达出我的初衷。我没有多少时间去构思搭架，三年五载与亲人、友人并肩前行中，会看到曙光。

王万刚
2023年写于榆林

目录

CONTENTS

我常常想，一个人在世上做的最有价值的事是什么？一个人在生活中最让人钦佩的是什么？让人终生奋斗不已、始终不倦的又是什么？除非读书学习，再别无选择。因为一个人将业余时间用来读书学习，知识就会源源不断地融入人生中，将人生奉献给事业和梦想，事业和梦想就会循着人生的旋律而变为现实。将事业和梦想装在胸中，心胸就会变得海阔天空，生活就会多姿多彩，富有诗意。

古今麟州得天独厚 千年枣树名副其实

陕西省神木市坐标北纬38°13′至39°27′、东经109°40′至110°54′，位于河套之南，陕西北部，在遥远的古代，就是各民族游牧栖息的好地方。境内的石峁遗址，雄踞黄土高原北部、毛乌素沙漠南缘，经碳14测年并辅以其他方法，确定是距今有4000～4300年的石砌城址，是目前我国发现的最大的史前城址，入选了国家考古遗址公园。神木名称的由来，据道光《神木县志》记载："县东北杨家城，即古麟州城，相传城外东南约四十步，有松树三株，大可两三人合抱，为唐代旧物，人称神木。金以寨名，元以名县，明代尚有遗迹。"在唐开元时称麟州，宋朝改为神木寨。神木两山雄峙，三水环流；南卫关中，北屏河套；左扼晋阳之险，右持灵夏之冲，实为榆塞上游边陲重地。神木城前有窟野河，亦称屈野河，沿城流经，向南绵延百余里注入黄河，是神木人民的"母亲河"。

1925年寒假，神木南乡的王兆卿等人开展宣传工作，控诉帝国主义罪行，抨击时政，宣传新思想。王兆卿回到家乡沙峁王家坬村搞农村调查，在沙峁菜园沟的学校和集会上宣传马列主义进步刊物。他在王家后坬、王家庄、沙峁等村建立了农民协会，为后来神府根据地的建设奠定了思想和组织基础。1926年，从北京、太原等地回神木的学生在庄植亭家和铧山庙举行了党员、团员会议，成立了临时党组织，介绍革命形势和进步书刊，如《新青年》。1927年，神木第一个党支部——中共神木第一高级小学支部正式成立，书记王季明。1928年3月，中共陕北特派员杜衡来到神木，建立了神木城关区委，书记杨林。1932年，神木南部开始建立神府革命根据地。1936年，建立神府特区苏维埃政府。1947年，神木县城解放，建立新的神木县政府。

中华人民共和国成立以后，1950年神木县、神府县两县合并为神木县，属榆林专区。1958年，将府谷县并入神木县，府谷县改为府谷镇。1961年，神木、府谷又分为两县，同属榆林地区。

改革开放以来，神木县令人印象深刻的事件可不少：2009年，神木县因推行全民免费医疗入选"2009年陕西十大新闻"；2010年，中国产业发展大会授予神木县"中国产业发展能力百强县"称号，同年，神木跨入全国百强县前50行列，位列第44位；2012年，神木县被中国粮食行业协会命名为"中国黑豆之乡"；2013年，神木石峁遗址入选全国十大考古新发现，同年，高票入选"世界十大田野考古发现"；2017年，榆林市第一个县级市、国家20年后重启撤县设市工作后全国首批6个获批城市之一——神木市正式成立……

枣树圪村位于神木市的中北部，枣树圪村的村名不是徒有其名，是名副其实的。细细思索枣树圪村村名的由来，枣树二字无疑是点睛之笔，村子里最具代表性的事物就是枣树。父辈们一代代人爱护呵护枣树，他们的言语仍犹在耳，家乡的枣树繁衍力之强、数量之多，周边村镇也是罕见的，且树身树头又粗又高，与别处的大不相同。

据村里老人们讲，很多年以前，村子里羊路石畔一带以及对面圪梁①整个斜坡枣树成荫，有成百上千棵枣树。它们不惧地形恶劣，不怕土壤贫瘠，哪里能扎下根，它们就不停地冒出来。村周围道道

---

① 圪梁：山梁，光绪《米脂县志·风俗志》记载，"俗称山脊曰圪梁"。

梁上、道道斜坡上，它们兀自矗立生长，形态千奇百怪，一个个张牙舞爪地朝上生长。它们生长全凭顽强的生命力，从天而降的甘露是它们唯一的水源。因此，这里的红枣不可与水地红枣相媲美，含水含糖量低于马镇、万镇两个乡镇的红枣，果粒也比这些地方的红枣小。但它们色泽鲜艳，香甜可口，咬上去坚硬无比，甜美却超过水地大红枣。在忍饥挨饿的年份，它们比黄金都要珍贵。

村名来源于村里枣树数量和红枣质量，只是一种说法。此外，还有另一种说法。传说村里王长留家门前有棵千年酸枣树。他的记忆中，乃至他父亲、爷爷的记忆中，千年酸枣树老皮纵横，经历了千年的风风雨雨、严寒冰霜，却依然傲然挺拔，屹立在大门口一动不动。它的枝叶部分生龙活虎，实则不再生长繁盛。部分枝条干枯，无人剪枝去枝，浇水施肥，犹似母亲的银发，添加了几分辛劳的痕迹，可不会脱落一丝。

每年深秋，酸枣挂满枝头。它结出的酸枣颗粒小肉质极薄，色泽深红，口味酸中含甜。酸枣是一种治疗失眠的良药，但因其价格低廉，人们懒得管理保存。每年成熟后，稍有风吹草动，酸枣便大雨倾盆般散落一地。村子里怀孕的青年女性有时想要吃点酸的会品尝一下，还有孩子们，抢捡满地的酸枣玩闹，兴奋地嬉闹咀嚼，但大人们是不会碰的。他们只是时常三五聚集，站在它的附近，追寻远古的足迹。整个陕北，乃至全国的酸枣树不可与它媲美，它光秃秃的躯干约五米高，腰围有一米粗细，它承载着千年万年的记忆以及远方游子浓浓的乡情。

几万年前，这里可能是一片汪洋大海，鱼龙混杂。宋朝沈括《梦溪笔谈》卷二十四写着："予奉使河北，遵太行而北，山崖之间，往往衔螺蚌壳及石子如鸟卵者，横亘石壁如带。此乃昔之海滨，今东距海已近千里。所谓大陆者，皆浊泥所湮耳。"黄炎培的回忆录《八十年来》写道："六千万年前蒙古南部是海，一般称戈壁，地下都是水，有的地面以下几丈就是。海陆变迁在这一片辽阔的大陆发现、证实了。"陕蒙界发现土龙骨，其他骨头不知是不是几万年前的牛马化石，但牙齿化石有三厘米多长、两厘米宽，可见这种动物之大之凶，远超其他猛兽。

　　沉睡几万年的陕蒙侏罗纪丰富的优质煤炭资源，和家乡的土龙骨纵横交错在一起，不难看出北方的远古时代景色，人类的繁衍经历了多少年的抗争和演变。枣树圪村如此之粗之高的酸枣树，又何止经历了千年的风风雨雨。

第二章

风水宝地繁衍人丁 二龙戏珠鬼神莫闯

常言道："地善则苗盛，宅吉则人荣。"

枣树圪村整座村庄坐落在东南高、西北低的黄土阳湾，它背靠蜘蛛山，怀抱对面梁、前合峁，由高渐低，起伏不平。老人们称之为土龙头。蜘蛛山背后的寨则畔长似一条巨龙，腰尾连绵，气势宏伟。祖祖辈辈相传这前合峁、寨则畔犹如两条卧龙，同蜘蛛山的观音殿、龙王庙合为一体，老者名曰："二龙戏珠"。龙王庙建造于嘉庆二年（公元1797年），观音殿建造于嘉庆四年（公元1799年），至今已有近230年的历史。前合峁和寨则畔的西端，巨龙的两头遥相呼应，气势雄伟，牛鬼蛇神见了胆战心惊，休想靠近。

据家谱记载，两百多年前清朝道光年间，王氏家族王子国带领侄子王现仓从山西兴县菜家会沙盆洼村移居陕西。王现仓携妻于道光期间迁居枣树圪村，距今已有两百年历史。想必他看上老家之美，这块风水宝地繁衍了王氏家族五大门。

家谱记载，早在元代时期就有人在此定居，距今近八百年历史。是否只有王氏一脉，是否还有他姓，至今无从考证。听老者说，村中目前有王、纠两姓，纠姓族人在此处定居时间更短，那元代之人因何而走？无定论。

王氏一族的祖宗，当初选此地建宅安息，一定是位不出世的堪舆高手。先祖们住在了避风向阳、二龙戏珠、上天保佑的黄土地平坦地段，相比其他贫瘠的地方，这里地质肥美，千年酸枣树从石缝中傲然生长，井沟里有四五处泉眼，流水潺潺，清澈的泉水足够人畜饮用。居地人杰地灵，脚下流水，占尽了风水堪舆追求的天地之势。又因所依两山来脉久远，起伏蜿蜒，而成为宅基的"生气"来源，使整个村子成为绝佳的藏风聚气之地。

枣树圪村从古代到近代的住所建造，以东高西低的走势为圣，以土窑洞接石头细面口子与石窑洞交错纵横的方式挖筑修建。窑洞高低大小深浅不同，但错落有致，每家每户几乎连为一体，大有族人团结一心、奋力拼搏的气势。

村子共分三个地段，间隔不出百米，碾道阳湾上圪锣，新窑渠后渠尽相通。整个村子居住在"二龙戏珠"的露地之中，形成了纵横相应的"八卦之势"。

平心而论，人们怀念家乡，不亚于想念亲人。离开老家后，节日里祭祖上坟，非回村子看看不可，那塌墙破窟窿，那破烂不堪的红胶泥窑洞，是生养他们的所在，只有跟前回味一番，才觉心中踏实。

老家的土地属于纯黄土地、胶泥地，几乎没有黄沙地。从村中出发，不费多少力气就可踏上嚎则梁，那里"二龙戏珠"的尾部交织起来，可以把肥沃土地尽收眼底。眺望东北方向国营万亩林带，与村地界牙树塌紧密相连，一望无垠。西南、西北方向，"二龙戏珠"的腰背蜿蜒起伏，层层梯田错落有致。要是秋季在此驻足远望，一片五谷丰登的景象，给人一种心旷神怡的感觉。

在那十年九旱的二十世纪六七十年代，近二十年吃大锅饭，村里人虽吞糠咽菜，食不充饥，可比方圆二三十里地的其他十几个村子生活要好多了。村庄以东至南，厚实的黄土地，不用下多少功夫，就可修成一望无际的数千亩平展耕地，以及级数低矮的梯田。

村子里如今只住七八户人家，均已年过七十，虽老态龙钟，却老当益壮。他们用勤劳的双手，为在县城打拼的儿女们耕耘，喂猪，站羊^①。

　　本地种植的作物有谷子、糜子、豆类、土豆等。谷子碾下了深黄细软的小米，深红的糜子经铁锅一炒，碾出来的炒米香味十足。回味家里的五谷杂粮，纯淳味美，放眼眺望村里的一山一水、一草一木，使人顿感思绪万千。数百株古老的枣树枝繁叶茂，参天挺拔，大门前的千年酸枣树，巍然挺立，是枣树圪村名副其实的象征。

---

　　① 站羊：别作栈羊，在圈栈内或野外用优质精料饲养羊。

团结一心立业称侠　毒瘾难改命丧自家

　　枣树圪村是块神奇而贫瘠的地方，它距离黄河不足四十千米。一条条深浅不一的沟壑把黄土高原分割成条带状，像一条裙子在微风的吹动下，起伏绵绵，高低不平。在这光秃秃、赤裸裸的黄土地带之中，孕育着中华民族的优良风貌，弥漫着一种古老而神秘的文化底蕴。

　　站在老家的黄土地最高处，翘首相望，眼底尽收神奇的黄土色泽。枣树圪村古老的枣树成团簇状生长在沟壑中，生长在临村的斜坡上。一棵棵形状各异的酸枣树和粗细不一的红枣树拔地而起，枝条弯曲生长，密密麻麻的刺爬满全身，保护躯体在贫瘠的土地生存下去。村里的红胶泥窑洞，这院三孔那院五孔，错落有致，连成一片。那脑畔①上的酸枣树，经多年不停生长，已经倒挂下来，风吹雨打，烈日暴晒，可依旧活得有滋有味。秋季鲜红的果子挂满树枝，总是那么诱人。

　　肥沃的黄土地沉睡了，睡得一塌糊涂，萎靡不振，乃至进入死亡的深谷。春去秋来，那一块块坡地、一条条沟壑、一株株苍树、一层层梯田呈现出五颜六色的景观，如同现代美丽俊俏的女子，不知见证了多少春夏秋冬。村民们辛勤忙碌，春播秋收，眼见那地耕

---

　　①　脑畔：亦作"脑坢"，指窑洞的外顶。

了，绿了，黄了，收了，日日夜夜这样循环往复，无声无息，贫瘠的土地养活着一代又一代拼搏的人。黄色的苞米、豆子，红色的糜子，专门为养活黄皮肤的人顽强生长。也许几十年，甚至百年以后，土生土长的枣树圪子孙后代们，伙同有志投身开发这片热土的异乡人，将他们的心脏与这块热土同颤相连。这块土地会给他们胆识、魄力与勇气，会给他们智慧与财富，他们将在这块土地上获得希望，得到新生。

　　我的爷爷王侯旺弟兄五人，出生在这块神奇土地的红胶泥窑洞中。弟兄五人陆续出生，给这个家庭的兴旺奠定了强大基础。随着时间的推移，他们弟兄五人长得身强体壮，头脑聪慧。俗话说得好："龙生九子，各不相同。"祖辈们面朝黄土背朝天，积攒下了家业，我的爷爷们有的完美地继承了祖辈善良与豁达的胸襟，演绎了一段段悲欢离合、助人为乐的感人故事。有的则是误入歧途，染上游手好闲的恶习，最终酿成了恶果。究其原因，解放前社会混乱，人们生存艰难，有些不检点的，会吸食鸦片、赌博、逛窑子。他们虽没有读书，不会识文断字，可为人耿直，好打抱不平；生活作风虽然存在问题，可不能掩盖他们的侠义心肠，在村子里甚至方圆百里说一不二。周边村子一旦发生一些解决不了的事件或者纠纷，只要他们一出面调解就能平息。

　　五兄弟中老大即我的大爷爷，叫王侯图，是个畔坡山村的小财主，也是一个说一不二的好汉。他吃苦耐劳，敢于创业。当他看到家中人多地少，无法维持生计，便自告奋勇去离家五里的畔坡山开垦荒地，买地造田，另立门户。

　　大爷爷的儿女是我们追忆过去的纽带。他生子二人，女一人。老一辈虽没写家谱，可口头的字辈，我从小就记得清清楚楚："万、茂、子、忠……"先辈们将刚生下正在吃母亲乳汁期间给孩子起的名字叫"乃名"，即"奶名"。孩子们读书了老师或者父母亲给起的名字就叫作"官名"，预示升官发财。但这官名一代一代要排序，也就是人们说的排字论辈。同姓家族中，人们通过排字才能知道在家族中处于哪个辈分，相互怎样称呼。因此，爷爷弟兄五人的孙子，也就是我们这一辈排在了"万"字辈。大爷爷的大儿子王恩又生六子一女，老大奶名王存效，官名王万义。几个人官名依次是王万德、王万忠、王万清、王万真、郝志文（从小过继他人）。女儿名叫王翠爱，出嫁许家坪村。大爷爷的二儿子叫王有才，生一子名叫王兴，一女名叫王祥爱。

老二王宏则，即我的二爷爷，生子一人，名叫王改过。家族中以年龄排辈，王改过是父亲那一辈的大哥。因此我们这一辈叫他老大①。我们对他老人家的印象很深，他为人忠厚、老实、善良，说话不紧不慢，从不和村里人争执吵嘴。他跟我讲了很多他从小当长工，拉骆驼走内蒙古，去定边、安边、山西林县等地的故事。他育有一子三女，儿子王林林、大女儿王美人、二女儿王先美、三女儿王先先。三个女儿分别出嫁到沙渠、石堡墕、呼家台村。王林林是我们枣树圪这一代最大的一个，我本应该称他为大哥，可多年来一直叫林林哥。他和他父亲的性格相差不大，有一定的文化知识，说话通情达理，很讲究方式。几十年来，一直以种地为生，小日子过得很不错。

老三名叫王常份，是我们这一辈的三爷爷。他是十里八乡出了名的美男子，年纪轻轻娶了远近闻名的靓妹子，生活有滋有味。可惜，有的说他早年因病去世，没有留下儿女。有的说他1948年饥荒年饿死了。也有人说他当土匪被逮住枪毙了。不管怎么样，到现在也是个谜，但三奶奶姣好的容貌一直浮现在我的脑海，她洪亮的声音至今还时时回响耳畔。

---

① 老大：指伯父，《神木县志·方言志》："老大，伯父。"

三奶奶住在我家从东往西数第四孔窑洞中。那时村里有近三十户人家，一百三十多口人。村里六到十岁的孩子有二十多个，和我同年生的就有七个。当时村里没有学校，数十个孩子每天在一起玩耍，嬉闹。有时结伴来到我们院子里，若三奶奶不在，便在院子里叫吼打闹，声音洪亮。她若在院子里，就鸦雀无声，谁也不敢踏进院子半步。每年秋末酸枣成熟的时候，一群孩子跑到脑畔上摘酸枣，有的孩子拿起棍子狠狠敲打。酸枣、叶子、枝干哗哗啦啦落入院子，我们争先恐后抢着，嘴里不停地嚼着。

她老人家的脚不足三寸长，属典型旧时代缠脚女人，她已七十多岁了，走路拄着拐杖，追赶孩子们，拐杖点地，那咚咚的声响如同音乐的鼓点，很有节奏，又很接地气。她的吼声，对我们这些无事生非的孩子们的叫骂声，我们至今没有忘。她老人家孤身一人，守寡一生，独自生活，性情闲适，村里没人说她坏话。她对我们这帮调皮捣蛋的孩童，也是宽严相济，照顾有加，时常给我们一丁点儿干馍片、一块窝窝头吃。

老四名叫王侯旦，即我的四爷爷。据村里老者说，他没有后代，年轻时好抽大烟，好赌博。数十年前，四爷爷就住在我家四孔窑洞中最东边那一孔，窑洞地下左边有三个粮仓。四爷爷好赌，喜欢将村里和邻村的赌徒召集在家里。有时候不分白天黑夜，一连几天用宝盒子押宝。他是庄家出宝的，拿一块坐垫，坐在空粮仓里，后背靠仓隔墙，头上搭着一块布。宝盒子放在仓子里的一个小柜子上，仓子外面又有坐宝的人。这坐宝人一只手不停地挥动，口里不停地叫喊押定离手，催促十多个赌徒赶紧押注。这坐宝的眼睛始终盯着押注的地方和那些赢钱的赌徒，防止他们赢钱后偷奸耍滑溜走。宝出好后，他把盒子放在仓橼的柜子上，坐宝人每隔一会儿将手伸入仓橼的柜子上去拿宝盒。每次宝盒拿下来，赌徒们都议论纷纷。有的信誓旦旦说这次肯定是三，有的说好几次都是三，这次一定是一，众说纷纭。

一夜上百宝下来，宝宝都是三。那天晚上，坐宝出宝的赢了，四爷爷也赢了，天也亮了。可人们叫四爷爷分钱时，他一声不吭。有人走到仓橼前看见他原地一动不动地坐着，就是不回答他们的吼叫。胆子大的，伸手掀了一下，他早就僵直了。一个年纪轻轻大活人就这样断送了性命。过度兴奋而死？还是连续几天几夜地煎熬，疲惫而死？可能是后者吧，谁也不清楚。他死时的年纪多大，四奶奶情况怎么样，后来怎样处理的，没人讲得清楚，有一点肯定，四爷爷死了，四奶奶和三奶奶一样守寡了。

我爷爷王侯旺排行第五。五兄弟中，爷爷年轻，也没经历过多少世面，惯有江湖义气和好交友的性格。也许是受四爷爷好赌的影响，或者是他影响了四爷爷，或是有人诱惑了他俩，没人知晓。但他们参赌好赌是远近闻名的。

那年分家时，爷爷兄弟五个每家也分到了六七垧土地，折合约十三四亩。枣树圪村属于纯山区，这里山大沟深，十年九旱，遇到干旱吃水也很困难，水地很少。四爷爷和我爷爷两兄弟比较年轻，不会勤俭持家，总是挥霍无度，而且又沾染上赌博的恶习。我奶奶因为爷爷赌博成天跟他怄气，苦口婆心劝诫他，戒掉赌博吧，十赌九输，哪有靠赌博致富的呀！但是，他根本听不进去，甚至有时候火爆脾气起来，对奶奶不是骂就是打。如今我仔细回味，父亲的火爆脾气也许是遗传了我爷爷的基因，也许是和农家人没有受到良好的家庭教育有关。我爷爷受不了农村人没日没夜劳作，一天天只知道赌博，分得的家产土地不知不觉中几乎被变卖光。

第四章

香火已续行径不敛 寻欢作乐总会报应

1929 年农历腊月二十三，我父亲出生了，他的出生给这个家庭带来了无比的喜悦。爷爷从接生婆手中接过父亲，父亲在他的臂弯里尖声哭闹。他也不管，只是盯着父亲傻笑，满脸不可思议。奶奶身体已经很虚弱，脸色煞白，勉强支撑身体才避免昏睡过去。第二个儿子的来临令爷爷十分高兴，他终于松了一口气，王家的香火总算又续上了。大小子王齐台身体虚弱，总是咳嗽，一副病恹恹的模样，让爷爷很是担心。据此，他给心爱的小儿子特意起名叫王喜台，以纪念特殊的时刻、特殊的日子、特殊的人儿。

父亲跟我不知多少次讲过关于这个家庭的不幸，他生怕我会忘记这个家庭遭受的种种苦难。他一有时间便跟我讲述过去的故事，目的就是让我珍惜眼前的幸福生活，珍惜来之不易的读书机会，希望有朝一日可以跳出农门，成为一个公家人，为建设祖国做出贡献。

父亲有三个姐姐，一个哥哥。但大伯身体瘦弱，连年疾病拖垮了身子。父亲出生前，他病情加重，没过多久便离世了。延续王家香火的任务，落在奶奶的肩上。三个姑娘满足不了长辈们的愿望，也堵不住众人的嘴。父亲的到来，让所有人心中的一块大石头落了地。按理来说，他在家中排行最小，又有父母和三个姐姐的照顾，童年应该过得幸福，可实际情况刚好相反，反而是年纪轻轻的父亲扛起了养家的重任。

早在陕甘回民起义之前，鸦片已经开始祸害陕西。因清政府需要陕西供应军费，所以对鸦片的种植予以默认，陕西很快便成了中国北方最大的鸦片生产基地。民国时期战乱不止，民不聊生，种植洋烟成了致富的好门路。当时在陕北各地，设有烟市，每至夜晚灯火万点，都是吸鸦片者所燃。当时，鸦片甚至成了硬通货。

农民遭受地主的压迫，还要缴各类繁重的税费，生活困难，许多家庭无法维持基本生存，女子到了十二岁左右就要找人家嫁出去，有的迫于无奈或者其他原因，五六岁、七八岁的时候就被送到婆家当童养媳或者定下娃娃亲，很少有人家将女儿养到十六岁以上。十六岁还未出嫁的姑娘，会成为人们茶余饭后议论的老女人，是一件非常丢脸面的事。父亲出生的时候，三个姑姑（父亲的三个姐姐）都已经定下人家，她们在家帮忙耕种，只等到年龄，男方前来接她们到婆家去。

总体说，三个姑姑嫁人还算幸运，虽都嫁在了农村，但按当时的条件来说还算富裕。大姑找在距离家二十里的王家畔村，二姑找在距离家二十五里的庙梁村，三姑找在同样距家二十五里的单岔村。家里穷，也没有什么陪嫁，看对一家好人家就嫁过去，以后的光景还要靠两人奋斗。

爷爷正值壮年，儿子的到来令他欢喜了一阵子，好一段时间他待在家里，帮忙耕种土地。可没过半年，他身体虽在窑洞里，心早已飞得不见踪影。终于有一天，熬不住了，他悄悄打开破损的木门，飞也似的不知去向。

他去找他的四哥，他们纠集一帮子赌徒整日赌博。四爷爷见他就问："这是干甚了？"他赔着笑说："跟着你我心里就踏实。"四爷爷说："你老婆刚生个小子，还没满一岁，你就出来了？"我爷爷厚着脸皮应了一声，也没有说话，就是跟在他四哥屁股后面。他们前后来到赌博窝点，这里已经坐满人，周围村里的二溜子们、赌徒们、游手好闲的都来了，就等他俩驾到。爷爷站在人群外围，欣赏他四哥的表演。今日手气好得出奇，把连日输的连带去年输出去的都赢回来了。他们非常高兴。

他们兄弟五个分得家产，四爷爷和我爷爷吃不下农家的苦水，几乎光靠收租子维持生计，要是实在吃不开，就把土地卖了。自从他们兄弟五人分家后，四爷爷和爷爷那是形影不离，人家都说打虎亲兄弟，他们是赌博铁哥儿们。赢点儿钱便到城里去消费，慢慢沾惹上了大烟，经常出入烟馆妓院，全然不顾家里的死活。四爷爷浪荡的行径，十里八村那是无人不知、无人不晓，导致有点儿头面的人都不会把女儿许配给他。他也无所谓，乐得逍遥自在，整日饮酒作乐。到了饭点，寻一家像样的饭馆，摆上几个菜，要一瓶上等好酒。不一会儿，手里握着家产换来的银元，穿着破旧的布衫，一头扎进烟花场所。

连年累月无度的生活，彻底掏空了他的身子，在他家那几日时来运转的手气，使他得到了多年来梦寐以求的大把大把的票子。可是连续几天几夜不睡觉摧毁了他的身体，心脏承受不了负荷。

赢红了眼，他丝毫没有收摊的想法。等到天色快亮的时候人们各自散伙，准备寻个休息吃饭的地方，才发现我四爷爷已经变得僵硬了。这也给我爷爷留下了心理阴影，很长一段时间再不沾惹赌博，但是显然上天的启示他并没有记在心底。

出了人命，赌博的人瞬间跑得一干二净，剩下几个村里要好的，还有邻村几个协商处理后事。

四爷爷赌博所在的窑洞，距离我家不足八米。爷爷慌了神，赶紧三步并两步跑回家去报信。他张大嘴嚎泣，人还没到门口已经能听到他的哭嚎。他跑进家门，向他娘（太奶奶）说四哥死了。太奶奶正在喂猪，听见他的话，一下子晕倒在猪圈里。他们一起把她抬回家。在众人的催促下，他分别向另外三个哥哥报丧。哥哥们都到来，好像才使家庭有了主心骨，可人已经没了，主心骨能怎样？人们把四爷爷放进棺材里，请了阴阳先生选择吉日发丧埋葬了。

我四爷爷的意外丧生并没有让爷爷收敛，他反而变得更加嗜赌如命，新结交了一帮赌徒，分到手的家产日渐减少，众兄弟为他捏了一把汗，亲戚们都好言相劝，让他赶紧回头是岸，不要再参与赌博，他当作耳旁风。奶奶把他当作天，心里很焦急，但是又不敢忤逆他，整日默默垂泪，只有见到她的小儿子健康地成长才能露出一点儿笑脸。

"跟好人出好人，跟上老鼠会打洞。"我爷爷本来是个说一不二的好男人，可自从跟四爷爷学会赌博、抽大烟后，就变了一个人。父亲每每想到爷爷的遭遇，眼睛便噙着泪花。

第五章

因赌中枪不治身亡　孤儿寡母寒心鼻酸

1940 年，中共中央号召各抗日民主根据地的军民开展大生产运动。枣树圪村男女老幼齐动员，组织变工队、互助组，开荒地，修水地，扩大种植面积，各变工队、互助组之间开展生产竞赛。1942 年，父亲十四岁时，家里有三垧地，多亏了互助组，他一个弱小的少年才能扛起家庭的重担。这点儿土地遇上好一点儿的年份，年底能有一个好的收成，每年也产三四百斤粮食。可好年份太少了，大多数年份秋收粮食只能勉强糊口，哪有富余去胡乱挥霍，再加上应对各种各类的税收，一家子生活的担子沉甸甸压在父亲肩上。父亲年仅十四岁，家里的农活儿样样都会干，成了一个小男子汉。奶奶经常夜间独自哭泣，父亲听见她的哭声，便会像主心骨一样安慰她，答应她一定会好好种地干活儿，不会让他们忍饥挨饿的，更不会让她失望。

十五岁的时候，父亲已是家里的顶梁柱。用现代人的眼光，那简直不可思议，十五岁才正是读书识字的年龄，父亲还是一个未涉世的少年，怎么会扛起养家的重担？可我爷爷不仅赌博，而且抽大烟，身体瘦弱，一干重活儿便气喘吁吁，仿佛千万人压他的肩膀，滚滚流下的汗珠可以灌溉干旱的庄稼。有句俗话说"远嫖近赌"，这句话用在我爷爷身上再合适不过了。

爷爷在离家四十里路的贺家沟、杨西寨等地赌博，并在那里结

17

交了许多拜把子弟兄。关系最亲近密切的是贺家沟贺五区的父亲，这人可不简单，他平易近人，是远近闻名的财主。因为成了拜把兄弟，二人经常勾肩搭背四处打听，哪里有赌博摊场，不管距离多远他们都会马不停蹄地赶赴，那劲头根本不是那个干活儿汗流浃背的模样。

有一天，天气炎热，我父亲一个人光着膀子挥动锄头锄地，那黑豆地里如同进了火炉一样烤得他难受极了，黑豆的叶子划割他的小腿、胳膊，一道道鲜红的划痕清晰可见。汗水更是顺着他黝黑的皮肤流出无数痕迹。不远处的一个人顶着毒太阳，在村里人的指引下向他走来，他喘着气说："你大①在大庙山赌博被红军用枪打伤了。"

"为什么打他？"父亲问。

"红军有七八个人去大庙山抓赌，庙里赌博的人一个没跑，都站下不动，你大怕抓住受罚，从庙墙上往外跳时，一个刚参军的小伙子开了一枪，打在你大的大腿上。"

我父亲一听急了，赶紧丢下农活儿，招呼来人回家吃了两口剩饭，简单安慰一下他的母亲，等不及报信人带路，急急忙忙一路小跑去了贺家沟。到达贺家沟，他逢人便问一个被红军打伤的人在哪里，他们都连连摇头，表示不知晓。他实在没办法，只能问询村里人，硬着头皮到他拜佬②家里。

父亲鲁莽地推开门进入他拜佬家，发现窑洞里挤满人，地下伺候的、安慰的、看望的，围着好多，他用双臂拨开人群，看到爷爷躺在炕上，脸色惨白。当时我父亲就流出了眼泪，可生怕别人看见，接着一把擦干泪水，走到炕楞边紧紧握住我爷爷的手。众人抚摸着他瘦小的身子，安慰他半天。贺五区的父亲见他小小年纪，眼睛中

---

① 大：亦作"达"，指父亲、爸爸。
② 拜佬：对父辈男性及其挚友的面称，亦称拜佬子。

露出刚毅的神情，满脸悲怆，丝毫不显得软弱或者六神无主。贺五区的父亲拉住他的手，邀他坐在旁边，招呼厨子做饭。他们吃罢晚饭，一老一少一见如故聊了很多。我父亲请求他，要留下来照应我爷爷。贺五区的父亲爽快地答应，让下人去拾掇一间空房，让他安心照顾。父亲伺候了我爷爷两天，总觉得这么下去不是回事，家里的地丢下不管，再不回去恐怕要颗粒无收，打算把我爷爷带回家养伤，可那时条件有限，单靠人力无法将一个不能动弹的人背着或抬着走四十里路。况且那时落后的山区，连个木头车也没有，要雇上好多人，用担架抬回家。这是一笔非常庞大的开销，保证不了路途平安，七沟八岔颠簸不平的路，随时可能会给他大造成极大的疼痛，一旦发生意外后果不堪设想。

即使回到家里，我奶奶视力早已模糊，起居不便，照顾养伤肯定有不周的地方，时间越久越容易出现变故。父亲待在贺五区家中，整天攥紧拳头，愁眉苦脸，既要担心爷爷的伤情，又时时挂念家中的奶奶，生怕她一个人生活会发生变故。父亲有些慌了，心被揪在半空，坐卧不宁，怎么着也不是。表面上依旧十分镇定，可内心煎熬，忍受着难熬的日子。

贺五区的父亲似乎看出了父亲的心思，召集众人商议。众人议来想去，告诉他："你放心回去，我们会照顾好你大。"

"拜佬子，你真是我家的恩人呀。"父亲一边说一边准备下跪磕个响头，拜佬子看出父亲的意图，一把把他拉住了。父亲的心落地上了，觉得压在肩上的重担轻了许多，感动的眼泪不争气地从眼中流下来。这眼泪不单单是对拜佬的感激，更多的是多年来的委屈、不甘和压力的释放。

贺五区的父亲忍不住笑了起来："你个碎娃子赶紧回去吧，这里有我照应，不会亏待你大的。"

那铁夹似的镣铐松开了，他擦干眼泪，起来向我爷爷告别，活脱脱一个少年的样子，谁能想到他已经成了一个家庭的顶梁柱。

拜佬看父亲稚气未脱的模样，不禁叹了口气，朝他挥挥胳膊，示意父亲尽管回去照顾家人。父亲向我爷爷深深地鞠了一躬，含着眼泪，离开大院门，顺着小路一路小跑回到家中。

我爷爷王侯旺意外受枪伤，给五区拜佬爷家中带来不少的麻烦，他们将王侯旺当成自己的亲人兄弟看待，每天专人伺候，处理伤口，敷药。可当时的医疗条件，哪有什么药啊！拜佬东奔西走，拜托自家亲戚寻访名医，爷爷的腿伤也不见好转。最后找遍名医，该用的药也用尽，渐渐地实在没有办法，困难的时候只能就地取材，找些消毒消炎的中草药，帮助他缓解炎症。这样持续折腾了数十天，伤口没有丝毫好转，反而溃烂严重，周边的肉发黑，脓血不停地往外流，揭开包裹的布条甚至有白虫蠕动。

父亲回到家，童养媳坐在围墙上眺望，瘦如干柴的身体被一阵阵刮来的山风吹得直摇晃，身上穿着满是补丁的旧衣裤，一双失神的眼睛紧紧盯着他。童养媳迎接他，见他平安回来非常高兴，从墙上跳下来，站在大门口傻笑。父亲走近她，她脸颊枯黄，嘴唇因缺乏水分而干瘪。父亲实在有些不忍心。

"回去吧。"父亲压抑着情感说。

那天父亲拖着疲惫的身子回到家，我爷爷的几个兄弟都来了，正围坐炕边，宽解我奶奶的心。父亲一进家门，走到瓮前拿起瓢，舀了一瓢凉水咕噜咕噜喝了个痛快。然后向各位长辈问安，便简单说明了我爷爷的伤势。

大爷爷狠狠捶着拳头说："想不到老五会发生这种要命的事。往年里他也游手好闲，地里家里帮不上甚忙，现在遭此劫说不准会改过自新。"

"那个开枪的新兵怎么处置的？"二爷爷问。

"听说部队给了处分。"

"红军抓赌，他跑什么？白白地挨了枪子。"二爷爷气不过。

"算了算了，自作孽不可活，年纪轻轻干甚不好，非要干赌博的行当，别说挨枪子，丢掉性命也是早晚的事。"大爷爷对不争气的弟弟们早就看不过，几次三番劝他们当个正经人，他们却一直不听人劝，怎么也不吸取教训。因赌博在自家仓子死一个，如今又逃跑差点儿被打死一个。

众人吵吵嚷嚷一番也就散了，一段时间父亲趁着空闲时间又去过几次贺家沟看望我爷爷，情况一次比一次严重。不到三个月，因感冒引发并发症，爷爷就离开了人世，那年他才四十五岁。

人们说"赌博六道贼七道"，赌博之人从过去到如今，都是不受人尊重的。这赌博让两个家庭家破人亡，人财两空。父亲经常给我念叨这段往事，叙述着他们的故事，那时我还很幼稚，虽然不懂抽大烟、赌博是什么，可我心里打定主意，绝不会招惹这些下贱的行当，要做一个正直的人，守住做人的本分。

第六章

母眼失明千叮万嘱　少年丧父肩扛重任

爷爷因赌博中枪医治无效走了，父亲成了家里的顶梁柱，里里外外一把手。什么活儿都得他干，什么事都得他扛。家里仅有的三垧多地必须他耕种呀！他幼小的身体扛不动犁耙，抓不稳耕犁，况且种地也是一项技术活，播种、施肥、锄地、收割、打场、入仓，样样活儿都得精通，还要风调雨顺才能有好收成。他们三人总是在饥饿线上挣扎。

奶奶听闻丈夫不治身亡的消息，不知滚下多少的热泪。爷爷的丧事完毕，她的热泪却没停止。

奶奶十三岁就进入这个家当童养媳，到二十七岁时，已经是三女两儿五个孩子的娘。那个土匪横行的年代，家中仅有的几垧旱地，一年产的粮食不够半年吃，七口之家要生活开支，要缴公粮，缴税收。那时爷爷虽然赌博，这是父亲经常给我说的，可他对家照顾得还算周到。每隔几日回家时，带着一包包的干烙、麻花还有水果糖，犒劳他们兄弟姐妹。爷爷的长子因病去世后，他最疼爱的只有父亲。干烙经常放在父亲的枕边，或者抽屉里搁着。

那个年代家中生活贫困不仅是爷爷赌博造成，民国时期战火连天，以富压贫，以强欺弱，造成了富人越来越富，穷人越来越穷，土地集中在一部分人手中。穷人只能当长工打短工，甚至干歪门邪道的事情。父亲十三四岁时家中只剩三垧多地，就这三垧多的土地，维持一家几口人的生活，因此，野菜、树叶甚至树皮就是家里年年必备的粮食。

父亲经常讲述那时的生活情况，家里三个姐姐均已出嫁，长兄去世，一大家子八口人，只剩下他们三个，那时他才十五岁，个子矮小。奶奶看他身体瘦弱，童养媳什么都干不了，心里比谁都痛苦难受，整天沉默寡言，经常偷偷地抹眼泪。

父亲发现奶奶说话也不似从前条理清楚，经常嘟嘟囔囔说些神鬼之类的话语，令他非常担忧。父亲时时刻刻叮嘱童养媳照顾好奶奶，对她的任何要求都要满足，并要紧盯着奶奶的一举一动。父亲每天都要安顿童养媳，生怕她会贪玩，会找人拉家常忘记照顾奶奶。父亲一个人耕种三垧土地，回家后累得疲惫不堪，但看着母亲和童养媳瘦弱的模样，他就有信心坚持下去。

有一天，太阳快落山，父亲才从地里回家。那天晚霞也快脱掉它平日灿烂的外衣，露出朴实无华的颜色，风吹来，搅动着父亲不安的心。他打开门，发现家中空无一人，每日炕头斜卧着的母亲和灶头忙活的童养媳都不在家，他一下子意识到有事发生，连忙跑出去询问。几经辗转，父亲在井沟里见到双眼红肿的童养媳。她正靠着一棵柳树流着眼泪。

"娘呢？"他冲上去，一把转过她的身子问道。

"我不知道。"她被突如其来的猛力拉翻在地，看清楚来人，顿时哽咽起来，"我去喂猪，不小心在猪圈旁打了盹儿。等我醒来，回到屋里才发觉娘不见了。我就连忙找啊找，村里村外都找遍了，也找不见。问村里人，他们都说没见过，一个大活人，一下子凭空找不到了。"

他听她说完，怒不可遏，满地寻不见一根棍子，恨得跳起来跺脚。"起来，就知道号，号有甚用，号能找回娘了？"父亲吼道。

童养媳浑身发抖，颤巍巍站起来，他们一前一后找遍了沟沟岔

23

岔，终于，在庙门口找到他娘。她老人家眼睛瞪着西边，如同塑像一动不动，风吹着她那鬓角的白发。

父亲欣喜若狂，悬着的心放下来，手脚并用爬上土坡，拉住她粗糙的手。我奶奶眼角挂的眼泪不见了，只留下两道清晰可见的泪痕。

"娘啊，你乱跑甚了，我可找到你了。万一出点儿啥事，你叫我可怎么办才好。"父亲流着泪哭诉。

她没有回答，伸出一只手朝上比画，好像要摸他的脑袋。

"娘，你怎么了？"他抓住她晃动的手。

"没什么，想出来散散心，走着走着，看见西边云彩五颜六色的，坐下看了会儿天便黑了。"他母亲回答。

他一下子明白，母亲这是哭瞎眼睛了。他不敢相信，也不敢提醒她晚霞才褪了颜色。他稳定下情绪，和童养媳一左一右搀扶母亲回家。他不敢哭出来，伤痛已经挤满了他的胸膛，可他硬是咽了下去。这是他一生中走得最漫长的一段路，也是最有疼痛感的一段路，一老一少两个女人，需要他这个男人去养活。他们三人从此要相依为命把日子过下去呀！

我年轻的时候听父亲讲述奶奶双眼失明的这段历史，心里是多么难受，当时我双眼模糊地看着父亲，他两鬓的头发早已斑白，布满皱纹的脸庞老泪纵横。我无话可问，也不敢追问下去。他遭受了失去父亲的痛苦，也亲眼看到了母亲双目失明，姐姐们出嫁后，家里的顶梁柱就是父亲。他坚定决心，咬紧牙关，勇敢地面对现实，头顶天脚踏地把日子过下去。

第七章

神木解放姑家寻米　野狼成群尾随至村

1947 年 10 月 30 日神木县宣告解放，县委、县政府机关由高家堡迁进城。县城的军民载歌载舞，庆祝好不容易到来的解放，好一派热闹喜庆的景象。那时的乡村还没有进入打土豪分田地时期，为了适应全国革命迅速发展的形势，在晋绥边区党委、政府的领导下，神府县从 1947 年冬至 1949 年在全县范围内进行了土地改革运动。那时，我父亲已经十九岁虚龄了。

地里农闲的时候，父亲一个人手提一根打狗棒，跳过几架沟，翻过几道梁，去三个姑姑家看望她们，要给奶奶带回一些好吃的和一些生活的米面。不幸的是，三姑不到三十岁就去世了。

那年，她生养头胎，眼看生养的日子越来越近，家人的心也忐忑起来。那天夜里天气寒冷，刚吃完饭她腹部突发疼痛，捂着肚子冷汗直冒。众人见状，连忙将她扶到提前准备好的床铺上，三姑父撒腿儿跑去邻村请接生婆，三姑的婆婆和其他人则忙碌地烧水，安慰她一会儿就过去，让她用力往下生。可没一会儿，她们便看见褥子渗出血来，她们伸手一摸黏黏一片，血腥味也浓烈起来，小小的一间窑洞布满一股不祥的味道。

这时候，接生婆终于来了。她一见这种情况，心里便天大大呀呼喊，这是大出血呀。最终，接生婆成功将三姑的女儿苏先鱼接生，三姑却大出血去世了，离开了我们。三姑父家差人来报丧，奶奶一个人在家收拾家务，一听消息晕了过去。亏邻居掐人中，奶奶才慢慢醒过来，她失明的眼睛不停地转动，想看见眼前的几个人，顿时放声大哭起来。当时，我父亲正在漫山遍野打山鸡，挖苦菜，不晓得家里发生了这么大的事。

奶奶勉强立起身子，向邻居安顿几句，便随来人到单岔村。免不了又一顿号哭，惹得众人跟着掉眼泪，谁能想到三姑年纪轻轻居然因难产丢掉性命。父亲回来听说噩耗，一路哭喊着追赶奶奶而去，村里人看见他瘦小的身子风一般穿过村子，留下阵阵哭号声，心中更不是滋味。

父亲十九岁那年，秋收刚刚结束。初冬的日子不算长。这年粮食收成不好，三垧多地的糜谷、黑豆收入不足三百斤。他们三人要依靠这些粮食生活下去。当时，他在家闲来无事，同奶奶商量了一下，想去庙梁村走一趟，看望一下二姑二姑夫，再回头去大姑家，大姑家在王家畔村，刚好一南一北。奶奶同意了。父亲高高兴兴地拉着自己喂养的一头小毛驴，去两个姑姑家住几天。

大姑、二姑，包括两个姑父在内，对父亲是非常敬重的。小时候每逢七月十五、正月，父亲带我和两个弟弟一起去他们家一趟，看望姑姑、姑父，品尝他们的年饭。姑姑、侄儿走在一起，有说不完的知心话，道不完的酸甜苦辣，那高兴劲儿就甭提了。大姑、二姑经常讲她们真实发生的故事，我在郝家中塔就读初中时，是大姑家的常客，她老人家对我像亲生儿子一样疼爱，好吃的吃，还要给我带一些干粮到学校，生怕我在学校挨饿，时常给我捎一些吃的。

在二姑家的第二天晌午刚过，父亲突然感到不安，一想起双目失明的母亲以及仅有十四岁的童养媳，好不放心。于是，连忙和二姑道别，赶着毛驴回家。从刘伙庙、沙峁一路下来，走到离家不足六七里地的时候，来到两个村子交界处的一条足足有五里长的深沟处。而太阳马上落山了。

初冬的日子很短，太阳一落山，天很快就黑了。俗话说："狼昏黄鬼半夜。"还没进入黄昏啊，父亲赶着毛驴紧一步慢一步地走，深沟里冷飕飕的风让他毛骨悚然。忽然，他隐约听到身后有走路惊动石板的响声，以为是被土匪盯上了，掉头一看，吓得心脏差点儿跳出来。有七只狼齐刷刷跟在他身后不足二十米处。狼见他回头，就站住一动不动。就在这一刹那，后面又跑来几只大小不一的狼，大概有十五只，威风凛凛站在离他不远处。这时，他的脚好像被施了魔法，怎么都挪不动。心脏打鼓地跳着，令他清醒许多，他心里默默告诫自己，一定要保持情绪稳定，努力控制心不乱跳，腿也不软，头皮也不紧，好像什么给了他力量，要和它们搏斗一番。想着想着他终于有了力量，转过身开始走动。父亲先前赶着毛驴，此时他走到毛驴前头，把毛驴当成盾牌，拉着它往前走。他和毛驴换了位置，心情逐渐平稳，准备与狼群斗争到底。

深沟里，黄昏后，看东西视线有点儿模糊，好在那天是十五，月亮的光线助了他一臂之力。狼群中有的互相嬉闹，有的互相对视，好像在商量对付他的办法，还有的站着一动不动，一直盯着他，好像说今天这顿好肉吃定了，只是怎么对付这个人和驴子啊！人多嘴杂，狼多也无主。就在狼群没有主意的时候，父亲急中生智，捡起地下几块石头，向狼群扔去。其中一块打在了狼的头上，这只狼哀嚎一声掉头走了。其他狼听到这只狼的凄惨的叫声，看到它掉头逃走的样子，也跟着掉头走开了。

父亲不知从哪里来的勇气和力量，紧紧挨住驴身，用拳头打了一下驴屁股。毛驴深通人性，明白处境有多么凶险，快步如飞朝前走。拐过了深沟的一道弯，父亲转头向后一看，狼群又跟在他不足三十米远的地方，这次他有了经验，心不再跟先前一样乱跳了，头脑也更加清楚。父亲心想：想吃掉我和可爱的驴子，也得蹦在我们身边，今晚和你们决一死战。随即又捡起几块大石头，向狼群抛去。狼或许不知道他向它们掷去武器的厉害，或许是出于保护幼崽免受伤害，或许是一起扑向他和驴子的主意未定，它们退却了。大部分狼掉头走了，可仍有一小部分看到他向前走，还不紧不慢地跟在后面。

又拐了一道弯，他向后看时，狼群好像还跟着。道路高低不平，高高低低的石头垫得他脚心疼，这些石头却也是他最好的武器。他每走几步，便向后丢一块石头。每丢一块石头，狼便停一下脚步，仰起头嗷嗷叫几声，站着注视他的一举一动。

深沟的路，蜿蜒曲折，父亲既要看路走路，又要拉驴还要捡石头，并不停地向狼群掷石头。夜已经深了，他的手臂酸痛，急得汗流浃背，只有月亮指引他前进的道路，大小不等的石头辅助他，毛驴也或多或少是他的精神支柱，他怎么舍得让辛辛苦苦喂养长大的毛驴成为野狼的美食呢。

父亲个头不高，也就一米六多一点儿，但干农活练就了结实的身体。当年十八九岁，瘦弱的身材，面对十五只狼，走一步跟一步，步步不离，随时有狼群一齐向他和驴子扑来的危险，很有可能一瞬间发生惨剧。

父亲恨不得一头扎进村里，马上叫来村里的男人，叫来村里家家户户喂养的狼狗，同狼群展开一场搏斗。可是，这条沟不知过了多少个弯，捡了多少块石头，丢了多少块石头，打中狼多少次，他不知道，什么也不知道。只是快步如飞地走着。毛驴也心知肚明，知道后面跟着的不是它的朋友伙伴，而是要咬它吃它的异类野兽。因此，他走多快，它也走多快。

大约过了半小时，已经走到村子的沟脚下，再上一道石洼小路，就可以进入村口。他向狼群丢了两块石头，心里想：马上进入村子，你们还敢跟吗？

他吃力地向陡峭的石畔山洼细长小路上走，驴子紧跟在后面，狼群也齐刷刷向着石洼上来。

初冬的天气很冷，家家户户点着煤油灯，可能有的还在吃晚饭，有的给老小缝新补烂，有的聊天拉话。

距离村口第一户人家一百米、五十米。

狼群还在后面跟着。

眼看走到千年酸枣树跟前了。父亲高吼道："狼来了！狼来了！快来人呀！"人暂时还没有出来，可村子里的狗听到吼声，都向他这里叫，不断地奔跑过来，他的手不断地向石畔的方向挥着，给狗指示，高呼着："狗儿嗾、狗儿嗾。"大群的狗向狼群追去。

村里人纷纷走出家门，走到父亲的身边，他想一字一句给他们讲述这段经历，但是口干舌燥，嘴唇干裂，声音嘶哑，已经说不出完整的一句话。他渴得要命，一阵冷风吹过，他哆嗦着身体，衣服被汗水湿透，有的地方结成冰块，硬邦邦地贴着他的身体。他拼命舔了舔嘴唇，咽了口唾沫，简单跟村人说了一下情况，拉了一下驴子的缰绳，一人一驴拖着疲惫的脚步朝家走去。

远处的深沟，狗吠声不停传来。

父亲给我讲述与狼群搏斗的过程，我身临其境，心惊肉跳。他流了许多眼泪，我也跟着掉泪，勇敢而足智多谋的父亲，为了维持破碎的家庭凄凉的生活，那是豁出命了呀。他流出了悲壮之泪，而我则是感恩之泪，感恩父亲为我们打拼出的平静生活。

第八章

偶遇母女巧结连理 周村称颂天意天意

1949 年 10 月 1 日，中华人民共和国成立了，穷人翻身做主人，人们欢天喜地庆祝。枣树圪村和其他村一样敲锣打鼓，爆竹声声，迎接新的生活、新的时代。

可父亲这个家却显得平静和冷清，怎么也高兴不起来。新中国成立了，他们由衷高兴，可是家里接二连三发生悲剧，四爷爷几年前因病去世，爷爷离世也不到两年，1948 年春夏之交，父亲的童养媳因饥荒活活饿死了。现在只有父亲和双目失明的奶奶相依为命，怎么能欢乐得起来？

到了 1952 年，父亲已是一个二十四岁的大小伙子，母子俩解放后分到十多垧土地，可他还没有找下一个合适的对象。奶奶很着急，村子里好多人张罗着介绍，他年龄不小，该到谈婚论嫁的时候，生怕再耽搁下去要打光棍。父亲经年累月的劳作，已经发育成身强力壮的汉子，虽个头不高，浑身却充满力量。脾气有点儿暴躁，可待人充满热诚。

新中国成立后，神府县、神木县合并为神木县，划编为 14 个区，下辖 1584 个行政村，1814 个自然村；后又划编为 10 个区，下辖 63 个乡，1836 个行政村，2113 个自然村。父亲所在的枣树圪村属于七区栏杆堡乡，当时区办公所设在栏杆堡。他年轻有为，经常去栏杆堡找干部商量粮食生产自救办法。

1952 年 5 月初，他因农作物减产去栏杆堡询问对策。走到李家南圪村山圪梁的大路上时，望见不远处两个女人步履缓慢，年轻的女子扶着另一位看着年龄大的女人向前走，她们看着像母女。他脚步快，不一会儿便跟在她们后头。土路弯弯曲曲，宽窄仅容两人并排，他跟在她们后头只能放慢脚步，多次要跨上旁边的地头，又犹豫了。年长的发现他跟在后头，主动停下脚步，侧身和蔼地微笑让他通过。父亲见她们一老一小路途遥远，便大胆和她们攀谈起来，拉起了家常。他这才知道，她们母女是从李家南圪村家中起身去栏杆堡的。

经过一路的拉话得知，年龄小的女子名叫王拖小，也就是我的母亲。年长的是她的母亲，也就是我的外婆。我的母亲八岁的时候，因生活所迫，经媒人说合，就给栏杆堡一家姓白的财主家儿子当童养媳。她受尽白家婆婆的凌辱，经常被赶出家门，吃饭常年被限制数量，衣服经常破烂不堪，稍不如意就被公婆打骂。十五六岁的时候，白家仗着家中的势力和钱财，又给比她大三岁的儿子找了一个对象。她更是他家的眼中钉肉中刺，根本进不了白家的大门，即使回去，也要受公婆的冷嘲热讽。

村里好心的几家大人，看不惯白家这样折磨一个瘦弱女子，经常偷偷把她留家中过夜，小住几天给饭吃。

白姓一族中有个名叫白正西的男人，他的母亲比我母亲大两岁。他和家人对白家虐待我母亲的做事方式很是看不下去。正西的母亲经常带着我母亲上白家讨公道要说法，可那个年代白家有钱有势，只能说说而已。

母亲能说会道，记忆力超强。她和白正西的母亲走在一起有说不完的知心话，道不完的家常事，两个女人时间处得长，感情更加深，就找了一个好日子，晚上在院子里点几炷香，烧几张黄表，放一碗净水，咬破中指，滴血在水碗中发誓："有衣同穿，有饭同吃，有难同当。"就此结拜为姐妹，从此，两个人的关系更进一步，母亲多数时间就吃住在白正西家。

父亲一路上仔细听母女俩一字一句地诉说，对这个年轻女子产生了好感，心想自己已经二十三四了，能和这个同龄女人结成良缘，那就再好不过了，这也许是天意吧。

栏杆堡村距离李家南圪村足足有二十里。他们一路上相处得很融洽，拉家常进行得很顺利，父亲的舌头比往常灵活许多，话也多了，人也精神，说不完的话一股脑倒了出来，对彼此的性情有了更深的了解。她们的遭遇更加让他同情，他心里老是想怎么这么巧就相遇了呢？怎么越是快到栏杆堡心里越是舍不得离开她们母女呢？可能是上天安排他和她们母女俩走到一起，过了这个村可就没这个店了。何不直接向她们母女俩说出自己的想法。他默默想。

父亲不再拘泥说话方式，将家中过去的一切向母女俩详细讲：十三岁就扛起家中的一切家务，十五岁死了父亲，1948 年童养媳也被饿死，只留下一个双目失明的母亲和他相依为命。眼见距离栏杆堡越来越近，他的心急得如同秋冬的太阳，一不注意就落山。他大着胆子，快步走到母女跟前，叫了一声婶子，接着说："我看我们两家门当户对，我和你女儿年龄相仿，如果她看上我的话，我们就成为一家人吧，我会对她好的，您看怎么样？"

当时母亲听说这话，当场脸就红了，扭过头去不再看他。

外婆当时接了父亲的话说："我也可怜你，她究竟哪里好？你咋就看上我女儿了？"

父亲不知哪里来的勇气，突然大胆起来，非常诚恳地说："经过一路上的拉话交谈，相互了解许多，我觉得咱们两家的遭遇很相似，可以说门当户对。"他一面说一面瞧着外婆，心已经擂鼓般跳动，生怕长辈不同意，母亲表示不愿意。

外婆说："你娘会允许吗？你好歹有个家，我们可是随处飘的人，是穷家呀，什么都没有，她还是人家的童养媳。"父亲急得说不出话，信誓旦旦的话堵在嗓子眼儿，怎么也挣脱不出舌头的束缚，化不成动听的声音。

这时，母亲拉住外婆的手，瞪着眼睛说："娘，你快别逼人家了，听他慢慢说吧。你看把他急得，脖子都通红了。"被她这么一说，外婆又笑起来，父亲也缓过劲儿来，情绪逐渐稳定，发现后背全是汗水。

其实，父亲的问话正合外婆的心意，她这一路也这么想过几次，可又想这个小伙子怎么会看上自己的女儿？可她也害怕错过此次机会，就问女儿拖小："你说怎么样？"母亲当时笑了笑，没有说什么。既然父亲提出来，外婆便当机立断，对他说："孩子，那你今天不要回家，咱们去拖小的姐妹（母亲的结拜姐妹，我称呼姨姨）家住上一晚，再从长计议，你看怎样？"

"好，听您的。"父亲爽快回答。

不到半炷香的时间，便到了栏杆堡村。他们又走了近一里路，上了不算陡的一道坡，就到了姨姨家。

吃完饭后，外婆将路上遇到父亲的情况及他的遭遇向姨姨一一诉说，并说了父亲的想法。姨姨当时看一眼父亲，就说："找上一个讨饭的，也比白家强百倍，何况这个小伙子我也看得下。"说着姨姨笑了。

姨父接着说："十多年来，拖小受尽白家的冷落折磨。有这一个好小伙子出现，我更同意了。至于其他，也无大碍。明天一早我下去跟白家说一下，就说拖小找了人家，以后不会再进他们的家门一步，让他家把这个疙瘩也解了吧。"

母亲说话了："行，姐夫（即我的姨父）明早去给说吧。家里还有我的几件破烂衣服和梳妆用品，我也不要了。就是和他成不了，我也不会再进白家家门半步。"

当晚，五个人围坐在炕上，按照当时的风俗习惯，拉了彩礼、相亲、过门等好多礼节。最终决定，所有从简，彩礼分文不要。同时商定，第二天姨姨、外婆带着母亲，同父亲一道去枣树圪村，去看看父亲的家，也就是说这个婚事就这么定了。

那天晚上，父亲一夜未合眼，激动的心一刻也没有停息。他想找人诉说内心的喜悦，可找谁呢？那份无法名状的激动，只能自己慢慢咀嚼和感受。

第二天天还没亮，父亲为赶时间，早早起来，早饭顾不得吃，匆匆忙忙去办他要办的事。姨父到白家把情况说明，白家也没说什么，任由他们去。

待父亲办完事回来，四个人启程回枣树圪，一条条沟沟岔岔走过，黄土石坡翻过，满眼的黄土地望不到头，风沙吹拂，时不时卷起微型的龙卷风。

一路上看到一面面红旗插在田间地头，迎风招展。一路上他们谈笑自如，畅想未来美好的生活。母亲将过去的一切向父亲道出来，父亲也毫不保留地讲了家中的所有不幸和多年来的辛苦劳作。

三十里路，他们足足走了有五个小时，外婆虽不算清朝时期典型的裹脚女人，但她也受过伤害，脚不大不小，走路受到了影响。三十里路，父亲照顾着她们，紧一阵慢一阵，走一会儿歇一会儿。

进入村子，老老少少一片喜庆。新中国成立了，农民翻身做主人，有了自己的土地，有了农业生产互助组，对未来的生活充满期望。走过村畔，看见的人都要指指点点，互相打探哪里来的标致女子。

父亲走在前面，步履匆匆，和她们拉开一大截，他非常自豪，迫不及待想把好消息告诉奶奶，新的《婚姻法》颁布，他们不再在乎世俗的眼光。走到家门口，他让外婆和母亲暂时停下脚步，热情洋溢地介绍了一下土窑洞的基本情况，然后请她们进入家门。

"娘，我回来了。"父亲不等进门就大声喊起来。

奶奶听着嘈杂的脚步声，还有女人的声音向她问好，顿时激动得不知怎么好。她从炕沿挣扎着挪下来，挥舞双手寻碗倒水。母亲眼疾手快，赶紧一步向前，握住奶奶的双手，恭敬地扶她坐下。

父亲给我那双目失明的奶奶简单说了事情的经过。奶奶激动得哭了，心中的一块石头总算放下。

每当我回想起父亲讲述他和母亲喜结连理的经过，当时他激动、幸福的表情让我记忆犹新，然而与父亲的讲述相比，母亲描述他们相遇的时刻，总能令我泪流满面。他们青年时期巧遇并相扶相持走过一生的故事，常在我心中萦绕。我总是想，组成一个家庭，维系一个家族和睦相处，究竟要靠什么？

几年来，父亲一人耕种十多垧地，粮食五谷俱全，糜子、谷子、黑豆、小麦、荞麦、豌豆，样样都有，小日子过得还算不错，不存在饿肚子的说法了。

父亲里里外外一把好手，母亲也丝毫不落下风，两人你追他赶互相比拼厨艺，不一会儿的工夫，热腾腾的面条便端在长辈们手中。那天父亲擀面，母亲切条。父亲削土豆，母亲切成块。他们的举动逗乐了外婆、姨姨，奶奶虽然看不见，听见众人欢快的笑声，也是乐呵得直拍手。她好多年没有这么开怀大笑了。

晚饭吃面条。明天早上吃什么呢？父亲思来想去，吃油糕、饸饹再好不过。

这是农村人提亲结婚最要紧必须吃的一顿饭。从古至今，油糕、饸饹是陕北人红白喜事离不开的美食，既可口味美，又意味深长。可这油糕、饸饹做起来是一项技术活，工序繁杂。油糕大致做法是：先将软糜子碾轧脱皮，成为黄澄澄的软米，然后根据每个人的饭量用温水浸泡适量软米两三个时辰，再用漏筛控净软米的水分后，再反复碾轧，用笡笱过滤留下的细面，就是细腻清香的软米面。这时，向软米面中加入适量的温水，用手不停地搓匀。此时，锅里的水已经沸腾，冉冉升起的热气直扑窑顶。在烧开的水锅上嵌入箅子、笼布，逐层缓慢撒入拌匀的软米面，蒸一会儿便可出锅，趁热蘸上适量冷水搓揉成啤酒瓶粗细的卷，等冷却后切成不足一厘米厚的薄片。铁锅倒入黄油，用烈火烧热油，放入糕片，滋啦啦响一阵，翻面再继续，香喷喷的油糕就这样做出来了。

而饸饹是用饸饹床子（即做饸饹的工具，底部有漏孔），将用温水和好的荞麦面或高粱面等，放入少量的榆皮面，用温水和软面，然后在锅上架起饸饹床子，将面放入顶部的圆筒，挤压成面条，每挤压出一段用剪刀剪断，饸饹掉入温水中煮熟。煮熟后，捞出盛在大瓷碗中，舀两勺预先煮制的汤料、熟肉，这叫肉臊子饸饹。只有蔬菜和土豆块等叫素臊子饸饹。

吃油糕、饸饹是对客人最好的待遇，也预示一切顺利，高高在上，捞到一切想得到的东西。

那天下午，父亲回来时带回来三个女人的消息，一传十，十传百，村里人都知道了。来往的人一拨走了，又来一拨。这是农村多年来的风俗习惯，谁家能引回来个媳妇，不仅这家脸上有光彩，全村人也高兴。听到他一个人出去不声不响地引回来三个女人，哪能不惊讶感叹呢？家家户户大人小孩儿来看个究竟，在情理之中，既看到了新媳妇的美丽容貌，又可打听一下亲事成了没有。

父亲不厌其烦一一给说明情况，并指出哪个是他的媳妇，哪个是丈母娘，哪个是媳妇的结拜姐妹。全村人高兴之时，称赞他很了不起。为什么称赞？为什么了不起？在当时，人们的思想比较保守，老祖宗的规矩是"天上无云不下雨，地下无媒不成婚"，男尊女卑等好多旧的风俗习惯以及男女授受不亲的思想影响了一代代中国人，封建思想侵化了人的头脑和行为。多亏了新中国的成立，才解放了人们古板的思想，才使得这看似离谱的行为有了合理的意义。

吃罢早饭，父亲引着三个人登门去拜访大哥王改过、二哥王喜喜两位兄长，又到自家的十多垧地里逐一看了。自家的喜事感染了土地，那年的庄稼长势良好，虽然开春出苗稀疏，可打的粮食三年也吃不完。

当时，枣树圪村方圆百里之地，没有一个像父亲自谈自荐、自恋自娶将老婆带回家的。人们无不为他这个大男人冲破旧的规矩，不受任何礼节的约束而折服。

父亲和母亲就这样结成婆姨汉，那时候人穷，没有那么多的繁文缛节，邀请双方亲人吃饭，做见证，他们的婚事就成了。婚后，他们三口之家小日子过得非常圆满，奶奶虽然双目失明，可纳鞋垫的大针和缝衣服的小针，都能摸着将线穿过去，纳出来的鞋底、鞋帮，缝出来的衣服和有好眼力的女人没什么两样。她们做的放一起，分不清哪个是我奶奶缝制的，哪个是明亮的大眼睛媳妇做的。奶奶不仅会缝新补烂，还会生火做饭，她摆好的米面油盐酱醋必须原地不动，任何人不得擅自挪动地方。只是她的手法比较慢一些，寻什么东西，做什么活揣揣摸摸一会儿才能完成。

自从母亲来到这个家，给奶奶减少了不少家务事，她能歇歇脚，不再那么劳累，心情好了许多。说来也奇怪，母亲进了这个家门，老天爷长眼了，连续几年风调雨顺，小日子过得一年比一年好。村里的人经常说："你妈是个有福疙瘩，是老天给配的姻缘，没有你妈，哪能有你们这一大家呀！"母亲见父亲也拿这些话说她，经常会用一句话回应他："你说我是个有福疙瘩，那你还经常跟我发脾气打骂我？"这时候，父亲笑着说："看你又来劲儿，我脾气起来，你少说一句不就得了，知性者好同居嘛！"如今，我回想起父母亲的吵闹，回想起他们的相亲相爱，回想起他们拉扯我们兄妹四人成人的艰辛，不禁泪眼婆娑，几近哽咽。

外公饿死柳梢裹埋　恶劣环境启迪人生

父母亲喜结良缘，外公却已去世。

生养我母亲的村子叫作西王家坡村，距离枣树圪村足足有四十里路。民国时期交通不便，又不似现在可以用电话微信联络，相互之间介绍对象，全靠两条腿、一张嘴去打探消息。

我的外公叫王银贵，是一个诚实厚道、勤劳简朴的人。我在神木中学读书时，利用假期在神木贺地山焦化厂打工，挣点儿学费和家里的零星开支，当时我的叔伯外公王文英是厂长，他讲过外公中年去世的情况。

1947 年大旱，庄稼颗粒无收。县城周围各乡饥民实在饿得没法忍受了，国民政府不顾饥民的死活，饥民们自发组织开展自助自救活动。同年，10 月 30 日，神木县城解放，好日子马上到来，外公却熬不住了。

次年春夏之交，外公饿得皮包骨头，浑身无力，可坐以待毙不行呀，哪怕撑着身子也要出去伺候土地，家里人指望它们活着呢。他肩扛一把锄头无精打采出了家门，没锄几分地就昏倒，不一会儿咽了气。

当时家里很穷，人们都饿得直不起腰，哪里还讲什么哈数①。

---

① 哈数：指做事的规矩。

棺材肯定买不起，就连一个像样的瓷瓮也没有。若有，就准备将他的尸体装进瓷瓮安葬。当时外婆近四十岁，只有母亲一个女儿，母亲仅十七八岁。外公有一个弟弟，当时年轻又老实，也被饥饿折磨得少精无神，一时没了主意，到底该怎么安葬，他也六神无主。

那个年代人人挨饿，村里家门 ① 自己人以及其他人围着二十多个，人人面黄肌瘦，人不人鬼不鬼。刚进春夏之交，他是村里第十三个饿死的，下一个又会轮到谁呢？

村里有一个人说："只能去砍柳树梢裹住埋了。"

可是谁去呢？没有一个人自告奋勇说去。事实上，谁也没有力气去爬树，用镰刀把树梢砍下来，都饿得只剩一副骨架，哪有力气上树砍树梢啊。

我的叔伯外公王文英一个人拿着镰刀，去沟里，用了一个多小时的时间，砍了一大捆柳树梢子，有五六十斤吧。他教书，家中或多或少有点儿米面，虽填不饱肚子，可照见月亮的米汤稀饭还能吃得上，自然那身体稍比村里人强一些，二十岁的年轻小伙子，背五六十斤树梢，从沟里到我外公家，也就是一里多点儿路程，还歇了三次才背回来。

按照规矩，人死要请阴阳先生看个良辰吉日，请娘家、驰家 ② 以及亲戚来家吊唁，点纸告别。还要请阴阳先生在坟里座字（民间下葬习俗，下葬写灵牌时，都必须"座字"，按"生老病死苦"座定于生老二字上），才能用铁锹打坑、埋人，给死者念经，祈祷阎王宽恕死者的灵魂。可是，这个家能请得起人吗？家里一贫如洗，连锅也揭不开，请来人要吃要喝要花呀！

大家议论半天，最后决定，阴阳不用，亲戚不请，择个双日安

---

① 家门：指家族。
② 驰家：亦作"姐家"，指外祖父、舅父等亲属。

葬。树梢背回来后，外公就穿那身破衣服，村里人帮忙把树梢铺开，死人放上面，用柳树梢裹好，用草绳一圈一圈地从头到脚、从上身到下身，裹得严严实实。

第二天一早，叔伯外公在家舀了三升黄米，挖点豆面，给村子里打墓坑抬死人的吃一顿拌汤捞饭，就这样安葬了外公。

叔伯外公叨拉这段故事时，泪水不停在眼眶中打转。外公活生生被饿死了，我母亲也曾说过，可没有讲得这么详细，这么悲壮，这么让人痛心。

假期三十天过去了，我乘着厂里的拉焦炭大车回到神木城，挣得整整六十元钱，却舍不得吃一碗饭，也没有给父母弟妹买过一分钱的东西，而是快步回到家中，将钱全部塞进父亲的手中。他高兴极了："儿啊，这是你近二十年给大大挣的第一笔钱，看来我们这个家有指望了。"那天，我将从叔伯外公那里听来的关于外公饿死的悲剧告诉了母亲。听了我的诉说，母亲哭了，哭得很伤心。"你叔伯外公说的没有一点儿虚假，没有他的资助，拿出那三升米，不知道你那死去的外公会怎么埋啊！你以后见了你叔伯外公，一定要代妈感谢他的大恩大德、大慈大悲呀！"母亲一边抹眼泪一边说。

叔伯外公让我长期在贺地山焦炭厂上班，当个办公室主任。那个年代像我这样的高中毕业生，一个近三百工人的厂子里没有一人。叔伯外公给我的这个计划，我当时未经世事，好高骛远，不知天高地厚，领会不到这个计划的远大之处。我在太阳光线都无法穿透的幽灵般的雾气朦胧之地，屈从的时间究竟有多长？我有疯狂的野心，只想通过梦幻的理想来谋求显达的人生。

那时我总在想，整天泡在烟雾浓浓的环境中，没有一个女人，每个男人浑身像被大火焚烧过的木偶，死眉瞪眼，人不人鬼不鬼，这脱贫、显达太缓慢，痛苦而且毫无愉悦之感。

我趾高气扬，根本不知恶劣环境是磨炼人意志的优越之地。

苦命外婆何处是家　上坟点纸腹痛神显

外公饿死了，留下外婆和我的母亲，她们母女两人相依为命。外婆为了让母亲可以过上好日子，八岁就将她送去给白家当童养媳。白家有钱有势后悔了，将我的母亲当作多余的人，白家没有她的立足之地，看不起她穷人家出身，又放不下面子赶母亲走，害怕十里八村的流言蜚语。母亲在白家当牛做马十来年，说不认账就不认账了。白家处处使绊子，刁难母亲，母亲只能经常住在生养她的地方。年成不好的时候，母女俩饿得没有办法，离开村子，沿路到周围的村庄讨一口饭吃。

母女俩相依为命待了不到三年，因生活所迫，通过人家说合，外婆又走到李家南坬村，同李应则结了婚。也就是在这个时候，父母亲在路上相遇，结成夫妻。

外婆改嫁到李家南坬村，已是近四十岁的人。那时李应则有两个孩子，年龄分别是六岁和两岁。外婆把两个幼小的孩子当成亲生儿子对待，吃饭穿衣，缝新补烂，屎一把尿一把拉扯他们长大，帮助他们娶过婆姨，又带大了孙子孙女。

可李应则刚刚六十岁就因病去世。临死时，他对两个已经成家立业的儿子说："你们都长大成人了，一定不要忘记你们妈，好好照顾她，她比你们的亲妈还亲。"两个儿子流着眼泪答应了父亲的请求。

灾难又一次降临在老人身上。第一个丈夫青年时就饿死，第二个丈夫刚步入老年就离世。可惜她没有生下一个儿子，饥饿、孤独，儿媳妇对她指桑骂槐，方方面面的事搅得她失去生活的信心。外婆像个多余的人一样，继子媳妇给她白眼，继子不闻不问。她又和小儿子李恩义一起住了大约四五年，到了1968年，她老人家实在饿得待不下去。那时，我父亲对外婆非常尊敬，对她的遭遇非常同情，请她在家中长住，一住就是一两个月。

可有什么办法，外婆忍气吞声又过了两三年，已是六十五岁的人，被逼嫁到了比她大五岁，离家二十里路的訾柏沟村一户人家。

这户人家儿孙对她非常尊重，妈妈、奶奶二字经常连在口上，孙子们左一个奶奶又一个奶奶不停地叫。她在这个家根本不是个外人，母亲也经常带着我们去看望她，她老人家经常跟母亲说如今全家人对她怎么好。母亲经常问我，你还记得吗？我回答她："记得，记得很清楚。"母亲接着说："继父的两个儿子，不仅对你们外婆经常嘘寒问暖，而且对咱们接待得也非常周到。可好日子并不长，她到这个家第三年，你们的继外公又因病去世。"

继外公去世，外婆在这家能待下去吗？这里的大人小孩儿她可没付出一点儿啊？我当时已经是十四岁的大孩子，想到这个问题，想到外婆会不会被赶出家门。

两个舅舅、妗子，以及他们的儿女，不仅没有嫌弃外婆，而且把老人家的一切生活所需考虑得周周到到，安排得细致入微。外婆孤身一人，可几个孙女抢着和她住。外婆一个季度吃多少米面油，用的柴炭、冬棉夏被一应齐备。各方面照顾得比继外公在时还周到。好日子过得并不长，继外公去世不到两年，她也因病去世。那年外婆七十岁。当母亲回忆这些往事的时候她讲述得非常认真细致，所以我记得非常清楚。至今大舅訾宽则、二舅訾恩则，表哥訾建设、訾在猫、訾文学，以及表姐訾俊泽、訾文泽等对外婆无微不至的关心照顾、嘘寒问暖我仍铭记在心。

外婆去世那年，我十七岁，读初中二年级，父亲来郝家中塌村寻我，听到外婆去世，我流出了伤心的眼泪。父亲要带我一同去见外婆最后一面。当时我不敢向老师请假，父亲去找班主任田树璋老师，这个假被拒绝了。班主任田老师讲，现在是非常时期，马上要考高中，一天也耽误不得。父亲只能听老师的话，径直一个人去訾柏沟村。

没有参加外婆的葬礼，成了我一生挥之不去的痛。好长一段时间，外婆慈祥的面容，总是浮现在我的脑海，就是进入高中后，似乎每一天、每一个夜晚外婆都陪伴在我的身旁。

最使我难忘的是，外婆去世的次年，我已进入神木中学读书。那年的清明节头一天，正好是星期六，我没有回家，一个人从神木去了訾柏沟舅舅家，决定上坟给外婆外公点纸。来到舅舅家，家中老小都非常高兴，我们吃了香喷喷的猪肉烩菜米饭。

第二天一早，我和两个舅舅以及表哥表姐，一起上坟点纸磕头。烧纸结束，我放眼眺望，看看坟地四周，回忆外婆的音容笑貌，想起她对我无微不至的关心，我的眼睛又转起泪花。

那是春夏交接的时节，天气比较暖和，晴朗的天空没有一朵白云，红红的太阳在微风的吹拂下有一点儿凉意，可回忆起外婆的点点滴滴，温暖冲淡了一切。我和几个表哥说笑，不一会儿就到家里了。两个舅妈忙碌着做饭。我坐到炕头，没有两三分钟工夫肚子疼得一阵比一阵厉害。

我努力地忍着，不想给舅舅家带来一丝麻烦，脸上的汗珠不停地流淌，直到无法忍受了，我含着眼泪向二舅妈说："二妗子，我肚子疼得实在不行了。"随后我放声大哭。

两个舅舅和几个表哥都来了，围在炕边，给我喝盐开水，熬生姜红糖水喝，都不起一丁点儿作用。

我躺在炕上捂着肚子左右翻滚，一会儿躺下，一会儿坐起，疼痛难忍。大舅给我十指放血，十个指头一点儿血也流不出来，左右手的脉搏也很微弱，似有若无，两只胳膊也早已冰凉。大舅妈赶紧叫来村里的赤脚医生，把脉看舌苔，什么话也没说，什么药也没开，赤脚医生提着药箱走了。

怎么办呢？大舅急中生智，很快叫一个村里人到我家去寻父亲和母亲，以防不测。而大舅二舅拿着香纸上庙求神祈祷，这已是农村缺医少药的最后一步棋了。

香点了，神求了，又讨了三包药，回到家里将药掺水喝了。不到两分钟我的肚子渐渐好转，没过半个时辰，像个好人一样，有说有笑。

老家枣树圪村距离訾柏沟村有足足二十五里路，父母得到消息一路跑过来已是下午两点钟。他们听舅舅妗子仔细说事情的经过，母亲的眼泪哗哗地流，并骂我外婆死了还不让活人安宁。

据老者讲，死了的人对他的亲人哪个最疼爱，哪个就容易得病。死者对你的好，其实是一种对活着的人的严厉惩罚。是真是假，无法解释。从此以后，我再没有上过外婆的坟，更没有给外婆烧过一张纸。可外婆那张带有深深皱纹的脸，那清末女儿小巧的缠脚，那如同母亲能说会道的模样，我永远不会忘记，至死铭记。

第十一章

迁坟求子庙宇拴子 香火不断谁之功劳

儿子找下媳妇，奶奶的一块心病也去了。三口之家的小日子过得还算美满红火。可两年过去，第三年到来，她还是抱不上孙子。她老人家多次催促，儿子出面请神官下马，上庙点香磕头，可就是生不下。她盼了一年又一年，心想难道她就是这个命吗？两个儿子仅剩一个，二十多岁好不容易找到媳妇，还不会生养，她真的要断子绝孙吗？

这究竟是怎么回事？父亲不信神不信鬼，更不听老人们说什么"子续出在坟地上，家旺出在宅子上"的那句话。

可是，他还是会犹豫，会怀疑自己的判断。难道两口子不会生孩子真的与家中那块坟地有关系吗？父亲思来想去，抱着试一试的心态，也就是人们说的病急乱投医，实在想不出解决办法，只能轻信老人的话，决定换一块新坟地。

正月里，闲着没事，父亲转遍村子的每一块土地，每一个山山峁峁，最终选定圪针弯，那一块地四面环山，坐北向南，他将坟地设在半山坡，自认为那里是一个风水宝地。他又不放心，请来了阴阳先生，去那个地方看了看。老先生说很好，没问题，并且说怀山、背山、脚下和左右都有依靠。他才放下心来。

可万万没想到，这一年秋天，奶奶病逝了。她年年盼，日日盼，抱孙心切，可三年多过去，等不得了，奶奶因病离开人世，那年她

45

五十五岁。

安葬奶奶时，父亲让村上人将爷爷的尸骨从埋葬列祖列宗的坟地迁到了圪针弯，那块他选中的新坟地，同奶奶安葬在一起。第二年正月，父母亲一起去神木城看正月十五的红火热闹。

每年正月十五，县城内有扭秧歌、踩高跷、耍狮子等一系列活动，这是神木人的传统节日，同时也是人们在二郎山、东山两处大型神殿庙宇祈福的节日。每年的正月初八初九开始，一直要持续到正月十五或正月十六晚上方结束。距离县城五六十里地村里的大人小孩儿，都盼望着在这几天进县城看热热闹闹的场面。

父亲是一心一意去看热闹的，可母亲和他的想法不一样，决定去二郎山求神，她不相信自己没有生儿育女的命。

那年的二郎山庙会，神木城街上热闹得不得了。他们赶着毛驴，大清早从枣树圪出发，不到九点就进入城里，看见熙熙攘攘挤满从各地赶来看热闹的人。

神木城内到处插着红旗，人们喜气洋洋，经过几年的土地改革，人们的生活水平有了极大的提高，都能吃饱饭。街道上熙熙攘攘，小商贩们在路旁叫卖，人们拖家带口地出来欣赏夜火，或者去二郎山烧香拜佛，期盼年年岁岁风调雨顺，事业顺风顺水，家庭和睦。

二郎山脚下人挤人，他们真正见识到什么叫作人山人海。虽然每年都会经历，今年的触动却特别强烈，大家都喜笑颜开，大声地嚷着。小孩子手里拿着玩具，大人们则要照顾小孩儿，不时地还要打招呼聊天，大家摩肩接踵穿过窟野河，去爬二郎山。

说起二郎山，它被称为"陕北的小华山"。《神木县志》记载，明正德十三年（1518年），武宗巡行驻跸，观山状似笔架，赐名"笔架山"，又因山峰形如骆驼背，俗称"驼山"。它在窟野河的西岸拔地而起，像一把刀一样插在窟野河、秃尾河汇流之间，造就了神木独特的自然景观。关于二郎山的得名，有许多神奇的传说。有一个传说认为二郎山是天神杨戬的头。然后，他的身躯就是天台山。还有一个传说认为沙漠来了一只骆驼，喝光了河里的水，依然没有解渴，后来它渴死了，驼峰就化作现在的二郎山。第三个传说是根据二郎山庙的碑文记载而来。明正统年间，由于经济条件很落后，人们治理不了水患，就借助神灵的力量来治理。由此人们就在山上修了二郎庙，而这座山就被称作二郎山。这些传说有一个共同点，都反映了古时人们朴素的、对美好生活的向往。神木地处陕北，自然条件较为恶劣，神话传说恰恰是干旱和水涝的体现。

二郎山上有许多殿、庙、亭、阁，比如，地藏洞、总兵祠、聚云堂、浩然亭、朝仙洞、养真洞、古佛洞、观音阁、二郎庙等。这些庙洞堂依山而建，布局合理，有些墙壁上还有壁画、碑石和题记等，这些都有很高的艺术价值。每年的庙会，人山人海。有许多人慕名而来，就是为了能够一睹二郎山的风采。

母亲背着父亲和庙梁村的二姑，独自去买了一大包香、黄表纸，登上二郎山，给大小庙宇点了香，磕了头，又走到供奉王母娘娘的庙里，跪下来点香，烧了黄表。看着王母娘娘那慈祥的雕塑面孔，母亲诉说了自己当童养媳受尽折磨，好不容易找到一个稳定的家，可三年多来生不下一儿半女，祈祷王母娘娘保佑她生儿育女，并许愿一定感谢娘娘的大恩大德、大慈大悲。随即，上了一块钱布施，作为对娘娘的忠诚与信赖，并将娘娘身边放的红线放在了黄表上，镀了半炷香的工夫，揣进怀里。

她怀着迟疑、盼望的心情走下二郎山，找到父亲，一起回到了庙梁村，将在二郎山王母娘娘塑像边镀好的黄表和红线一起用红布包好，缝成三角形小牌子戴到身上。

说来也奇怪，祖坟换了位置，在二郎山王母娘娘庙祈祷回家后，母亲就怀孕了。

1957年农历十月初五晚上十点左右，一个幼小的生命降临了。

父亲一看是个男孩，高兴极了，对等待母亲生产的丈母娘说："起个什么名字比较好？"她说："你们看吧。"母亲接着说："这个孩子是我在娘娘庙上拴的。"说着，她将衣服上的红布三角牌摘下，并说："当时有个照庙的老人说，只要孩子生下来，就把这个牌子在长流水中丢掉。"父亲一言不发，心想：不一定，也许是我倒坟地，列祖列宗保佑来的。可心里高兴的是，不管怎么来的，孩子都是他的亲生儿子，能传宗接代，心里也就踏实了。

外婆将牌子递到父亲手里。"那就叫栓林吧。"父亲说。母亲和外婆也都同意这个名字。他们为我起了这么个有点儿土里土气但寓意深刻的名字。"栓"字寓意是在娘娘庙拴来的，是夫妻俩日盼夜想的结晶。"林"字是排辈字，老大王改过的儿子叫林林，二大王喜喜是我叔伯爷爷王侯雄的大儿子，他的儿子叫文林，那么我父亲作为那一辈的老三，那他的儿子就叫栓林，不是挺好的吗？从此以后，这土里土气的名字就伴随着我成长。

儿子有了，两口子的日子过得更加圆满幸福。我纯属父母恩爱有加的结晶。我身上有上天赋予的品质，父母传给了我善良、敏感、多情的心，这颗心给他们带来了喜悦，让他们的日子有了盼头，有了希望。

又过了两年，1959年，母亲生下了二弟，取名卡林。四年后，就是1963年腊月生下三弟，名叫凤林。后来又生下了一个女儿取名先娃。四个孩子、两个大人的六口之家，日子由原来的幸福美满变得不安静起来。

第十二章

精打细算挨饿忍饥　夜半争吵孩子号啕

1953 年冬，我们村开始社会主义改造。其实，早在中华人民共和国刚成立，我们村就开始自发地以变工队模式进行农业生产，轮流为各家耕种，略有些不公，但也没人计较。那时候，家家户户都穷，耕种起来总是缺少工具、牲畜，有的家庭没有牛，有牛的家庭又没有犁。于是，村民们便有组织地共同从事农业生产，今天帮你家种，明天到他家来，促进了农业生产的发展，日子也算过得红火。我出生前，农业的社会主义改造已经完成，全县建立规模不等的农业生产合作社。我出生的那年，县里正在对农民进行大规模的社会主义教育，开展"除四害"为中心的爱国卫生运动。

自从二弟卡林出生，也就是 1959 年后，农村进入了农业社阶段。从那时开始，几年的舒坦日子慢慢结束，家里的生活明显开始走下坡路，一年不如一年。

母亲经历了近三十年的饥饿考验，和死神斗争了近三十年，亲眼看见了人们被疾病、饥饿折磨而死的惨状。因此，对每年队里分的糜子、黑豆、高粱等粮食，包括土豆分了多少都记得清清楚楚。每年冬季，晚上一有闲暇，母亲就要详细进行核算。这个冬到次年六七月要磨多少三面，给三面里拌多少谷糠、米糠，磨下的三面大约可装几瓮，隔天吃一顿还是三五天吃一顿窝窝头，每天吃多少，要计算得清清楚楚，必须坚持到来年秋收之际。

谷子的籽粒在碾子上反复挤压滚动，将皮和小米分离，用簸箕将皮颠出去，剩下的颗粒就是小米，将糜子去皮后就是黄米。村上人黄米吃得很少，因此便将产下的糜子在大铁锅炒得非常烫手，再将炒热的糜子一簸箕一簸箕倒在炕头最热的锅头边，堆成一个小土丘，用被褥、毛毡严严实实盖住。三天后打开，倒在院子里晾干水分，然后在碾子上滚三遍，第一遍糜子外壳去 85% 以上，第二遍去全部皮，第三遍连表皮的细皮也去了。人们不把这种米叫黄米，而是叫炒米。这种米颜色深红夹青，炒香十足，无论做捞饭还是做粥，味道都香甜可口，而且比大米捞饭咬起来感觉顺口百倍，吃到肚子里非常舒服。有胃病的人吃了，感觉不到胃疼。从我小时候到中年时代，神木城里，只要是枣树圪村产的炒米，不愁卖不了，并且卖价比其他任何地方都高。枣树圪村的炒米在县城非常有名。人人抢着买，可惜由于产量低，加工复杂，如今的枣树圪村早已淘汰了炒米的加工工艺，连糜子都没人种了。

六口人的小米饭，每顿用多少，黄米、炒米捞饭是三天还是五天吃一顿；去神木城卖多少小米、炒米、豆类、黄油等，才能给家里大人、小孩儿穿衣，买炭，过年才能买几斤猪羊肉。所有的生活开支细节父母都要算得清清楚楚，考虑到万一次年收成不好，两口子还要计划节流多少以备灾荒出现。

我八岁那年，秋收刚结束，队里分回来一布袋粮食，有糜子和黑豆等。鸡刚叫，我睡醒了，睡眼蒙眬中看见父母借着微微的光亮，正在核算今冬到明年一年的生活开支。他们说着，分歧出现了。

母亲说："一顿稀饭下两勺米差不多，咱不能只顾明年吃，如果明年天气大旱，后年吃什么？"

父亲发火了，道："你胡说八道，两勺米不到六两，每个人每顿一两，照见月亮的稀汤饭，孩子们受不了，我更受不了。"

"那你说下多少？"

"三勺子。"父亲肯定地说。母亲不再说话，明显怄气了。过了一会儿她才发话："一顿饭三勺子，每天两顿是六勺子，隔天吃一顿窝窝头，六天一顿捞饭，剩下的天数都是稀饭，有时候一顿饭给和点菜和山药，大多数饭连菜都没有，你再详细算一下用多少小米、多少黄米和多少三面。"

母亲的问话不紧不慢，父亲半天一句话不说。

我听了，心想：分回来那么多粮食，不能天天吃粥、吃捞饭呀，为什么要让我们饿肚子？

最后还是父亲说："我大概算了一下，一年下来将吃小米八百斤左右，要碾三石粮食，装下四瓮小米才够吃一年。"

"把所有的粮食都碾了也不够吃，还要留一部分磨三面，还要卖点小米。咱们不用买衣服，可三个孩子的衣服布料不买不行，油盐酱醋和过年用品也要用钱，你说每顿饭下三勺子米行吗？"母亲开导他。

"那就一顿饭两勺子吧。"父亲说。

"那三面要磨多少，炒米碾多少？"母亲又问。

父亲说："隔天一顿窝窝头，一年一百八十顿，六天吃一顿捞饭，一年吃六十顿吧！"他的话，好像不敢肯定自己算得对还是不对，有点儿犹豫。

鸡又不停地叫，东方的启明星已经高高挂在天空。我睡不着，接住了父亲母亲的话说："妈，能不能天天吃窝窝头？我们饿得不行啊。"

母亲说："孩子，你不懂，咱分回来这点儿粮食，要计划好够明年一年吃，还要给后年留点儿节余，我可被饿怕了。"她嗓子哑了，哭诉着继续说，"1948 年，你的外公被活活饿死，我和你外婆差点儿也在到处流浪中回不了家。我和你大现在计划明年每天怎么吃，吃多少，你们虽然饿，可照见月亮的饭也还能吃得上。如果

51

每天吃窝窝头，家里分的粮食不到半年就吃光了，一年剩下的几个月吃什么，喝西北风吗？"

母亲一边哭一边诉说，我虽年龄小，可母亲的哭声和每句话把我幼小的心打动，我也哭了，紧接着放声号哭起来。

我的哭声惊醒了二弟三弟。

二弟和我盖一个被子，他听到我的哭声，爬到母亲的被窝里，二弟也哭了。

二弟问母亲道："怎么了，大大打我哥？"

"没有，你哥梦见坏人打他。"母亲编了一个谎言给二弟，二弟不说话了。

天渐渐地亮了，母亲要起床做早饭，父亲要下水井给家里挑水，可我睡在炕头暖烘烘的被窝里盘算，一个大活人怎么还能饿死？外公怎么就饿死了？

大约过了半个时辰，父亲担着两半担水回来，母亲生气地说："怎么半天挑这点儿水回来？"大说："等不来水，等水的人多，没办法。"

"你又把水让给人家了，我窝窝头捏进锅里半天没水，瓮里没一点儿水，等你好长时间，挑半担水，中午饭怎么吃，孩子们怎么洗脸？"母亲一连串的问话，父亲发火了，两口子你一言我一语相互不让，打了起来。

三弟刚满两岁，本来睡得好好的，这一吵一打，我们弟兄三个都放声大哭，邻居二妈听到我们三个的号哭声和父亲的怒吼声，以及母亲的唠叨声，跑过来大骂父亲一顿，这场风波总算平息下来。

我和二弟各自穿好衣服，一言不发，互相帮着叠被子。母亲给三弟穿好衣服，我和二弟又卷好那几块不知睡过了几代人、烂了窟窿高低不平的黑羊毛毡。那毡厚度不足一厘米，长约两米，宽约一米。晚上睡觉铺在炕上，早上起床时卷起来。当时家家户户都有毡，毡是农村人必备的炕上用品。我们用扫帚扫干净炕，早饭没有笑声，相互在不闻不问中算是吃了。

三天后的半夜里，公鸡开始打鸣，又吵醒我和父母，两人又开始说六口人一年吃米面多少的事情。

母亲说："孩子们一年比一年大，饭也吃得多，穿衣也用钱，咱不能只顾眼前不考虑长远呀，遇上个天灾大旱怎么办？吃五谷哪有不生灾的，该节省饿着肚子也要节省。"

父亲说："一顿饭用两勺米，一年我算是一石五斗米左右，要两石多的小米、玉米和黑豆，得碾六斗糜子的黄米，磨三瓮三面。"农村人为什么将吃窝窝头的面叫作三面？穷困潦倒的年代里，多数家庭使用三种或几种粮掺在一起，再加上谷糠磨成的面叫三面。

"那就两份掺上一份糠。"母亲说。

"五斗小米、玉米和黑豆，五斗糜子，搅拌上了五斗黄米糠，一年差不多够隔一天吃一顿窝窝头了。"父亲详细地计算。

"半桩桩、饭装装，老人经常这样说，三个孩子一天比一天大，饭也会越吃越多，再过两年，你这么算又不够吃。"母亲不停地说，唉声叹气发出惆怅的声音。

"哎，愁死我了。"母亲长吁短叹一声。

我睡在被窝里，听着二人安排好来年的吃饭问题，又听到父亲说准备新掏一孔红胶泥窑洞，还为没有水吃的问题而发愁。我当时八岁，坚定了为父母分担一点儿家务的信念。

可怎么个帮法，我一时想不出办法。天渐渐地亮了，父母像往常一样起来，做饭的做饭，担水的担水，各自忙各自的事去了。

第十三章

偷藏米面巧度饥荒　为夫不乐儿怨被伤

　　从我记事起，至母亲去世，半个百年过去，她饱饮风霜，生活俭朴。二十世纪六七十年代供用粮食、布证时，母亲背着父亲偷偷地藏过粮食、布证，以防灾年我们饿肚子，穿不暖。多少个年头，十年九旱，她又背着全家人，悄悄地藏下各种调味品，生怕逢年过节吃肉时没有花椒大料。母亲利用五年时间，藏下了近三斗小麦。到我结婚时奉献到了全家人面前。村上的老犍牛，在石磨前转了整整三天，结婚前后一连几天食用馒头、面条，现送亲戚朋友都绰绰有余。她藏过小米、豆类、油籽，生怕饥荒再次发生。

　　更使人无法理解的是，改革开放后的数十年，每顿饭吃完后本来碗里什么也没有，可母亲还要伸出长长的舌头将碗舔得干干净净，生怕丢下一个米粒，一小块面片菜叶。无论吃捞饭还是吃面条，她没有倒过一碗捞饭米汤，没有倒过一口煮面条的面汤。老两口无论自己做饭还是后来雇了保姆来做饭，总要预计好锅子里舀多少水，煮面的面汤，必须当天晚上正好用完，捞饭的米汤必须当顿饭正好喝完。

　　母亲口中经常说的一句话："我是被饿怕了。"这句话如同她的座右铭。一旦我们浪费粮食，或者埋怨她，嫌她舔碗底不雅观，她总是用这句话提醒我们。我父母一生中，仅发生了一次严重的旱灾，好端端的三个亲人，均被活活饿死。她能不怕吗？两位老人会忘记吗？

直到老两口进入七十岁高龄，之前争吵月月有数次，打架年年有发生。功过是非轻重缓急，当儿女的无法评论。可我们看在眼里，疼在心上。多数的争吵均是由做饭产生，好饭差饭，饭稠饭稀，都成了他们争吵的焦点。情况严重时，父亲压不住脾气，一旦不能称心如意就动手打母亲。父亲一生经历了多次动荡，可总觉得让儿女们穿得整整齐齐的，走在村里让人看得起，甚至于羡慕。吃的也不要太差，按每年初冬计划好的，第二年隔几天吃一顿窝窝头，隔几天吃一顿捞饭和三合面条，每顿稀饭下多少米，既不稠也不稀就行，不要过分受饿，不要自己人折腾自己人。可母亲不这么认为，她总要在计划好的下锅米中，想办法少半勺，甚至更多，计划三五天吃的捞饭，她总要推迟一两天，或者更长时间。

父亲多次端起那一碗照见月亮的稀饭，初次喝一碗不说什么，当第二碗、第三碗舀在碗里时，他发火了："这灾荼什么时候吃到头，让我怎么有精神去地里干活儿？黑夜孩儿们饿得怎么睡觉？"

母亲也不想少说一句："你想吃海菜席我也给你做，可家里没有这东西呀，辛辛苦苦受一年，能分多少粮食，既要缴公粮，还要考虑孩子们穿衣裳、买布、买线，又要防止有个七病八痛，我也想吃好的，想吃稠的，有吗？"

父亲性情耿直，说话不拐弯抹角；母亲伶牙俐齿，能言善语。她一句句顶撞，顶的父亲一句话也回答不上来。男人的威严，男人不示弱，不怕你是个不省油的灯。他的拳头就向她的身上挥去，母亲哭着，甚至于放声大号，嘴里仍不停地唠叨。

初开始争吵，我和二弟也哭，站在一旁不吃不喝，一言不发，任由他们争吵。凤林和先娃年龄小，特别是先娃才两三岁，不懂事，母亲一边哭一边数落，妹妹先娃饿了，要吃妈妈的奶，爬在她身上乱扯衣裳。母亲发火了，一把掀开妹妹足足有一米远。她哭了，两

55

只小腿不停地蹬，并在炕上打滚。三弟不懂事，把这场斗争根本没放在心上，两碗稀饭喝饱，拿起这东西丢掉那玩具。母亲的火正没个发处，就将手伸到了三弟凤林的屁股上，狠狠地拍了两下，他放声大哭。两个小的都在号啕大哭，母亲也在不停地哭诉唠叨，我的眼泪也哗哗地流。二弟卡林小时候既调皮又倔强，他从不掉一滴眼泪，但会睁大眼睛不时地蹬着父亲那凶悍的脸。

两个孩子的号啕声，母亲的哭诉声，汇成了一曲既悲壮又心酸的交响曲。这个家庭响过多次，声音一起我就心碎，身子骨就软，我无奈彷徨。父亲经常因吃饭一事和母亲争吵斗争，深深地伤害了我们兄妹四个的心灵，给这个家庭所有人造成了心灵深处的创伤和痛苦。

只要一发生争吵，两三天内这个家就只有三弟和四妹活泼，家里的气氛紧张到使人无法喘气。从门里到院内死一般沉静，好像鸡狗也懂得人性，不鸣一句，不唤一声。父亲对一次次争吵，从不放在心上，挂在脸上，争吵一结束该干什么干什么去，回家该说什么照说不误，好像没发生争吵一样。母亲的记性比他强，两三天内不想和他说一句话，总感觉转不过弯来，这口气咽不下去。可父亲的大度以及开朗的性格，将这一次次争吵斗争化险为夷，斗争结束没出两三天，还是笑脸相迎，话声不断，搞得母亲哭笑不得。

家里每顿饭的稀稠或改善生活，母亲几乎不怎么听父亲的话。饭照样稀，交糠拌菜的窝窝头照样吃，补丁摞补丁的衣裳照样穿。

二十世纪五六十年代，春夏秋三季母亲受的苦最多。父亲不怕打棍子、扣帽子，迎着风口浪尖，走东村转西村，买驴买马，下骡驹子赚钱，这几年不仅父母受尽了人间苦，我们弟兄三个也在节假日、星期天和平时放学回家后干了不少活儿。可一家六口人只有两个劳动力，多劳多得，少劳少得，不劳不得，使人喘不过气来。

那时，我们村一个生产小队就是十二三户人家，四五十口人，合并成一个大队后也不足一百五十口人。一年产的粮食也累计不足一百二十石，人均一石粮食的年份就算大丰收。工分、人口比例二比八或三比七分配。六口之家，两个劳动力，分的口粮还要卖一部分，一年三百六十天，这日子怎么过呀？哦，外加六口人的自留地、猪留地产的粮食也加进去，几斗最多一石，人均粗粮每天不足一斤，一日三餐，照见月亮的稀饭不喝行吗？糠窝窝头不吃行吗？

第十四章

父亲理村分工记分 威风凛凛成我榜样

从我六七岁起，我们村和全国一样，早已进入人民公社。全村家家户户的土地归集体所有，每户有劳动能力只挣工分。除了自留地，其他都属于大集体。我们家六口人，只有一亩二分自留地，而且是纯山旱地，种不出什么好的庄稼来，每年产二三百斤山药，或者种点儿即时吃的玉米、豆角等。六口之家的生活，就靠大集体分的粮食——糜子、谷子、黑豆等度日。

从我十三岁开始，利用星期天、节假日参加村里力所能及的劳动，给牛挽草，打土疙瘩。夏秋季节牛驴没活干时，就去放牛。因此，我也有工分本，上面工工整整地写着三个字：王栓林。

那时大男人劳动一天记十分，身强体壮的女人干活儿记八分，体质差或者干活不认真、偷工减料的记七分或更少。上下午的工分比例是六比四。我一开始干农活儿，年龄小，每天记五分，给牛驴挽草按斤计分。

工分本是每个家庭，每个有劳动能力人必备的手册，千万不可毁坏丢掉。它成了每个人生命的一部分。工分本大约长七厘米，宽五厘米，大约十张厚纸质装订而成，表面打印工分手册，下边写姓名，里面每页都是表格，顶部写日月、干活类别、分厘三个项目。只要是参加劳动的，人手一册。

当然，队里的会计，每十天要将总分小登记一次，每一个月要合计记入总账一次，以防不测。这样到了秋收分粮食给各家各户时，通过会计详细核算，每人的工分一年总共挣多少，每家总计多少，全队总共分是多少，人均分配比例是多少，会计马上就可结算出来，分毫不差。

每天晚上，劳动结束后人们回家吃饭，然后到指定地点开会记工分。一群人围坐在土窑洞中，人人拿出工分本，说清楚今天干了什么，记多少分。可这工作看似简单，其实很复杂，有那么一两个偷懒的，本来这活他分配得少，上午或下午早早可以完成，再应该和其他人完成其他活，可他没有去，而是偷偷回家，这事被其他人发现举报，也是常事。大集体中偷奸耍滑、不出力、磨洋工的大有人在，这些人常受到书记、队长的批评。父亲是生产队长，要扣他们的分，他们就不高兴。工分是一个人的生命，哪怕一分都要争得面红耳赤，有的人和父亲争吵，甚至破口大骂，但父亲寸步不让，毫不留情，坚持扣他的分。

工分记完，父亲又开始安排明天每个人去干些什么活儿，男女老少因人的能力，因活儿的简单复杂分配得头头是道。

会议结束时，父亲还要鼓励大家，吃点儿苦也要把这活儿给咱干好，完成得漂漂亮亮。

我经常跟着他去开这样的会，听着他条理清楚地安排每个人的活儿，看着他瞪大眼睛批评那些干活儿不出力还想挣高分人的神情。那时我真的好羡慕。

村里三个小队，每个队仅仅十几户人家，能参加劳动的不足三十人，可这三十人要完成两百多垧土地的耕种锄收。各类粮食的分配，要由父亲和我的户家①哥哥王连同花时间动脑筋，去分工。他们两个每天晚上除了要组织村民开会，记工分，安排第二天的任

---

① 户家：本意指本家、同族，也指庄户人家。

务外，还要单独碰头商量，这块地种什么，让谁去耕种，谁去撒粪点豆，打土疙瘩，甚至种这块地用哪个牛去耕，也要安排得条理分明，清清楚楚。

春夏交际，麦苗长了一寸多高，要开始锄地。哪些人去哪里锄地，这里锄完，再去哪里，哪些人去哪一地段锄，哪些人去给牛驴锄草，去放羊，安排得有条不紊，一个不漏。

秋收时节到了，先收什么，收哪里，去多少人，哪些人去，再收哪里的，去些什么人，去多少，安排得细致入微，无差无错；场梁上打糜子、谷子、黑豆等一系列的作物用些什么人，也安排得不让一个人有偷闲的机会。

秋收结束，粮食分到各家各户前，他还要计算，明年的种子留多少，储备粮保存多少，上缴国家的公粮多少。各类作物粮食留的要足够，然后再考虑怎么分，人分多少，工分多少，没有劳动能力的五保户分多少，牲畜饲料储备多少等。

冬天了，本应清闲几天，可父亲没有一天休息过。每家每户的烧炭，要去神木城买下，用牛驮回来，来回五十里路。用几头牛几个人，哪些人去，回来先给哪家分再分给哪家。那时村里的烧火炭是用牛驴驮，没有平板车子，更没有宽两米的路，来回县城的路都是人或者驴马走出来的羊肠小道。还要安排男人、年轻女人给牛驴铡草，储备今冬到明年几乎一年的牲畜吃草量。还要安排今冬明春的农田基本建设大会战，平整哪里的土地，家家户户必须去平整几垧，安排家家户户碾米，磨石用多少个牛工驴工，人分几天，工分分几天，每天碾米多长时间，磨三面多长时间。这些牲畜工作量的分担，什么时间拉上出工、什么时间收工必须固定时间，且每家每户的牲畜分工必须固定在农历腊月二十三前完成。

那时我心想长大了，也像父亲当个生产队长，多神气，让他们去哪里干就得去哪里干，去干什么就得干什么。九岁那年初春的一个晚上，开完会，回家的路上，我对父亲说："大，我长大，你老了，我当队长怎么样？"父亲大声说："这活不是人干的，受罪在前，还要经常指点这个，批评那个，容易惹人，你不能当的。大要想办法让你们弟兄三个都念书，只有念好书，长大了当干部，才能过上好日子。"路上走着，父亲又自言自语说："这种日子什么时候才能结束？"我当时理解不了，也没有问他。

快到家门口，父亲又说了一句："大要让你好好读书，当个公家人。不当这烂队长。"这句话在我心里装了几十年。

父亲真的实现了他那梦寐以求的愿望。

第十五章

父母怄气从未停息 偷针摘梨防微杜渐

我八岁那年初冬，秋收刚结束，场梁上杂七杂八的农活儿也基本完成。当时村子里分三个小队，父亲是三队的队长，早饭吃罢，他叫三队的男人们去给牲畜铡草。

母亲照顾三弟凤林吃饭，洗了锅，清扫了土地板，坐在炕楞上一把鼻涕一把泪哭开了。她叫着我名字说："栓林，你也懂事了，自从我养下你和卡林后，你大变了，性格不和从前一样，稍有不如意、不称心，不管有人没人一吹胡子二瞪眼，对我经常想打就打，想骂就骂。我不知道自己究竟犯什么错？"母亲嘶哑着嗓子哭诉，"迟早哪一天，我要死在你大手里，要么是被他打死，要么是我自己寻死，一了百了。"

当时我年龄虽小，可心里很疼爱母亲的，对父亲捶打她只是敢怒不敢言，我小时候嘴笨，说不出什么安慰她的话。

可二弟卡林，和我不一样，他虽六岁，嘴可甜了。他坐在母亲的怀里，说："妈妈，你不能死，死了我们谁照顾？"母亲哭得更伤心。从这时开始好长一段时间，母亲从地里劳动回来，我白天几乎都守在母亲身旁，注视着她的一举一动，生怕她的话变成现实，怕母亲丢下我们远走高飞，或者发生意外。

斗争已变成父母的家常便饭。可父亲总是以无所谓的心态面对一次次的斗争。母亲说过她要离开这世界没过两天，父亲满脸污垢，一身尘土回到家中。这是铡草时草上的尘土和铡草时的粉末，吹到他的身上脸上。我帮他将后背的粉尘用笤帚扫掉，他洗把脸，有说有笑地给母亲讲着铡草，讲述道听途说来的各自家中的故事，好像这两天没有发生打骂的事一样。

父亲不仅经常打骂母亲，对我们弟兄三个也时常大发雷霆。父亲的脾气非常暴躁，只要饭做得不顺他的口味，不管是对母亲，还是对我们弟兄，都会拳打脚踢，甚至刀子木棍一起出手。而我的母亲，她很会说话，她以自己亲身经历的故事和听到的实例去感化教育我们，甚至她会想尽办法去教育感化父亲。我对母亲能说会道、超强的记忆非常佩服，她每次说的一些故事和道理，没有一句重复的语言，同时能将事件发生的时间、地点、过程说得清清楚楚。

母亲的唠叨，确实有时候让父亲很生气，加上儿女多，门里门外很多问题要他去考虑解决，拖儿带女一大堆，生活一年不如一年，这也是他脾性越来越坏的原因之一。在我童年的记忆中，母亲在家中所承受的屈辱不可计数，是我那个年龄无法感受的。至今回想起来，我总觉得古语说得对：儿多母亲苦，子多父无宁！父亲脾气暴躁，他像数九寒天的狂风，随时会在我们狭窄的窑洞里掀起惊涛骇浪。那时候，我只盼望母亲可以少说两句，也许能息事宁人，不必火上浇油，发展到父亲动手的地步。父亲的脾气就像刚入秋的天气捉摸不定，我很害怕，总是唯唯诺诺，沉默寡言。二弟卡林恰恰与我相反，老是恶狠狠地盯着父亲，哪怕父亲冲他瞪眼，冲他挥舞拳头，他也不会露出灾难来临前恐惧的眼神，而是如同英勇赴死、赶赴刑场的勇士气势昂扬，绝不低下倔强的头颅。

村子里人口少，和我同龄或者大一两岁的男孩、女孩只有二三十个。我们经常一道玩耍，踢毽子、跳绳、溜黄土坡，无忧无虑的，大家有福同享。

有一天，我们八九个孩子一起到村里王秋锁的自留地上，每人偷偷地拔了一个萝卜吃。父亲知道我参与后，火冒三丈，从家里跑到外面到处找我，在大村外面的场堆上看到我和孩子们玩耍。远远地高吼一声："栓林，你是不是今天偷人家的萝卜了？"我听见这吼声，一下魂飞魄散，也只能硬着头皮嗯了一声。父亲听见我的回答，三十米开外拿着木棍，三步并两步跑过来。村上的大人王长留见情况不妙，赶紧对我说："快跑，你大往死里打你呀。"

我拗着说："让他打吧！"腿脚已经不听使唤，站下一动不动。王长留看到我站下不动，拉着我向前跑。我拽着不动，说了句"让他打吧"，用力扭着身子甩开他的手。父亲跑到我跟前，两只眼睛怒睁充血，扬起棍子不停地抽打我的屁股。他一边打一边大声吼叫："我再让你偷！我再让你偷！"村里几个男人女人看不惯，拉开了他。我看到他的脸铁青，眼睛翻得像铜铃一样，上气不接下气地一口一口喘息。当时，我心软了，向他承认错误："大大，我再也不跟他们胡跑乱蹿了，更不会偷人家东西了。"父亲看到我的样子，眼泪也掉出来。

回家的路上，我感到屁股两侧疼痛一阵强似一阵，走路一瘸一拐。我一进家门，母亲正在收拾家务，看见我脸色难看、走路迟缓、泪眼婆娑的样子，就以为我和村上的孩童打闹了。"和谁打闹了？"她问我。我没吭气，上炕躺下淌眼泪。母亲放下家务活，不停地追问。我终于伤心地哭起来，声音越来越大，此时，父亲回来了。他脸色不再那么铁青，似乎我的哭声打动了他。他大致说了事情的来龙去脉，没说责备我的话。母亲让我脱下裤子，我躺着一动不动。他趴在炕塄边，解开我那碎布编织的裤带，脱下裤子一看，屁股两侧青一块紫一块。母亲没怪怨父亲，而是问我："看你再敢不敢偷吃人家东西了？"我脾气倔强，一句话没说。心里想：就挽了一个萝卜，至于在众人面前严打我吗？我年龄虽然小，却也懂得了羞耻二字。此后，连续六天，我没脸去和圪塄上的孩子们玩耍取乐。

母亲用开水、一小块生白布给我敷着被狠心的父亲打伤的屁股，又不住给我讲小时偷针、长大偷金的故事。"从前有个孩子和你年龄一样，也是八岁，他长得很乖巧，深受村里人的喜爱。常常东家门出，西家门进。有一天，他从邻居家中给他妈妈拿回了一根缝衣服的针，她看了看不是责备孩子，而是说'你是妈的好孩子，给妈顶上事了'。因为她正好要缝补衣服，找不到家中的针了。过了几天，这孩子又从另一个比他家富裕的大户人家偷回了两个馒头。这时，他妈妈正处在饿肚子的状态，她边吃边说'你给妈顶上事了'。又过了一段时间，已经进入冬季，数九寒天，村子里家家户户宰猪杀羊，每家每户的猪羊肉就冻在院子里的瓷瓮中或是石砌的仓子里，这孩子想尽办法偷回了猪羊肉，甚至一两只蹄子。他妈能吃上香喷喷的猪羊肉，高兴得不得了，夸奖儿子的话不知说了多少。随着时间的推移，这孩子年龄渐渐大了，人当然也长高了。村里人都已知道他做了好多伤天害理的事，都在防备他。这孩子在外村偷，进城里偷，只要值钱的东西总想偷回家，博得他妈的高兴。最终，发展成偷人家钱和金银珠宝，终于被抓到警局，被判处死刑。临被砍头的时候，他提出想见见自己的妈妈。警方同意了。他的妈妈泪流满面走到儿子面前说：'是我害了你。'当儿子的一句话也没回，而是提出：'我是吃妈的奶长大的，我临死前想再品尝一下，这又温柔又香甜的奶，死也知足了。'他妈妈同意了。她解开了一个个扣子，儿子扑到妈怀里，噙住了奶头，狠狠地咬下去。他咬死了生他养他的母亲，而他也被砍头了。"这是母亲给我讲的故事，他带给我心灵的震撼，远远超过了身体的疼痛，相比之下身体的疼痛反而很好忍受。

当时，父亲也认真地听完，他坐在炕上一动不动。忽然，他坐了起来，说了这样一段话："栓林，大大刚才打得是有点儿重了，可我狠狠地打，是让你长点儿记性，不要随便偷吃人家的东西。人家无论萝卜或者是其他东西，你知道来得容易吗？所有东西都是用汗水换来的啊,大再给你讲一段'官人不食梨'的故事。"听见父亲要讲故事,我不让母亲用热水敷屁股了,对父亲打我的怨气也消失得一干二净了。

"从前有个大官人,带着两个随从出远门,走在半路上,天气太热,太阳火辣辣烤得他难受,他脑门上汗水不停淌着。他已口渴得舌头也卷了。可这路不走不行啊。走着走着,路边有棵大梨树,过路的很多人去摘梨解渴,他的随从要去摘梨解渴,他始终不让,过路人问他们为什么不吃梨。他却说:'不是自己的怎能随便去摘呢?'那些人嘲讽他们太较真。他又说:'梨树的主人看不见,我的心却看得见啊!'"

八岁偷萝卜是我人生第一次偷东西,也是最后一次,从此以后我再没有偷过别人家东西。这次教训非常深刻,一直铭记在我的心里。以后几十年的岁月中,一旦有了损人利己的念头,父亲凶狠的脸就浮现出来,铜铃般的眼睛死死盯住我,屁股上火辣辣的痛便清晰起来。

第十六章

瓷罐虽小蕴藏勤劳 分忧解难儿子有招

吃水问题，是村里老小最头疼的一件事。全村一百四十多口人，只有一口井供人吃水，还有两三处小泉水，队里喂的几十头牛驴、三四百只羊的吃水问题也解决不了，遇上天气大旱，牲畜饮水还得赶到来回六七里的大沟底去饮。

这一口吃水井，水源小，流速慢，不如两三岁小孩儿尿尿的速度。无论白天还是晚上，等水的大人小孩儿经常排队，谁走在前面就排在前面，以此类推。

等一担水，要足足十几分钟，家家户户到井上担水时，拿着铁瓢，水流一瓢舀一瓢，一家两只水桶满了，排队的第二家就搁下桶，拿着瓢在井下等，等着水流满。有时候，站上一两个小时也担不上一滴水，只能空着桶回家。

父亲每天早晨天不亮就出动，过上好一会儿挑满满一担水回来。看到这两桶清清的水，我高兴极了，从炕上坐起来说："大，明天早上我去等水，水桶满了，跑上来叫你去担，行不？"

父亲迟疑了一会儿说："不行，深更半夜的，你一个小孩儿，怎么敢打发下去。"

"况且，村里人看见，怎么说我和你大呀，我们在家里，让你一个比桶大一点儿的孩子下去等水，人家会笑话的。"母亲接着说道。

"那你掏窑洞不了？"我问父亲。

他睁大了眼睛说："你怎么知道咱要掏一孔窑洞的？"

"你们两个说的话我都听见了。"我不紧不慢地回答。

"以后大人说话，你安心睡觉，不要管大人的事。"父亲带着批评的口气对我说。

这天，我和往常一样，叫醒了两个弟弟，给他们穿好衣服，叠好被子，卷好烂毛毯。

糠窝窝头也蒸好了，端到炕上。这糠窝窝的气味不好闻，更不好吃，可不吃又得饿肚子。母亲看穿了我的心思，就笑着说："今天给你们改善一下。"准备吃饭了，妈打开小书柜的门，端出大约高一尺，直径约二十厘米的一个瓷罐子，里面有多半罐糖。

"这是这几年过年时，包饺子的萝卜馅熬得攒下的糖。今天咱吃一顿窝窝头拌糖。"她说完，用小勺子给父亲满满挖了一勺子，又给我们弟兄俩每人一勺舀在碗里，我们吃着又香又甜的窝窝拌糖，心里特别高兴。

饭吃完，母亲把家中的一切收拾得干干净净，父亲出去安排当天队里锄草等事情，我还在回味萝卜糖的香味。心想，这么多糖妈妈背着我们，攒了几年，今天才拿出来了。我不由自主地又打开书柜的门，看着糖罐子，这个瓷罐子的两个耳子引起我的注意。

我当时就说："妈，把这两个糖罐子腾下，把挑水的事交给我吧。"妈妈听了一言不发，半晌才说："你一个八岁的孩子，干这活儿妈不忍心，把你跌撞到了，怎么办？况且别人家也会笑话我们的，不合适。"

这口井离我们家最近，大约五十米，一出家的大门口，走几步，下一个不怎么陡的坡就到井边。只不过路有点儿窄，担上水还是要注意，稍不留意，要么水桶会撞到石头崖上，要么脚就踏在路的侧旁，人会跌倒，桶会打破。这么近距离，我家占了先决条件，其他家一回水担不上去，我家就可以担三四回。

我当时给妈回答："你放心,把这两个罐子洗干净,耳子上挽上绳子,让我大做一根扁担,家里的用水包在我身上。"

"不管怎样,我和你大商量一下。"妈说。

"好的。"我心里想,父亲会同意的。当天,我就让二妈家的儿子文林哥哥用铁丝制作了两根扁担绳,就等着父亲同意,并给我削一根扁担。

中午,父亲回到家里吃饭,母亲将我要担水的事一五一十告诉他,父亲当时就同意了。可他有一点儿担心,现在天冻,井边结冰,怕我滑倒打破罐子事小,头摔破可就麻烦了。可我坚持说:"没事,你们放心,我会小心的。"父亲勉强同意。

过几天,父亲从家中的柳树上砍回一根柳橼,用斧头给我削了一根长大约一米半的扁担,两头用烧红的火柱烫了两个小孔,穿上文林哥制作的担杖绳。我担着瓷罐子,开始为家分忧解愁。这是我第一次担水,当时的心情特别高兴。从此开始,家里大多数用水,就落在了我的肩上。有时,遇到下雨下雪天气的时候,父亲就不让我担水了。

我大多数在白天担水,几乎没有凌晨或鸡叫去担水的,白天虽然等水的人比较多,可比起晚上还要少很多。因为男人们白天既要忙队里活,还上山砍柴,女人们要缝缝补补,洗衣做饭。大人们白天基本没有时间去干担水的活,相对而言白天等水容易。

为了能及时更快地等下一担水,我就让六岁的二弟也去等水,并将木制水桶也抬到井边,这样大桶上等满满一担,我用罐子分开担四担。不过此做法,村里比我大几岁的孩子很反感,提出大桶等水就大桶担,不让用罐子往家里担。可我坚持自己的做法,他们也没有什么办法把我怎么样。

担水时间不长,我和二弟的手、脚、耳朵都冻了。外面感觉不到什么,回到家里一会儿,有时疼,有时痒,耳朵上还流起黄水,手背肿得像白面馒头似的。每天晚上，母亲收拾完家务，就用糜草和冬天的雪熬上一小锅雪水，给我们弟兄俩洗手、耳朵和脚。据说这种用雪熬出来的糜草水对治疗冻疮效果很好，同时，杀鸡后从鸡肚子挖出鸡油炼好，预先装下一小瓶子，鸡油治疗冻疮、冻裂子以及烧伤的皮肤疗效更快。煤油灯下，妈妈用手捏一点儿鸡油，抹在我们的冻伤处上，用火远远地烤着，鸡油也被烫得化成水状，渗入冻伤的皮肤裂缝以内，并渗入了更深处，那痒劲开始感觉很舒服，有时也有夹痒夹疼的感觉，过一会儿疼痒难耐。用了七八个晚上，裂口好了，冻伤也好了。可这个冬季，母亲再也不让我们去担水。

1965年，我九岁了。这年母亲又生下了小妹，起名叫王先娃。这一年春天，外婆住在我们家照看三弟和妹子。相对而言，我除了担水，还帮外婆做饭，为父母分忧解愁。可人有旦夕祸福，就在这年夏秋之交发生了一件对我打击极大的意外事情，留下的伤痕终生无法抹去。

第十七章

腿疾来袭住院开刀　药棉换药痛不欲生

初秋的一天，我小腿突然开始疼痛，特别是脚后跟至踝骨骨缝里疼得厉害。刚开始两天，疼痛还能忍耐。早晨起床感觉走路不便，一拐一拐的，这样走一会儿便没有感觉了。我照样收拾家务，照样照顾三弟"吃泡泡"，照样和二弟配合默契担水。我生怕我一瘸一拐走路的样子被父母看见。他们一旦发现，肯定不会让我再去担水。说心里话，虽然我们饿着肚皮，可我发明的罐罐担水给我增添了无穷的乐趣，更让我小小年纪可以为家分忧，父母再也不用深更半夜去挑水了。我们两兄弟能给家里顶上事，很多人夸奖我们，羡慕我的父母。可也有人嫉妒。因为白天好长时间水井都被二弟占着，其他人插不上手，有人就大吼大叫："把井搬回你家去吧！"二弟才不怕他们，顶撞他们，闹得人哭笑不得。

过了好几天，我腿疼得已经无法坚持下去。我不敢当着父亲的面说，而是偷偷哭着给母亲说，我晚上腿疼得睡不着觉。母亲看了我的腿部，既惊讶又心疼，也流出眼泪。她用那粗糙又布满老茧的手给我揉啊揉。母亲辛苦劳动一天，回家还要做饭，喂养猪羊，照顾孩子，我实在不想麻烦她了。晚上睡觉前，我就自己揉，父亲刚开始那两天还说风凉话："担了一年水，恶烦了，不想担了，是不是找借口？"我没有为自己辩解，只是赌气地扭过头，眼泪却不争气地掉下来，因为腿部的疼痛，也因为父亲的嘲笑感到寒心。

但是，父亲嘴头子上不饶人，还是为我请来了村上懂点常见病的老人。他看了说："这是无名肿，要让留头的女孩利用空心（即不吃早饭）时间揉上半炷香，按揉上一个礼拜看怎样。还可用剃头刀打开并拔罐，抽出疼肿部位的死血，用双重并用的方式治疗。"这留头的女孩就是十三四岁尚未出嫁结婚的女孩。我们那儿的女人在未出嫁时，头发不管多长，无论后面披发还是以前的辫子，在额头前面总要留不足二寸长的一簇短发，人们一眼看了就知她还没有结婚生子。

母亲出动了，她请来了村里两个比我大五六岁的女孩，为我轮流按揉了几天。早上按揉结束感觉好了一点儿，实际上通过揉搓小腿到脚已进入麻木状态。医学上禁忌的一点，就是肿胀严重不得按揉，只是哪儿疼痛哪儿揉，要找准正确的穴位。那时人们不懂医学，更不知道养生健康是什么。

父母每天必须参加队里的劳动，家里那么多家务事，要有人去干。母亲再三安顿，让我乖乖在炕上坐着躺着。父亲也不让我去担水，他又很早起来去井边等水。可我能躺得住，坐得住吗？我除了指挥二弟做一些力所能及的事，还要挂上一根短棍，一瘸一拐去寻柴炭，烧火炉。

又过几日，我腿肿痛得越来越严重，挂上棍子也无法下地，只能手托住炕楞，左脚离开地面，用右脚一蹦一跳走动，大小便也成了问题。我只能扶住二弟的肩膀，进入厕所。时间一天天过去，我整个脚到小腿肿胀得超过父亲的粗腿。疼痛如针刺般让我浑身难受，让我彻夜无法入睡，实在困得不行眯一会儿又被疼醒了。我偷偷地流了数不清的眼泪。

父母看我这个样子，心里已是万分着急。这时，他们想到去请我的表哥王胎气，他是远近闻名自学成才的医生。表哥王胎气被我父亲寻到家里，他一看我的腿，吃了一惊，大声对父亲说："姑父，这拖得时间太长了，早已化脓，我也无能为力。赶快去神木医院做手术，不然孩子的这条腿也保不住了。"母亲听见一时着急，放声哭起来。父亲也流泪了。两个大人像热锅上的蚂蚁，急促不安，没有了主意。

表哥给父母出主意，很快叫来了本家人和村上年轻力壮的人，用笆箩抬我到神木医院。可是家里没有钱呀？那个时候人民公社化，人人一穷二白，粮食没有，更别说攒钱了。当时正是青黄不接的季节，家中不足五块钱，能去医院做手术吗？

表哥留下他身上装的三块钱回家了。父亲又叫来村里有威信、手头也有点儿余钱的人商量，并请求他们行行好，到年终会想办法还他们钱的。一块、两块又凑起来好几块钱。他们回到家将我严重的病情跟家里人说了后，消息很快传遍了村子，村人拿着鸡蛋、挂面来看我了，并且一块、五毛不等地塞给父亲，凑了三十多块钱。不到一天的时间，钱就凑得差不多。村里八个青壮年把我用棍和绳子绑在笆箩上，抬起来送到县城医院。

那时候，神木还没有县医院，是个中医院。我的主刀大夫叫周孔，西安人。手术前，大夫们和护士一道商量手术方案，走到我面前的有三四个人，其中一个对我父亲说："考虑到腿上经络、血管相当稠密，手术可能会让孩子的腿部落下后遗症。我们决定从脚的背面手术，若背面脓水流不出来，那就得在腿上手术了。"

医生好像是征求父亲的意见，可他能说什么呢？一个农村人，也不懂医疗知识，只能听从医生的安排。至于我，一个九岁的孩子，交给医生如同一个玩具，只得任人摆布。

脚背靠近大脚趾与二脚趾中那一刀，只流出少量血，连一丁点儿脓都没有。医生护士包扎好这刀口，又开始二次手术。小腿里侧下方开了足足有二寸长的刀口。两次开刀我疼痛得无法忍受，声嘶力竭痛哭起来。手术结束，周医生说："九岁的孩子流下这一碗脓，为何不早点儿来看？"此时，父亲痛哭流涕地说："农村人，什么也不懂，人得病鬼遭殃，是我把孩子耽搁了。"包扎好伤口后，医生和护士走了，留下我和父亲，还有一碗脓血，以及在我伤口上来回搅拌不知多少回的一块块药棉。当父亲端着这碗脓血让我看时，我简直不敢直视，满满的一大瓷碗，我至今难以忘记当时的场面。一个幼小的孩童腿上挤出那么多黄中夹白、白中带血的脓水，我在家一天天的剧烈疼痛都是由于这碗脓血引起的，可想而知，这剧烈的疼痛让我忍受了多少个不眠之夜。

但这才是外出治病的开始。我躺在医院的病床上，每天换一次药，大多数时候是周大夫给我换药。有时候他忙了，就由护士换药。无论是谁换药，疼痛不会减轻一点儿。他们将药棉用镊子夹得紧紧的，在我那开了有一寸深的刀口里不停搅动。每搅动一次，我感到撕心裂肺的疼痛，大声地哭叫，父亲在旁也声泪俱下。他一边哭一边说："孩儿，是大对不住你，大不应该让你担水，不该让你这没拳头大的人背上凤林走动，照顾弟弟，这是我造的孽啊。"父亲大声哭了出来。每天换药我无法忍受疼痛，在痛苦中煎熬。父亲在我的哭喊中不停地掉眼泪。

大约过了二十天，每天换药改成每三天换一次药。但是，每到换药的那天，我在生理和心理上都感到无比恐惧。无论每天换药还是每三天换药，只要周孔医生在，我都盼望他来。他每次来都给我带好吃的，哪怕是一块水果糖，他也带着，也许是为了平衡我心理上的创伤。可清理刀口里的脓血，疼痛始终没有减轻，那钻心的疼痛，我真是受不了。我边号叫边说："叔叔，你行行好吧，不要用镊子在里面搅动了，我疼得受不了。""叔叔，能不能慢点儿，轻点儿，我真受不住了。"每次换药，我吓得如同老鼠见了猫，毛骨悚然。有一次，我忍不住疼痛，居然说："叔叔，你让我死吧，我不想活了。"

整整住院一个月，周孔医生经常陪着我，跟我聊天。他对我的关怀让我至今不忘。那时，他三十多岁，比我父母小不了几岁。他妻子也在神木工作，她没有生育能力。他们夫妻俩商定，要抱养一个大一点儿的男孩，陪伴在他们身边。他通过和父亲聊天，知道我们弟兄三个，看到我这么幼小的孩子，说话入耳可听，也很懂事，让我去做他的儿子。他跟我承诺："每天可以吃大米白面，各种肉类也可以吃。只要同意了，到了家会尽快让你上小学、初中、高中，乃至大学，不停地读书。"开始和我说话的时候，父亲还在旁边，后来只要周医生来了，父亲就默默地走开了。我和周叔叔有说有笑，他给我从家里带来了饺子、肉粉汤、大红枣、水果糖等各类好吃的。他不知问过我多少次，让我当他的儿子，可我始终没有答应。我总想，这个家怎样饿肚子，怎样受罪，可我舍不得离开父母，舍不得离开亲爱的弟妹。母亲常说："金窝银窝，不如自家的狗窝。"这句话寓意非常深刻。

在中医院整整住了一个月，村里人又来八个人，还是老人手，他们用笸箩、绳索、木棒将我抬回家中。

村里办学利己益公 坦坦荡荡说服众人

　　我到了读书的年龄。那时村子里没有学校，要到距离村五里路的杨解岊村去上学。那年正月十五刚过，正是孩子们入学的时间。一天，吃早饭的时候，父亲就同母亲商量，准备让我跟着村上的同龄孩子，去杨解岊村读书。可母亲感觉不合适。"不是我不愿意让咱的孩子念书，可他念书走了，我马上就要生孩子，一两个月有我娘照应这个家。等我满月下地干活儿，我娘回去了，咱的家谁来照应，孩子谁看？推迟到明年让栓林念书吧！"母亲坚决地说。父亲狼吞虎咽吃罢饭，表示同意她的想法，然后便干活儿去了。

　　我没有去上学，整天待在家里挑水，帮做饭，扫地，甚至背上三弟去村里玩耍，家里的杂活儿都落在我的身上。

　　父亲看我是个大孩子，不能去念书，心里很着急，又和妈妈说了几次，可她就是不愿意。

　　那时，人们家里都很穷，可对老师相当尊重。冬天各家各户杀头猪，孩儿过个生日，大人都会邀请老师一起吃饭。因此，老师来到村里，了解我到了念书的年龄，就找我父亲谈话。父亲也就同意了。

　　这年冬天，大雪足足下了三寸厚。几天时间里，整个地面银装素裹，光线照得对面山梁一片白茫茫，真是银光焕发，分外耀眼。我跟上村里十多个学生，到距离我村五里外的杨解岊村小学读书。仅念不到两个月的冬书，放寒假了。

过罢春节，迎来了第二年开学。"文化大革命"轰轰烈烈地开始了，我们日复一日照常排着整齐的队伍，唱着《东方红》《大海航行靠舵手》等歌曲到了学校，认真读书，解答算术题。放学回家，母亲听到老师称赞我，心里很高兴。她对我说："栓林，妈一直担心你这条腿，你要好好念书，好好听老师的话，只有念会了书，当了干部，不用唾牛屁股，也不用受苦受累。这条腿成了妈的心病，除非长大了有个好转，到时候妈死也瞑目了。"

可我离开家念书，家里一堆事没人做，弟弟没人照料。母亲老是跟父亲唠叨，他实在无法，又不能眼看着我荒废学业，长大当一个大老粗，整天跟在牛屁股后面使劲。

于是，他想到在村子里办所学校，方便村子里孩子们读书，那样我既能念书，又能照看两个弟弟和即将出生的妹妹。可是父亲有顾虑，没有念书的地方，没有老师，即使有了老师要吃要喝，是上学的几家给解决，还是平均每人头上摊一份？况且这也不是个事，他一个人说了算吗？

父亲为这事，找过其他两个队的队长，和村里好几个人谈过，大多数人同意，有个别人死活不同意。我二大王喜喜率先反对。他生有两个儿子、两个女儿。大儿子文林和二儿子文礼都在杨解岛村跑路读书。他认为识上几个字，不让别人捉弄就行，咱祖宗手上都是一字不识，照样过日子。"当农民种地识那么多字干吗？至于女儿，嫁出去的女儿泼出去的水，是人家的人，没必要供她们念书。"因此，二大坚决反对村里办学，还有几户也反对另立学校。

他们认为，多少年以来，四个村办一所学校能行，你的孩子大了，就要在村里办，他们不同意。因此，直到第二年，那时我已经十岁了，村里学校也没有办成。

可父亲对办学没有死心，还在做群众的工作。同时，他专门请来了公社的领导，登门了解个别人的想法，认真讲解办学校的好处，这是为子孙后代造福。公社党委副书记周仲文专门去我二大家，给他讲在村里办学、孩子就近入学的好处。这样挨家挨户做工作，政府领导和父亲断断续续做了几个月，总算都同意了。

可教室、教师的住所、办公室又是个难题。父亲请了有适龄念书孩子的人家，一起商谈教室、教师的住所、教师办公室等事宜。他们都是一推六二五，说这事不好处理，事是你搂揽起来的，现在孩子们眼巴巴等着念书，这教室你给咱想办法吧。

父亲没奈何，主动腾出了我家东面的那孔红胶泥窑洞，权当作老师的办公室。最东面又有我老大王改过的两孔窑洞，经过和他协商，终于同意腾出一孔窑洞当作教室，这样全村的孩子每天不用跑十里路就能上学，还增加了十多个孩子读书。万事俱备，只欠东风。为请教师，父亲三番五次跑公社表达诉求。

阳春三月，我村的孩子们搬到了村里读书。原来十几个念书的，又增加了几个，教室也像杨解峁村小学那么大。不一样的是原来是女老师，变成了公社派来的一个男老师，姓张名步荣。大同学看到张老师年轻，又是第一次教书，就做出一些不尊重老师、不礼貌、越轨放肆的行为。讲课时，他们不认真听讲，出洋相、咳嗽、吐痰。张老师在黑板上写字，他们指手画脚。

第二天上午，学生们到了学校自习，不等老师讲课，父亲就来到教室，眼睛瞪得老大，高喉咙大嗓门给大同学大吼大叫一番："你们再有对张老师不尊敬的动作出现，被我知道了，小心我收拾你们。他让你们，我可不让。"父亲的话真管用，他们不再出现不检点的行为。

后来，下半年开学，张老师被调走了。调来的新老师叫李民卿，是瓦罗公社李家峁村人，距离我村三十里。他三十岁出头，长得消瘦而高大，脸上、眼神自带三分凶相，村里的大孩子恭敬百倍。李老师严管严教，知识渊博，同学们学习的劲头十足。村子里纠卡厚捣乱，被他由后脚地 ① 一脚踢在前脚地，吓得尿了一裤子。

可第二年正月，李老师又被一纸调令调走，临时借调到了神木县教育局。新调来的老师是去年我在杨解峁村走读时的贺延焕老师。当时我那高兴劲儿就别提了，村子里的大同学和我一样高兴，为贺老师清扫办公室和宿舍，担水祝贺。那年我已经十一岁，跳班进入了二年级。

孩子都比较听话，不怎么调皮捣蛋。老师给其他年级的学生讲课，我们就低下头认真完成老师布置的作业。老师讲解完毕，会回过头来检查我们的作业，或者在黑板上再出一些试题，叫同学上去作答，其他学生得在练习纸上答题。有时低年级的同学经常会遭到高年级同学的嘲笑，很简单的运算题，低年级的同学觉得非常难。高年级的同学便开始起哄："这么简单的题都不会，哈哈！"有的则是发出奇怪的叫声，暗示答案。老师对这类行为严厉制止，但是在一个教室里管理五个年级的学生，其困难程度可想而知。

从此，贺老师就住在我家隔壁，在我们村安了四五年家，她从三年级开始将我一直带到了五年级毕业。她既是我的启蒙恩师，又可称为我可亲可敬的慈母。

---

① 脚地：指屋里或屋外空余的地方；建筑物内部的地面。

第十九章

秋雨连绵窑塌墙倒　政府救济自力更生

1967年春夏，老天爷没下过几滴雨，地里的禾苗不足，大多数地块东一苗西一撮。虽然个别庄稼地长势良好，有望丰收。但即使顺顺利利收了秋，分回口粮，也没法填饱肚腹，熬过一个冬天，又一个饥荒年已成定局。

眼看秋收马上到来，绵绵阴雨使村里人六神无主，忧心忡忡。这年初秋，老天爷发怒了，近一个月的大、中、小雨连绵不断，有时也停过一两天，但对庄稼来说百害而无一利。地面的泥土经过一段时间的雨水浸泡，如同发酵的面团，虚胖不止，脚踩上去"滋滋"响个不停。山上的土地雨水饱和，踩上去是深一脚浅一脚，每脚深有两三寸，有的地快没到两只小腿上。沉重的糜谷穗压弯了腰，眼看就要倒在地上。黑豆像沉睡的老人躺在地里，枝干上布满湿土。坡洼地耕地时用犁拉下的出水路，没有起一点儿作用，洪水像脱缰的野马，横冲直撞，一人多深的水渠随处可见，沟沟壕壕拐弯抹角，表皮肥沃的土层几乎被冲得一干二净。"轰隆隆"的巨响，窑洞塌了。老人们哭了，妇女们哭了，小孩子缩到母亲的怀里，把头埋进母亲的怀里，不敢睁开眼睛。

枣树圪全村大大小小的土窑石窑，里面渗水的渗水，漏的漏，有的家睡到夜半三更，雨水从烟囱上流下来，灌满了窑洞，渗湿了铺盖。脚下、地下水流成河，家中小的哭老的叫，一片凄惨景象。

更为严重的是，好多家住人的、未住人的窑洞被雨水渗塌了。有的土窑洞用石头圈的口子，也无法支撑得住，留了一半塌了一半。

村子里到处都是人叫声，大家都不敢在屋里待着，穿着衣服，戴着草帽往树下躲避。女人们照顾孩子，把他们裹得严严实实，生怕他们会感冒受凉。男人们则是东奔西走，上上下下检查各处窑洞，疏通淤水，把生活用品转移到安全地带。

那年我们家的两孔南窑，和文林哥家的两孔连成一片，在人们睡梦中像一声惊雷轰隆隆地全部崩塌，又过了几天，西边三奶奶住的那孔窑洞的石头面子也塌陷了。

文林家的三孔正窑都是石窑，顶部全部渗水。粉刷雪白如新的窑洞，表面泥皮全部掉落。有孔窑洞裂开了缝隙。后来那三孔窑洞外表厚厚地垒了三堵石墙，就是当年塌了南窑后，二大家及时用南窑洞的石头结结实实垒在石窑面上，以防窑洞被雨水泡得裂缝更宽，再次塌陷。

好在雨水连绵没有伤人，幸好是父亲和村里几个领导多次劝导转移村民。他们组成抗洪抢险队，转东家走西家，能搬走的东西就搬，该撤离的人就撤离到安全地带，转移到安全的人家里同吃同住。

那年全村塌陷窑洞二十多孔，窑面十多处，形成裂缝的窑洞有好几处。大雨给村民家家户户造成了重大损失。

那一个多月的雨水持续不断，父亲跑遍了每家每户，他查看疏通脑畔上的积水，指点村民转移贵重物品，尽可能把损失降到最低。一个秋季数十天淅淅沥沥的雨水，不仅仅让村民损失了财产，更是造成了庄稼几乎颗粒无收。政府为了让村民度过饥荒，供给粮一批批下发，可仍无法解决这第二年的吃饭问题呀！村里人只能自救，他们有的全家拖儿带女去了内蒙古一带，有的将老婆孩子留在家中，男人出门乞讨，将供给粮攒下来让家人吃，更有甚者为闯过这生死线、鬼门关，不考虑什么门当户对，带上女儿逃到了内蒙古安家落户，只要家庭有一个两个女儿，内蒙古地广人稀，一马平川，产粮丰富，就给迁移落户，每家每户在那儿生活好了，可他们的女儿找的对象或多或少存在一些问题。

那一年枣树圪村人为了逃荒走了十多户，没有女儿或不愿让女儿出嫁，男人出去讨吃要饭的也有十多家。二大王喜喜就是其中之一，他带着文林、文礼哥和卡鱼、先鱼两个女儿到内蒙古乞讨安家。只有文林哥因订下娃娃亲，在内蒙古乞讨度过灾荒后，没有选择在内蒙古安家，而是回到枣树圪村结婚生子。

这是我记忆中枣树圪村的一次大迁徙，也是继 1948 年大饥荒后的又一次大灾难，可这次灾难有共产党、有新中国的支援和帮助，才使枣树圪村乃至方圆百余里的人没有被饿死。

1967 年是一个严重的灾年，春夏之季，雨量较少，方圆百里，庄稼普遍缺苗，长势较差。加之，秋季雨水连绵一月有余，好多家庭房屋倒塌，各种农作物也被雨水浸泡得营养流失，生长过季，成熟推迟。穗黄种瘦，眼看成熟的糜、谷变成粒秕参半，黑豆颗粒像被什么昆虫吸食，由饱满变得干瘪。接连不断的大中小雨侵害了农作物的一多半收成。

灾年已经铸就，任何人摆脱不了这场厄运。

我年纪幼小，却记得真真切切，该年三队人均分到粮食两三斗，三队比一、二队稍多一点儿。劳动者十分分粮食共计三合二撮。多数粮食的分法，会计是以撮去计算。例如油麻类作物，胡麻、黄芥，每十分分了三四撮。一石十斗，一斗十升，一升十合，一合十撮。当年的四方木制升子，一升粮食不足三斤半，那么一合就是三两半，一撮就是三钱半。父母辛苦劳动一年，总共不足五千分，仅仅分到粮食一石半，共五百多斤。胡麻、黄芥籽不足一斗。连同人均分到不足三石粮食，不到两斗胡麻、黄芥。分回糜谷的秕子有三布袋，约一石五斗，秕子是没有成熟的糜谷，外壳是糠，内部有的仅有成熟的颗粒三分之一，甚至内部没有一点儿粒，人们把这种叫秕子。

一家六口人，人均一年分到不足两百斤口粮，每天连同糠皮不足六两，这个日子怎么过啊？这一年可以勉强度过，次年的又一个"荒年"已成定局。

父亲和其他队长跑公社，终于多要了一大批救济粮，可主要问题还要靠自己解决。"'自力更生，艰苦奋斗'是咱们的传家宝嘛！"公社领导再三强调决不能出现因饥饿而发生意外的现象，更不能使1948年的悲剧重演。一方有难八方支援，县上给公社分配的供应粮，公社的储备粮，源源不断向各村运送。

那年冬天到次年春天，村里十多头牛驴去公社粮站，驮回来好几百口袋救济粮。有小麦、玉米、小米、高粱、红薯干、麦麸皮和干红枣等。

可家家户户深知解决饥饿的问题根本还是要靠自己。救济只是杯水车薪。要想从灾年活下去就必须精打细算，减衣缩食，实在不行只能外出乞讨。因此，人心惶惶，这年冬天到第二年春夏，村里陆续整家外出乞讨走了七八户，个别家庭父亲带着儿子，甚至女儿出去乞讨，一个一百五十多口人的村子，几个月就减少了三十多口人。

村里人据不完全统计，1967年因逃荒外出人员的后代就有近百人。他们大多数居住在内蒙古一带。中国之大，人口众多，姓氏繁多，"逃蒙"是中国人口迁移的一个缩影。

救济粮运回村子，怎么个分法，是摆在村队干部面前的一道难题，革委会决定：先主动报名申请，再综合考虑。本着普遍享受，先群众后队干部，先困难户再一般户的原则，进行充分的研究、讨论，确定了七个特困户，二十一个一般户，五个较富裕户。

父亲主动定成了较富裕户，属于吃救济粮最少的五户之一。那年仅仅分到了少量的玉米、高粱、红枣、红薯干和麦麸皮。据村子里其他领导透露，我们家还分到三十斤小米、二十斤小麦，父亲又主动让给了四个特困户。

仔细回味，一半主粮，一半谷糠、秕子磨出来的炒面，闻起来香味十足，加上有几分红枣醇香的味道渗入，使得味道更加诱人，可吃起来既碜牙又难以下咽。咬上去不时有碜碜的声音，那是谷秕子磨成颗粒状从箩眼中筛下去粗粒的响声，咬了半天，响声还在继续，也难以下咽。

这炒面吃少了，饿得不行，吃多了，两三天大便不下。村子里家家户户吃这，好多人没法排便。有的母亲给儿子用细棍从肛门往外掏，有的老婆给老公用手指挖。当然这不只是吃炒面酿成的后果，而是整个生活无法正常的结局。

那年的春天，榆树榆钱开花了，孩子们抢着摘榆钱吃，大人们将榆钱摘回去拌入糠面窝头里，再拌入苦菜，捏成拳头大的圆团，大锅里蒸出来，以此充饥。日日早上如此，天天如此，大便自然不会通畅。

卡林深受其害。他总是顽皮淘气，而且吃得最多，受不了挨饿的滋味。面团炒面他抢着吃，生怕吃少了。这么多干硬货吃进去，根本拉不出来，父母便遭了罪，一到拉屎的时候，父母齐上阵，他半弯腰，翘着屁股，父母伸进手指掏，帮助他排便。有的时候则是他自己解决，但他没有告诉我们方式方法。

前前后后有四五年吧，公社每年都给救济粮，我家是最少的，甚至是一斤不给的唯一一家。按理说，一家六口人，仅有两个劳动力，会划分到中等户或特困户的行列，可父亲坚决要求划分为富裕户。每年秋后，父母精打细算，六口之家虽在饥饿中挣扎，可比起其他家来，隔三差五还可以吃顿糠窝窝头，十天半个月可以吃一顿酸菜黄米捞饭，一月二十天能吃一顿白面、荞面或者三合面。那时的三合面是由荞面、玉米面、高粱面或豆子面三四种搅拌一起，擀成面条下锅，这是好多小孩儿羡慕的生活。

这一年，母亲对父亲说："我几年结余下的一瓮粮食、一瓮糜子，在两个大瓮用石盖盖着，饿肚子的时候可以拿来救急。"父亲听了非常高兴，这两瓮粮食可解决燃眉之急呀！他赶紧跑到隔壁窑洞去看，揭开柴草，两个瓮用红胶泥抹得严严实实，搬开石盖，糜子粮食满满当当。

两口子心平气和开始计划这一年怎么度过了。米碾多少，面磨多少，每天怎么吃，等等。邻居二妈家，儿女四个和我家人口一样，他们一个队。当年她家两个儿子和大女儿均比我大几岁，四五个劳动力，每年分到的口粮比我家多，可就是不会计划，秋后正二月吃得好。只要吃白面饸饹，就要给我们四个端一大碗，二妈做饭太好吃了，味道香甜可口。无论怎么做，吃起来总比母亲做的好吃。二大、二妈就是受了不会计划的苦，一到五六月过去，一家大小都饿肚子。

这一年大灾后的第二年春天，我二大被饥饿所迫带着文林、文礼背井离乡，去了内蒙古乞讨生存。而文林逃荒后又回来了，没有像他家人一样定居内蒙古。几年后文林结婚，留在家中。其他五口人全部迁到内蒙古，在那里安家立业。

灾年逼得好多家庭走投无路，人们离家出走。我家虽没外出乞讨，可饥饿的滋味，难耐无比，大人小孩儿少精无神。可生活信心能失去吗？不能。

第二十章

吞糠咽菜腹痛难挨 伤害生灵提心吊胆

我上小学的时候，阴历五六月份，陕北正是天气炎热、蚊蝇乱飞、人们饿肚子的季节。家中酸菜已有臭味，一只只苍蝇落在菜瓮边，生下了蛆，不过三天苍蝇便成群结队数不胜数，让人看了感到恶心。

哪怕是生了虫子的臭菜，我们家里也没有丢过一片菜叶。母亲整苗的腌白菜用温水清洗两遍，切碎同土豆炖在一起，做成了如同现今酒店或家中吃的然然菜。现在我回想起来，味道只有两样：咸和臭。端上一碗稀饭，挑进去几筷子然然菜，稀饭稠了，虽有臭味，可还能填饱肚子。

一大瓮腌蔓菁到五六月吃得剩下半瓮，它和白菜一样，表面漂着一层虫子，大的有两三厘米长，拖着长长的尾巴，它们从菜瓮的边缘爬出来，掉到地上慢慢地蠕动。我每天下午就用笤帚扫出院子数十条，看着它们在太阳底下暴晒，在地上打滚，不过几分钟，它们便一动不动，一命呜呼。

我叫来家中喂养的三只母鸡和一只大红公鸡，公鸡咕咕地叫，在虫子周围转着圈舍不得吃，让母鸡们三下五除二吃得一干二净。

菜臭了，味道在空气中传播，搞得家中臭气熏天，可这有什么办法呀！把它全倒了，照见月亮的稀饭顿顿喝下去，不用说父母整天劳动，无法坚持，就是兄妹四个也要饿得无法动弹。

我们小时候吞糠咽菜①，可以说是吃了上顿没下顿。为了去掉菜瓮中的虫子和臭味，通常采取的办法是利用"六六六"粉或者是敌百虫杀虫。这种剧毒农药可以说家家户户必备，是专门杀害各种有害虫子的药品。

二十世纪六七十年代，因生活所迫，无法顾及吃好和身体的健康，吞糠吃臭菜的现象家家都有。这些臭菜吃进去，大人小孩儿闹肚子疼。有的是糠菜吃多，造成肠道干涩，胃肠蠕动缓慢，粪便聚集胀气而肚疼。有的是常年营养不良，生活卫生不良，形成胃肠道有害菌多于有益菌，时间长了，肠道内蛔虫大量滋生，并越长越长，在肠道中蠕动造成疼痛。有的便秘，粪便在肠道内聚集拉不出来了。

当年，村里老人们家家户户种大麻子，到秋后大麻子熟了，将它的籽在铁锅炒熟，在小石磨上磨成细末，再通过挤压等工序榨出油，这种油叫大麻油。大人小孩儿肚子疼，倒上半铁勺大麻油，烈火中烤热，再倒入碗中，一口气吞下，肠道就被这油滋润，大便就通了。后一种肚疼，是肠道中蛔虫在作乱。当年唯一的办法是吃打虫药，每年大人小孩儿少则打虫一次，多则两三次，不管吃上哪种驱虫药，都会见效。便下来的蛔虫少则四五条，多则二三十条。最长的有竹筷子那么长，粗细也和筷子差不多。短的也有五到十厘米，蛔虫被打虫药驱逐下来后，没有一条断气的，它们蜷缩在一起，不住地挣扎，好像寻求避风港，可只不过是垂死挣扎，过不了几分钟便一命呜呼。如果不吃打虫药，人会被肚子里的蛔虫折磨死的。

母亲为了我们兄妹几个不受蛔虫的折磨，避免闹肚子疼，每年开春前就让父亲在城里买回足够六口人吃的打虫药。常见的三四种打虫药中，味道最香的要数花塔牌，是圆锥体，大约两厘米高，底部直径大约一厘米，表面纹细凹凸，乳白色，含一颗在嘴里，足足

---

① 吞糠咽菜：指饥不择食、食不果腹，形容糠菜充饥，难以为继。

塞满嘴，用牙一咬香中带甜。我们小时候，盼望父亲买药时，多买一些花塔牌回来，每年多吃几次。它比水果糖的味道还好，每年只给吃两三次，每次每人只给两个。我有点儿想不通，就问母亲："妈，可以多吃两个吗？药太好吃了。"母亲说："不行呐，这是药，吃多了对身体不好。"我只能听母亲的话，将含在嘴里的花塔牌慢慢品尝着，舍不得咽下。

我家的红胶泥窑洞，又宽又深，盘有两面土炕，一进门的左侧是窗炕，它长近四米，宽近三米，炕的高度不足一米，走进去是六米左右一面大大的掌炕，它的宽度足有五米，深度大约三米，高度和窗炕一样。

每年春天一到，天气暖和，全家人由掌炕搬到窗炕睡，为的是靠近窗户凉快清爽。若在窗炕睡觉，那凉意会让你盖上一床被子。冬天来临时，全家人又搬到掌炕里睡觉，为的是暖和，年年如此。

进门右侧，并排安五个腌菜瓮。三个石瓮，一个腌制碎菜的五斗瓮，一个稍瓮。每年我们家腌菜瓮有三大瓮白菜、一大瓮碎菜、一稍瓮囫囵蔓菁。

每一年深秋马上过去，初冬即将来临时，家家户户计划将种的白菜或蔓菁腌不足时，就到周围村子或者县城水地多的地方买一些大白菜和萝卜。

腌菜是我们家，也是全村人的主食。一瓮碎菜夏季刚到来的时期就吃得剩下半瓮。碎菜主要用于早晨的蒸窝窝头拌洋芋，将初揭锅熟透得开花洋芋，剥掉皮放进碗里用筷子扎碎，放入两筷子碎菜，和糠窝窝头拌在一起吃，现在回味起来，感到味香无穷。中午父亲地里干活儿回来，母亲做好了一大铁锅稀豆子饭，每天中午吃的稀饭，是用半铁勺绿豆或酱豆、一勺子米、一勺子玉米糁糁熬就的，和进去两筷子碎菜，饭也稠和了，既填饱肚子又耐饿。

十三岁的初夏，我在睡梦中，一阵接连一阵的公鸡打鸣声，我惊醒了，也可能是臀部有什么怪物蠕动打搅了我的美梦。总之，我突然醒了。我不由自主向屁股两侧摸去，一条软绵绵的东西，吓得我大叫。我怀疑是一条蛇趴在我的屁股上，要钻进我的肚子。

我家住红泥窑洞，外面圈着面子，顶部石板檩檐（屋檐）的缝隙中有十多个麻雀窝。老人们常说："住麻雀多的檩檐石里，就会有蛇出入，蛇可爱吃麻雀了。"事实如此，每年春秋两季，我家檩檐石缝中总会有蛇。有时会出来一条蛇，肚子鼓鼓的像乒乓球，有只麻雀进了它的肚腹。小时候，农村没有水泥，也没有听说过，不然用水泥抹平石缝，麻雀窝就不会有了，自然也就没有蛇的光顾了。雀多蛇多是一条规律。农村人用黄土夹杂些干草抹缝隙和小洞孔，一下雨黄土被冲刷得满墙面乱流，给窑面上冲刷出许多泥水痕迹。因此，麻雀窝越来越多，引来的蛇也越来越多。父亲每年都要打蛇，害怕它们会咬人，但始终无法彻底消灭。

有一年，我同同龄孩子院内玩耍，一条蛇从石缝中伸出脑袋，旁边有数十只麻雀落在檩檐石边，叽叽喳喳叫个不停。它们嬉闹得越凶，前来玩闹的麻雀越多，好像它们吵着嚷着想一起吞掉侵占它们领地的蛇，可又无能为力，只能靠群体的力量恐吓蛇。

当时，比我年龄大的孩子们拿来木棍，把蛇捅下来，然后在院子里玩闹着残忍杀害了。不一会儿，又一条蛇爬出来，又被他们用同样的手段折磨致死。过了一会儿，又有三条蛇从不同缝隙中伸出脑袋，舌头伸得老长，不停地抖动，并逐步顺着石窑面往下爬。我们胆怯了，再没敢动它们。自此后，我深深地感觉到蛇是有灵性的。

我将此事告诉母亲。她说："再不要伤害生灵了，它们不会说话，可心里什么都知道的。杀生害命多了对自己也没好处。"母亲又用她那惯用的手法求神祷告，点香烧表，让蛇尽快离开我们家。

我一直害怕蛇，魂不守舍，几乎每天晚上做着噩梦，上课不注意听讲，下课独自一人不想和同学一起跳跳绳、打牌，也不敢一个人回家看个究竟。

老师看出了我的心思，就叫我到办公室里："最近几天，你怎么了，好像心里有什么事，不说话，不和同学们一起玩耍，课堂上老师感觉你总是走神，是不是你大你妈又争吵打架了？还是家里发生了什么事吗？你告诉我，也许我能帮你想想办法。"

"没什么。""那是同学们歧视你了？""没有呀！""那怎么了？"老师不停地追问。我一声不吭，一言不发。

女人的心是细的，老师的猜测没有错，我能向她坦白我的害怕吗？因为伤害了生灵？不可能的。只是诚恳地说了一句："从明天开始我会认真听您讲课。""那就对了，小孩子只考虑读书，放学回去做好家务事，大人的事，或者其他事你管不了，也不要给自己增加压力，知道吗？"

我说："我会听您的。"老师放我出去了。

第二十一章

夜半三更掏窑为子　自制土车省力省时

儿多母忧愁，子多父辛苦。

父亲为儿子们的住宿决战开始了，随着年龄的增长，三个儿子婚后住宿问题成为困扰父母的心病。

十年以后，我快到娶媳妇的时候，紧接着二弟也到了娶妻生子的年龄。三个儿子，每个得有个安顿的地方。家里只有两孔窑洞，儿媳妇到哪里去住？老人们不能和儿媳妇挤一起吧。这个住宿问题困扰着父亲。

"过罢年开始，我天天早上鸡叫起床，把咱们隔壁这面泡圪堵①挖出去，再掏一孔窑洞，就够三个儿子每人一孔，至于咱们两口子到时候再说。"父亲坚定地说。

"也是啊，咱现在还年轻，现在不抓紧准备，到时候可就迟了。可白天顾不上掏，天天鸡叫起半夜睡的，就怕你的身体吃不消，不知几年空窑洞才能挖下。要不吃水的问题分在我身上。"妈妈说。

"不行，我掏窑洞去了，你等水担水，凤林醒来掉到地上怎么办？还是我担水吧！至于窑洞三年掏下更好，五年挖下也不迟。"他信心十足地说。

---

① 圪堵，堆积物，有时也写成圪堆或圪凸。"圪"是方言里普遍存在的一个前缀，无词汇意义，一般只起表音作用。石泡圪堵指隆起的一个不大的生石灰石堆。

我七八岁的开春，父亲开始在窑洞隔壁东边的石泡圪梁上准备掏孔新窑洞。

当年的院子不是平坦整齐的。院子里西南角有两孔石窑洞。那是家里放柴炭喂鸡的地方。里外很破烂，前后左右石头都露在外面，其中有孔窑洞表面让烟熏得黑白不分，看上去这里是爷爷以上几辈做饭的地方。另一孔和这孔差不多，只是没有被烟熏过。窑洞的门口安有栅栏、圈门，除栅栏剩余部分垒了石墙，上面用圪针扎得严严实实。

院子的正面有三孔窑洞，表面破烂不堪。中间有个石泡圪堵，呈斜坡型，从院子里顺着石泡圪堵可以爬到脑畔上去。

当时，父亲掏窑洞的工具只有板镢、铁锹、担土筐子和一根扁担四大件。

鸡叫了，他穿好衣服，一个人出去干活儿。天黑得看不见什么，可他还是一镢一镢地掏，掏下一部分用筐子里担上一担，倒在大门外的水渠里。大约掏了十多个鸡叫，肩膀肿了，疼得厉害。每一担如同泰山压顶，他身上疼痛难忍，气喘吁吁。父亲觉得照这样干下去，人受罪不说，三年五载也实现不了目的。怎样才能省功省时呢？思来想去，办法终于想了出来。父亲用柠条编了两个大笭筐，用两根干柳椽和两根榆木作为车子的辕和支架，用干榆树制成一个轱辘，两头固定了钢筋轴，相互间衔接固定。一个自制的倒土车子就成功了。这就是父亲动脑筋、动手制作的简易的倒土工具。用这个车子倒土，路面要平坦，不可七高八低。一笭篮土，是人用筐子担的两三倍，省时又不吃力。

用杠杆的原理来分析，它重量的四分之三都由轱轮承受。这样，父亲仅仅用四十斤左右的力气，倒出去近两百斤的土。

几乎每个鸡叫的夜里，他都按时起床，那一镢一镢的咚咚声、铲土铁锹的沙沙声、车子的吱吱声，以及脚步声，让我们幼小的心灵，受到了震撼。心想父亲为我们挖窑洞，为我们弟兄三个置家业费尽心血。从此，我们对他言听计从，即使打骂我们也从来没有顶撞过一次。

我家住的这块地纯属红胶泥石泡地段，没有一丁点儿黄土，胶泥一旦遇水，黏得鞋都穿不住，下雨天气最怕的就是这胶泥地段。

有一段时间，阴雨绵绵。父亲掏下的红胶泥石泡堆的高度比我还高，因为没办法用倒土车去倒，路面雨水多，黏性大，就用筐子担上一担一担去倒。鞋也无法穿得住，要是被胶泥粘在地上，他便光脚噼里啪啦踩雨水倒胶泥。衣服湿透了，像个落水鸡，他根本不顾及。

他用了两年时间，窑洞掏入六七米深。我站在堆着一大堆胶泥的土丘旁，煤油灯的点点光线，映照着大大弯曲用力的身子，他一镢一镢地掏，有时镢头下去，火花四溅。这时候我就立下誓言，长大后一定要像父亲一样做一个顶天立地的男人，敢于吃苦，善于吃苦。

父亲每掏下一镢，半弯半直的身子要用力扭一下，镢头嗵的一声，同一时间他嗯的一声，有时又嗯哈一声，镢头在嗵的一刹那和他的哈这个字碰得非常吻合，一秒不差。有时候因石泡太硬，一个凌晨连半箩筐也掏不下。

有时辛苦掏下来一堆了，他站立起来，用手擦擦脸上的汗水，又拿起铁锹一锹一锹铲开身边刚掏下的胶泥，并将白石泡 [①] 一块块捡放在另一个地方。他看见我站在大堆石泡后面，催促我快过去睡觉，可我怎么睡得着啊！

天晴了，太阳出来了，地面干了，地皮硬了，他在夜色中又推着自己设计制作的倒土车子开始干活儿。夜空中轱辘声吱吱地响，

---

① 白石泡：生石灰，与水反应生成熟石灰，农村用来砌砖抹墙。

我的心也跟着这声音不停地走。

第二年四五月，春暖花开之际，他基本完成这孔深约九米、宽约五米、高约五米呈半圆形的窑洞。

窑洞总算掏下来了，可附属工程还多得很。还有挖炕洞、设计掌窗炕的炉台、钻烟囱、泥窑洞、圈窑面、做门窗等一系列工程。

有一天，他对母亲说："窑算掏成了，可没有以后放粮的仓子，我想在窑洞的正面再掏两个小窑洞，外面口子小一点儿，里面大一点儿，既能地下倒粮食，还可以放几个瓷瓮，这样外面住人，就显得整齐大方。"

母亲不同意他再这样去累。"有个住的地方就不错，两年多你也差点儿累坏了，儿女自有儿女福，孩子们大了，有了媳妇，由他们去掏吧，咱们的责任已经尽到了。"

可父亲不听她的劝阻，执意又在里面掏了两个不足二十平方米的小窑洞。

第二十二章

红泥窑洞铜墙铁壁　粉刷圈窑工序繁杂

新掏的窑洞被风吹了近一年，完全干燥后，父亲又开始了忙碌。

他将掏窑时攒下的一大堆白石泡，在家对面的自留地旁挖了一个很大的窖，放入柴炭，将白石泡堆在上面，自己烧制了一窖石灰，为泥窑洞的工程踏出首要的一步。泥窑粉刷这项工程非常吃力，一个人完成难度大，任务重。

北方的土窑洞，冬暖夏凉。大家都知道。土窑洞经久耐用，不分化，不塌陷，高楼大厦六七十年保质期，而这里的窑洞几百年也一动不动。为什么呢？因为窑洞都是红胶泥石泡上掏出来的。一旦窑洞内部经过风吹，将表皮的胶泥晾干一二尺深度，用钢钎、镢头是无法掏下一点儿，可谓是铜墙铁壁。当年父亲为什么执意要在窑洞的里面及时再掏两个小窑洞，就是防止时间久了，表面干燥，没办法再掏。

就算是炎热汗水淋淋的夏季，进入红胶泥窑洞也会感觉凉气袭人，温度适中。午饭一吃，躺在炕上休息，薄被一盖，马上进入梦乡。寒冬腊月，大雪纷飞，冰冻三尺，窑洞里烧上一把火，做上一顿饭，就感觉温暖如春。

当年村里人居住于一个半圆形的地带，半弧的村子人们称为"大圪塄"，半径部位居住的人家叫"新窑渠"。我家就在半径的中西边，整个地势东北高西南低，背靠厚厚的胶泥土地，既避风又向阳，太阳光线照得早，落得迟。

粉刷红胶泥窑洞需要很多道工序。

首先，要决定窑洞是抹泥三遍，还是抹泥两遍。第一遍用黄土少拌一点儿红胶泥，将麦秸秆用铡刀铡成不到一寸长的小节，三种材料搅和在一起，用水和成粥性状，抹在窑洞表面，抹到表面平坦，看不到板撅掏下去的胶泥印子为止。窑洞所有部位第一步全部完成，表皮干燥后，再抹第二遍。

第二遍的用料不用麦秸秆，而是用麦子的壳皮，咱这儿的人叫麦月。这次抹的厚度可以薄点，要表面光滑，看不出高低不平。干燥后，不得有裂缝。

第三遍的工序比较复杂，要用石泡面、沙子、黄土、适量的水搅拌而成。这孔窑洞的石泡面，是掏窑洞时就积攒好的。母亲利用闲时，用打炭斧子将石泡捣成碎块，碾子上反复滚压，用三面箩子筛下来的细面粉，再和沙土搅拌在一起，比例是 1：2：3，即一份石泡面，两份沙土，三份黄土，和水拌成糊状，抹在窑洞的外表，抹出来的表面干了，既光滑又有亮度，还不会开裂，用指甲使劲去抠，连个印记也没有。假如开了裂子或者能抠下印迹，就说明石泡、沙土、黄土兑的比例不合适。

这三遍抹泥，大部分是空中作业，垒石头、搭支架，一会儿搭在这儿，一会儿又要挪在那儿，不知要忙碌多少个夜晚，流上多少汗水才能完成。这三遍抹泥的辛苦不亚于掏窑洞所费的工夫力气。

最后一遍工序就是刷粉。那年春天，我已是虚龄十岁的孩子。父亲烧了一窑石灰，就是准备粉刷这孔窑洞的。他将烧制成的石灰一块一块铲入一个大铁桶，倒入水马上将石灰水和没有烧掉的渣子分离开了，并掏一个有一定深度和宽度的黄土坑，将石灰水一瓢一瓢舀入土池中，反复几次，盆里只剩渣子，石灰水在土坑里经过数小时渗透，白生生的石灰膏呈在上面。将石灰膏再掺入一定数量的水，用刷子粉刷三遍，一孔崭新的窑洞主要工序就基本完成。

这孔窑洞最让人吃苦的活基本做完，掏炕洞、搭石板、抹炕、垒灶台就比较容易。可窑洞的口子还没有圈上，更谈不上门窗的事。

圈窑①的工序不亚于里面那六道工序，程序复杂，虽用时短可异常劳累。首先，决定砌窑的表面石头是用细面子还是粗面子，如果是细面子那就要请有点儿名气的石匠去平整石头。假如用粗面子圈窑，雇佣一般的石匠就可以完成。细面与粗面的区别关键是放置石头的表面，若做细面不仅石头要质硬，颜色发青，匠人加工石头时，表面要平整，用錾子②凿下的每个条纹与每个条纹的距离相等。这种细面石头，费时费力，花钱多。如果做粗面，掌握好石头的厚度，表面比较平整，没有明显的凹凸就可以。

南窑洞塌下来的石头基本够这孔窑洞的面石，面子是用细的还是粗的，石匠雇佣什么人，父亲思来想去，最后决定面子做粗的，石头的加工由他来完成。母亲听了很不理解。她认为他不会使用石匠用的钻头攒石头，每块石头的大小尺寸掌握不了，一旦攒坏，耽误工夫不说，报废了石头得不偿失。可父亲坚持说他试试，不相信干不了。

攒石头面子的活晚上不能进行，因为每块石头得平整端庄，要靠眼力和一把尺子，再就是左右手的功力，钻头要把握端正，手握的斧头要适中，晚上看不清楚，只能在白天进行。

父亲干完集体农活回家吃罢饭，利用午休时间每天完成两三块，大约忙了近三个月，攒好的石头面子，在院子里堆成小山似的。他请来了表哥王争气和村里几个短工，抓紧干了二十天，完成了圈窑洞门子、脑畔上垫土以及搭檐石等工序。

① 圈窑，也叫箍窑，陕北方言，指砖窑洞、石头窑洞或者土窑洞的口子连接砖、石头面子，用砖、石头砌成型的过程。
② 錾子，凿石头时用的小凿子。

97

如今的门窗，是卡林、凤林成为远近有名的木匠前，试着给自家做的，二弟卡林结婚前两年才换上的。

父母为了三个儿子，白天按时参加生产队的劳动，夜晚又要为我们长大成人落脚地忙活半夜，这孔窑洞关系我们能不能娶到媳妇。四年间，父亲鸡叫起半夜睡，不知流了多少汗，这苦累的汗水他能换到什么？

我记得在《增广贤文》中有这样一句话："羊有跪乳之恩，鸦有反乳之义。"这句话来源于妇孺皆知的两个小故事。它的含义远大于故事本身。小羊羔对羊妈妈说："您这样疼爱我，我怎么才能报答您？"羊妈妈说："我不要你报答，只要你有孝心，妈妈就心满意足了。"为了报答母亲的养育之恩，小羊每次吃奶时都是跪着的。乌鸦妈妈经过日夜操劳，将下的蛋用体温孵出了小乌鸦，它每天飞出去多少次找食物，回来后一口一口喂给小乌鸦吃。渐渐地，小乌鸦长大了，乌鸦妈妈也老了，不能再出去找食物。长大后的乌鸦没有忘记乌鸦妈妈的哺育之情，也学着妈妈的样子，每天飞出去寻找食物，再回来喂养妈妈，直到乌鸦妈妈死去。

父母用爱心养育我们，用智慧启迪我们，用美德陶冶我们，用真情感染我们，为我们付出所有，而不求回报。无论是陪在父母身边还是远在天涯，都不能忘记父母的深厚恩情。

第二十三章

修庙建殿保佑平安　殿宇被拆忧心忡忡

　　我十岁那年，一天跟着父亲回到家里，母亲坐在煤油灯前正一针一针地为我纳着新鞋底。父亲脾气不好，愤愤地说世道变了，好好的殿和庙要拆。

　　母亲问："为什么要拆？"

　　父亲大概说了刚才开会的情况，母亲心情很沉重，同样无能为力地说："那明天早上你去扛上一根拆下来的檩子，放到他们指定的地方，由他们去瞎折腾吧。"父亲没有回答，我当时想，这么好看的观音殿为什么要拆呀？

　　第二天一早，家里还黑洞洞的，父亲就让母亲起来做早饭，吃罢早饭急匆匆地去了。后来他才告诉我们，他到主任家和主任商量一下观音殿和庙都不要拆，努力保存现状，把敬神的牌位子处理掉，画的那些天兵天将、大神小仙的壁画用泥抹一抹了事。主任也同意了父亲的想法。可迟了一些，他们商量完，刚从大门外走出来，远远地看见观音殿的屋顶上、下面站了好多青年人，一大部分顶部已被他们拆完了。

　　两个人很快走上去，看到大殿院子里香炉、石狮、石虎都被打碎。殿里面的壁画也被用刀子还是什么硬物划得分不清人马神仙，惨不忍睹。主任对红卫兵干将高声喊话："这顶子已经拆了，墙暂时不要拆。你们再也不要去庙里折腾了。"

"为什么呀？"有人问他。

主任没有正面回答，只说了一句："你们不懂，听我的。"父亲和主任一人扛了一根檩子下来，放到指定的地方回家。就这样整体建筑基本保存下来。

村里的观音殿和龙王庙分别坐落在村子背后东北和西北处，占地面积大约一百平方米，虽然不大，可造型新颖别致。观音殿建在高出村子近百米的小山丘上。出殿门长有一棵"斗斗盐"树，祖祖辈辈传说这棵树就这么大小，这么个蜿蜒曲折，既像一只卧虎，虎视眈眈；又像一只骏马，威武挺立。"斗斗盐"壮实的腰肢直径一米多，然后又弯曲向东南方向延伸至两米，形成庞大茂密的枝头，虎视眈眈，盛气凌人。童年时，我经常和村子里的孩子在此玩乐。四五个孩子骑在她身上晃晃悠悠，乐滋滋扬着一根根打木猴鞭子，抽打着她那不知何年何月早已遍体鳞伤、脱尽浑身树皮的美丽身躯。清脆响亮的"驾驾"童声响彻云霄，地上欢乐着，数十年来，轮替骑在她的脊背上晃悠的孩童的歌声、笑声、"驾驾"声形成了一曲美丽动人的交响曲。直到今天，我回忆起小时候那一幕幕激动人心的场景，深感心还停留在那个时代。

据老人讲，"斗斗盐"树百里之内，再没有任何村子的山峁上长有此树。每到仲夏来临，她的枝头开满了粉红夹黄的花骨朵。刚刚进入秋季，她的枝头挂满了清澈透明、四棱八瓣的斗斗盐，犹如二十世纪五六十年代家乡人去内蒙古盐湖里掏出的晶莹发亮的大盐。我想，斗斗盐树是由她果实的形状而得名。她也许是整个榆林市乃至全国的珍稀植物，在她身边三五米滋生出来的小苗很多，可由于人们不重视，小苗被牛羊作践，至今再没有骨肉陪伴在她身边，显得忧伤孤独。

观音殿门口的右边约三十米处，有数百株枣树绿油油的，刚劲耸立，粗壮的树干让人联想到枣树的历史与观音殿的历史相近，与枣树圪村的起源更是息息相关。观音殿的背后，平平坦坦，大大小小的打谷场一处接着一处，站在那里，有一种心旷神怡的感觉。

这里视野辽阔清晰，可以看清楚四面八方的沟沟壑壑、山山水水。任凭妖魔鬼怪千方百计想进入村子，观音殿里的神仙一眼望见，鬼怪会毛骨悚然，速速离开此地。和村子几乎平行的地方人称"庙湾"，这里又有一座龙王庙，建筑面积和观音殿差不了多少。我小时候，父亲和村里人给我讲过好多关于观音殿和龙王庙的故事。

观音殿建于嘉庆年间，该年夏秋阴雨连绵，村子里瘟神肆虐，数天病倒好多人。当时缺医少药，人们对神仙非常信任，就请神婆下马，驱赶瘟神，可瘟神没有被驱赶出村子，不出十天，大人小孩死了六七个，大小牲畜死了数头，村子里人心惶惶。人们心想神婆神汉也请了好几个，想尽办法驱赶妖魔鬼怪，可还是解决不了问题。不出几日，这个院子里抬出来一具尸体，那户家人又哭又叫，悲伤的声音不断。眼看不到一个月村子里死亡人数有近三十个，大小牲畜死亡更多。人们干着急，没有办法。叫天天不灵，叫地地不应。一天早晨，大雾降临，天地连成一片，一个穿着长袍的道士出现在村子里的大圪楞上。道士挂着拐杖，头发胡子灰白。村里人让他尽快离开，免得被瘟神缠上，可他非但不走还丢出一句话："你们村要保平安，就请观音菩萨坐在上边。"并伸出右手，指着现在观音殿坐落的地方。人们想问个究竟，可是眨眼的工夫道士不见了。听了道士的话，全村男男女女、老老少少跪倒在大圪楞上，点着长香，烧着黄表，一声声"菩萨保佑"地叫着，并许愿在道士指的地方，建观音菩萨殿一座。

自此，村里病情稳定，瘟疫得到控制。当年，村里大兴土木，有人的出人，有钱的出钱，有粮的出粮，请来了风水先生、能工巧匠，修建观音菩萨殿，不出几月便落成了。观音殿保佑村里人平安。

枣树圪村里有座庙叫龙王庙。一座神庙，是神仙居住的地方，又是人们供奉灵神的场所，却建在一个四面被风侵蚀，一年四季很少花草树木，乱石丛生的土丘上，总感觉不成体统。村子人讲这故事的时候，我年龄小，认为根本没有神，都是人为。可村里人不这么认为。

某年，村子里大旱，加上好多人闹病，为了找出病根所在，请来了周围有名的神官，祈求雨水降临，保佑老小平安。神官说："龙王看到村中良民百姓被缠愤怒不已，想到村里镇守，保佑百姓平平安安，风调雨顺。"村里人听了高兴极了，同意了神的要求。神官又说："要给神修座庙，才能安心保佑良民。"村里人一一答应了神的要求，同时决定修庙的位置在对面石畔那块平地，神官当即和村民一块去那块地钉上木牌，确立了神庙的位置，可第二天过去一看，木牌不见了。只看到木牌的位置留下多个狐狸脚印。人们顺着脚印方向，找到木牌。是狐狸叼在了这个地方？村民又将木牌拿到了对面石畔那块儿地上。第三天过去又没有了，反复几次，村里人最后决定将庙宇修在现在这个地方。

这则故事虽然没有依据可查，是真是假谁也说不清楚。可有一点值得深思，龙王庙建造的地理位置，是再好不过了。其一，离村近，出路好，遇上逢年过节，有灾有难，人们敬神上香三五分钟就可到。整个庙宇和村子平平坦坦，无论是大雪纷飞的冬天，还是暴雨如注的夏季，或者漆黑一团的深夜，随时可以去神庙请求神灵保佑。其二，不占用土地资源，该处虽有不大不小的乱石，可属于红野石炮地带，草木难生，莫说庄稼。其三，无论远望近观，这里真就是"二龙戏珠"露出明珠部分的地方。假如建在对面石畔那块肥沃的土地上，走羊肠小道，弯弯曲曲，七高八低，人稍不留神就会掉下三十米高的乱石沟里，一命呜呼。

观音菩萨殿被拆，村里的几个负责人整天忧心忡忡，他们忐忑不安地来到我家议论，总感觉有点儿对不住百姓，更对不起观音菩萨娘娘。父亲和生产队长、主任对拆下来的檩子、椽、硬材等没有过问。但这些作为全村的共同财产，必须登记造册。登记的工作当然落在了会计身上。会计王昌则沉默不语，一言不发，他连一根椽也没有搬。因此，他愤愤地说了一句："由他们去折腾吧，拆下来的檩子谁想要，谁拿去，我不去登记。"那些材料就被个别人家拿去盖房的盖房，烧火的烧火。

第二十四章

钟声巨响施令分工 事无巨细日夜操劳

观音殿被拆后，那口重一百多斤的铁钟，成为生产队的有用之物。

近一百五十口人的一个生产大队，人口居住不集中，呈半圆形分布在黄土坡腹地。每天早晨或者中午下地劳动，把村队干的嗓子都叫破了。安排农活儿，有时半天叫不出来一个人。为了出工统一，下地迅速，村委会决定将敲响这口铁钟作为召集出工的信号。叫几个年轻力壮的人，将铁钟抬到我家脑畔的圪梁上，自制架子吊起来，并召开社员大会规定：钟声一响，每家每户至少出来一个人，听从安排农活儿。敲钟的任务又落在父亲这个副队长身上。同时决定，即使晚上不开社员会，几个队干部领导也要碰一下头，商量第二天农活儿干些什么，并由我父亲向家家户户有劳动能力的指派营生。村子虽不大，但有近一百个有劳动力的人，这要父亲和其他队干动脑筋分工，还要父亲一个个记在脑子里，便于第二天早上分工施令。不然这不就乱套了吗？

一大早，天刚蒙蒙亮，母亲就做好早饭，父亲铁青着脸，一言不发，我起来洗脸，准备上学去。从昨晚他们几个领导说话的情况，我知道他既欢喜又忧愁，欢喜的是铁钟给他减少了嘴不停的唠叨，用腿挨家挨户分配营生的劳作。忧愁的是多年以来，钟声只是响在重大节日，家家户户去观音菩萨殿烧香磕头之时，人们拿着献供水果、馒头、香纸，点香烧表后，当当两声，让神灵哪怕在千里之外也能听到钟声，表示村民对神灵的信奉，有大病大灾的同样如此，也向菩萨娘娘祈求。她的画像慈祥，村民跪在下方讨几口药，然后敲一下钟，表示对娘娘的尊敬与感恩。

而今天这钟声是什么呢？变成了指派营生的号令，或者成了他发号施令的工具。这钟声一响，娘娘会听到吗？听到了她内心有何感想？她还会用慈悲的心肠来看望他们吗？

父亲板着脸，好一会儿过去了，母亲将碗筷和糠窝窝头递在他手中。他接住了，什么也不说开门出去。不到两分钟的时间，"当当当"的钟声响起来，震得我的心咚咚地跳，耳朵也嗡嗡地响。钟声还在回响，我出于好奇，用手掰了半块窝窝头，开门三步并作两步，顺着东边的小路跑去我家脑畔圪梁上，而钟声也停了。

家家户户的人，有的端着饭碗，有的抱着孩子，快步走出大门外，聚在一起的，单枪匹马的，脸都向着父亲，竖着耳朵。村里很安静，静得像夜半三更，连麻雀的叫声也没有。

"女人们不给指派活的，全由王长留带着去对面梁锄黑豆苗子。王满窑赶上大角犍牛，扛上犁，拿上粪笸箩子和保管领上糜籽，自己搅拌，自己排粪，去圪行梁种糜子，你老婆跟上打土疙瘩。"

"王玉章赶上大红猺牛，王板则赶上秃头牛装上糜子……"

他放开嗓子不停地叫着分配，有个别人不时地问问这，问问那。

活儿分配完了，人们陆陆续续回家，准备出工。可他手上的窝窝头，只咬了几口。糠窝窝凉了，他的心在发热。他把碗筷交给我，手捧窝窝头，回家路上边走边吃。回到家里，母亲早已洗罢碗筷，收拾完家事。父亲舀了一勺子上早已晾凉的开水，喝了进去，也耕地去了。

每天如此分配干活儿，早上如此，中午如此，天天如此，只不过活计不同，日日变化，声音高低不同，次数有增有减。菩萨娘娘是否听见，看到，是忧，是怒？无据可查，谁也不清楚，谁也不晓得，也许老天才知道。

年年如此，日日如此，父亲吃不上一口热饭，睡不上一天无事觉，还要落下一堆埋怨。有人背后对他议论纷纷，指责他偏心，给自家人安排的都是轻松的活儿，让外人往死里干。他听多了这些风言风语，也因为划分成分的事情，心烦意乱。

一天晚上，他开会不等散了，就回家坐到小板凳上，低着头，半天嘟囔了一句："只有一条路，至于副队长，我不当了，谁想当让谁当去吧！我不放心的一点是，成分对孩子的上学、当兵和工作会不会有影响。同时在学校里，他们也要歧视咱的孩子。明天早上早点儿做饭，吃了我去公社，让领导评评理。"父亲又在大会上跟个别队长吵架了。他的暴脾气起来根本不受控制，这不单单是对家里人，对村里村外的人也一样，好说的时候还是个人，暴脾气起来十头牛也拉不回来。

那天晚上父母聊了好长时间，我却坐不住了，上下眼皮就想往一块长。看到父亲的脸色有所好转，看到母亲还在一针一针缝补衣服，我下地洗了一把冷水脸，没有一丁点儿脱下衣服的心思，躺在了毛毡上。

第二十五章

撤小并大响应号召　"三篇"启示怨气全消

公社来文：撤"小"并"大"，是响应中央号召，是无产阶级"文化大革命"胜利的体现，是由社会主义社会向共产主义社会迈出的第一步。各个村必须将小集体无条件合并成大集体。一个村为一个队，几个村成为一个大队，合并过程中牲畜农具的处置方式由社员委员会协商解决。文件内容简单，可号召力很强。

枣树圪整村三个小队合并成一个队，听起来简单，做起来复杂，困难重重。村里人口少，只有王、纠两姓，有三个小队，两个小队全都姓王，一个小队全姓纠。作为三队队长的父亲负责的这个队是十五户，四十多人。他无时不在这场并队风暴中出谋划策，起到中坚作用。

三个队的干部会议上，父亲和其他八九个人商量说："首先，我们应该决定个正式或者临时的大队长，并队虽是公社提议，但对我们的生活是个转折，也许是幸福生活的开始，也许带来负面影响，谁也说不清楚。但是，大家想有个好门路让村民人人受益，这不是个顶好的机会吗？其次，各小队大小牲畜、农具、库藏粮食等各不相同，要进行'打价'。应该有一个临时议价领导小组去登记，评定价钱，最后找平衡。三是并队后的大小牲畜只能归在一个地方或者两个地方喂养，再不能这几只、那几头去喂了。这样，就出现了牛圈、驴圈、羊圈、草房等问题，要我们尽快解决。四是遵照公社指示，党支部书记、革委会主任、大队长、妇女主任、副队长、会计等也要重新选举。"父亲说了一连串问题，大家又补充说土地多少不均、好地与差地怎么区分，就连一个队与另一个队牛羊粪的多少也进行打价谈出来。

这么多的问题，怎么解决呢？必须依次研究处理。会议决定革委会主任、党支部书记要党员选举。大家初步决定主任由父亲去当，然后召开社员大会通过。他无法推辞，只得应允。可又向大家讨价还价。

父亲的约法三章使会议沉默许久。

"我贵贱第一条可以认可，青年人的工作也好做一些；第三条喂猪喂羊也可考虑，我知道其他村也有喂的；第二条多留自留地还要动一下脑筋，搞不好公社给我们安个资本主义复辟帽子，批斗示众，那可不好。"二队队长纠五六说。

其他人也认为多留自留地，一旦村里人告密，公社让退出土地怎么办？况且分地时，拉着绳子要丈量，人也跟的比较多，畔坡山村离咱村仅一架沟，也看得真真切切，被他们村里害"红眼病"的人告到公社怎么办？大家你一言他一语，议论纷纷。会议吵成一锅粥，都怕担责任，冒风险，因为"整人"运动大家耳闻目睹的太多了！

"大家不要吵了，不就是分地吗，我是主任，公社不知道就罢了，知道了让他们批判我。"父亲的眼睛又瞪得大大的。

"那就这样决定吧！社员会议上宣布多留自留地，喂猪羊的事要有个规定，任何人不可向外宣传或者向公社反映，一旦被知道，一是全村人和你做对，二是不给你们家分救济粮，你们看怎么样？"又一个小队长说。

大家都说这个办法也行。父亲成为革委会主任，那每天敲钟分配干活儿的事就不用他过问。但队里处理好多事情他都必须参加。大队长决定临时由王林林担任，他觉得不合适，也没办法，只好暂时定了。最后经过选举，会计是王昌则，副队长是纠宽厚，并决定了保管人选，还有妇女主任、出纳等人选。

同时决定，大牲畜的圈和羊圈分别在观音殿下面的最底下和那棵斗斗盐树右侧挖土重修，并要求会后不论男女老少利用白天、晚上一切可利用的时间，掏的掏，用各小队头一年刚买回的车子倒的倒，一定要在两个月内完成十几个牛羊圈和草窑、饲料保管储备粮窑洞的任务。同时决定在我家对面的石畔前再掏三孔红胶泥羊圈，共计十六孔。

第二天晚上的社员大会开得很顺利，大家议论并队一事，最令人高兴的是，放宽了每户自留地，让喂养牛羊的事。

人心齐，泰山移。并队全体村民的积极性非常高，干劲十足，不到两个月，牛羊圈任务全部完成。通过议价对各种牲畜、农具等打价，一二队要给回三队欠款三百多元，我们一家六口人就能分回四十元钱。那个年代，这可是一笔不小的数字。而对于一二队来说，每人要拿出近三元钱，那么五口之家要掏近十五元钱，不用说一个人身上掏三元钱，就是全家拿一两元钱也非常困难，好多家庭几乎处于吃了上顿无下顿的境地。

因此，一、二队不给，三队非要不可，造成一、二队与三队对立的局面。三队的人提出这个大队不能并，要并必须给钱。

这一并队风波搞得父亲人不人鬼不鬼，不要说三队里所有人不同意，就连母亲也不支持他。他走东家串西家，做通几家的工作，有几家根本不同意，提出给不了钱，来个折中的建议，拉回几只羊也行。

父亲处于孤立无援的境地，母亲和队里大多数人站在一条战线上，反对一、二队空手套白狼的做法，在父亲面前唠叨个没完没了。两口子为此又争吵了几次，最后发展到战斗。这次打架，母亲铁了心，她理直气壮地说："我跟你说，咱六口子人，并队必须拿回二三十块钱，否则我和你这个日子不过了，非离婚不可。"

"离就离，我不可能在这大灾之年，家家户户已经到了揭不开锅的情况下，逼着和他们要。"两口子僵持了半天，母亲又一次一把鼻涕一把泪。我们弟兄三人站在他俩面前能说什么？只是瞪大眼睛默默地祈求二人，不要开战了，你们经常打打嚷嚷的，我们心里有多难受呀！

父母为此事经常争吵打架，传遍了整个村子。三队的人也心知肚明，一、二队没有能力拿出这些钱，加上他们打架闹离婚，人人心感不妥，就都妥协了，钱不要了，三个小队就这样稀里糊涂地合并了。人们对父亲由嘲讽变为理解，由愤怒变为同情。

一、二队的男女老少也许觉得有点儿愧对三队，怎样补偿找不到答案。就在那人人饿得皮包骨头、面黄肌瘦的情况下，一、二队的男女老少出工出力的积极性非常高，干起活来很卖力，可能是一种补偿吧！

窑洞挖好了，要给牛驴圈垒槽墩，安吃草料的石槽，一、二队的人跑得最快，运石头的、担水的、和泥的、垒石墩的、抬石槽往上安的，他们的人最卖力，最积极。

春冬季，上级指示农田基建大会战，一、二队的人最卖力，队干部分好的地块，他们平整得很平坦，梯田圪塄整齐端庄，又完工很早，并主动帮助三队个别人铲土平地。这也是一种补偿吧！

春节刚刚过罢，父亲以革委会主任的名义组织年轻人开会，学习《毛泽东语录》和《为人民服务》《纪念白求恩》《愚公移山》，后三篇著作被称为"老三篇"。

"白求恩是外国人，从一万多里外的国家来到我国，为红军伤员治病，愚公能带上孙子们搬走一座大山，张思德的精神更是我们学习的榜样。"父亲听别人念了背了"老三篇"，结合毛主席的讲话说了好多，"还有你们年轻人不知道一件大事，1938年5月，白求恩医疗队从延安北上，经清涧、米脂、佳县到达晋绥边区的大后方、八路军一二〇师卫生部后方医院——神木南区贺家川工农红军医院。他刚到贺家川，一二〇师卫生部医务主任张汝光热情接待了医疗队一行。白求恩大夫边喝水边问：'伤员在哪里？'张主任回答：'先休息一下，吃过饭再见伤员。'白求恩大夫却说：'这里是重伤员医疗所，我是为医治伤员而来的！'他紧急开始为前线伤病员和当地群众治病。我们应该怎么向人家学习？如何落实在行动上？"最后，他提出了这样一个问题。此时，又是一、二队的青年说话了："马上开始春耕，好多粪还没有送出去，我们能不能在其他人熟睡的两三点起来，给集体地上担粪去。"大家异口同声地说："好。"会议决定，早上鸡叫头遍，统一起来碎粪送粪并要求保密，不露声色。

第二天凌晨三点，全村的公鸡都叫鸣了。参加会议的人，统一担着筐子，有的拿着铁锹，有的带镢头，将大堆粪送出去一部分。父亲也加入这次为人民服务的行列。连续三个早晨起鸡叫担粪，都送到对面梁和坟行梁准备耕种豌豆的地上。这一大堆粪三天送过去了，人们还没注意到这一半被什么人担去。第三天上午，杨解岊村有人来枣树圪村，问道："你们村还没有过十五就送上粪了？"村里人说："没有呀。""那怎么对面的地上有好多粪堆，而且用铁锹将黄土外侧拍得严严实实。"人们才看见粪堆少了一截，经过了解才知道是这些年轻人干的。

这次又是一、二队的人最多。

并队提高了大多数人劳动的积极性，多留自留地，喂猪喂羊给每家每户解决了一丁点儿吃不饱、无开支的问题，可根本问题还没有解决，糠窝窝头、照见月儿的饭还在吃，暂时无法改变，也难以改变。

第二十六章

笆扣麻雀火烤充饥　杀牲害命铭记教诲

到了 1969 年春，我们弟兄三个，一个十三岁，一个十一岁，一个六岁，为了解决饥饿问题，自制弹弓子打飞鸟，用笆篮扣麻雀烧着吃，想尽了一切办法充饥。

这年初冬的一个星期天，农忙刚刚结束，母亲照看着妹妹。我引着二弟、三弟去场梁上扣麻雀。我们弟兄三个拿着父亲亲手编的柠条笆篮子，用碎布一节一节结成的绳子，偷偷地去了场梁。

下午，太阳还很高，我们三人找了长约三寸的高粱秆，将绳子的一端扎在了高粱秆的下端，将笆篮一端着地，一端用高粱秆顶起，里面撒了少量的粮食。然后藏在糜草堆后，一声不吭，轮流窥视麻雀进入，一小时接一小时过去。

突然，数百只麻雀成群结队地从南面向场梁飞来，齐刷刷地落在了糜草堆后，它们东瞧瞧西瞧瞧，也许是怕有偷袭它们的飞鸟飞来？也许是吃饱了觉着没事干一起来游玩？这群麻雀飞起成群，落下大片，最远处距离我们的柠条笆篮有十多米，最近处仅仅三五米。我们三人屏住呼吸，半躺半仰在糜草堆旁，生怕惊动它们，而让它们远远飞走。

我作为长兄，在路上就跟两兄弟约法三章："第一，凤林是跟上看的，只要有麻雀在梁上，只能看，不准出声，更不能走动；第二，卡林拽绳头，听我指挥，我说拉，你就把绳子拉一下，必须听我的话；第三，你们两个，不得互相说话，必须像哑巴一样。"

两个弟弟为了能套住更多的麻雀，吃上一顿美味大餐，我说什么应许什么，乖得像只小羊羔，任我摆布。

大群的麻雀落在了我们面前，叽叽喳喳地叫个不停，我们三个紧缩在一起，屏住呼吸，像三只死猪僵在了縻草堆旁，一动不动，生怕惊动它们。我的心扑通扑通跳着，麻雀的吵闹声越来越大，有的互相追逐，有的一跳三尺高地打架，有的在寻找食物，中间一大片吵个不停，好像在开会，就像我给两个弟弟约法三章一样，有一只麻雀叫得最欢，声音最高，跳得也最快，眨眼工夫就在中间跳了个大圈，也许是完成了它的吩咐，道完了它的命令。

我被它们的吵闹声搅得忘记自己是干什么的，斜着头只顾倾听，看着大片麻雀一派热闹景象。

两个弟弟等不及了，可又不敢说话。二弟紧靠着三弟。他一只手紧紧握着绳头，等待我的命令，另一只手指头慢慢点了一下我的后背。因为他们只有跟的权利，连看麻雀的权利都没有，只能僵尸一般躺着，等待我的吩咐指挥。

二弟这一点背，我清醒过来，看到笸篮前有好几只麻雀进入里面不停地啄着地下撒的粮食。说时迟那时快，我高喊一声拉，二弟猛地抽动绳子，笸篮倒地了，高粱秆和绳头被弟弟用力拉得距离笸篮足足有三尺远，成群的麻雀被我这一声高叫，吓得呼啦啦一下飞走了。

当时我高兴极了，二弟三弟也和我心情一样，高叫着"扣住了，扣住了"，一齐跑到笸篮旁，站在那里等待着被擒住的麻雀。我跪在地上，样子像祈求上苍，希望里面有很多麻雀，让我们弟兄三人美餐一顿吧！我将随身携带的两件破旧衣服紧紧围在笸箩四周，生怕留个缝隙让麻雀飞出去。

我首先将耳朵抵在笸篮上，耳朵贴得更紧，仔细听着里面被擒麻雀急切飞跳的响声，可里面没有一丁点儿响动。我的心又怦怦地跳了，难道没有扣住吗？不可能！我可亲眼看到里面有好几只麻雀不停地吃着呀。不会的，里面肯定有，不会没有。

我将笸篮一端掀起一寸多高，一只胳膊伸了进去，在篮子上下左右不停地摆动着，盼着麻雀扑腾翅膀，和我的手掌接触，一把抓住它，递给两个弟弟一人一只，让他们高兴去。

手不停地摸了老半天，什么也没有摸着，只有手和笸篮侧旁接触那硬邦邦的感觉。我还心不死，一边自己往起揭笸篮，让两个弟弟的四只手，四只脚分别压在衣服和笸篮的框边，以及衣服和地面的接触点，生怕麻雀藏起来，等待逃跑的机会。

笸篮揭起来了，里面空空如也，什么也没有，我的脸色煞白，两个弟弟站在那里一动不动，像个木偶人，呆呆的，眼珠不转一下，眼里噙着泪花。麻雀没扣住，一大把粮食被吃得只剩下数十粒，还有一些糠皮丢在地上，微风吹来，在地上滚动着。

卡林不紧不慢地收了绳子，将撑笸篮的高粱秆拔下，狠狠地甩出几米远。说了一声："大哥，回家吧！"这一叫声既温暖又沮丧，我已感觉到他的心里也不好受，一言不发。

太阳马上落山了，守了两三个小时，受冻挨饿一场空，弟兄三个无精打采回了家。过了几天，天气渐渐暖和了。白天晚上除了在学校时间以外，孩子们在外玩耍的越来越多。可我对几天前没有扣到麻雀的事，很不服气，利用放学时间，一个人背着两个弟弟，背着母亲，同时也不让同村其他孩子知道，又去扣麻雀。拿上预先藏下的一小块窝窝头、绳子和笸篮，绕开所有人的视线去场梁上，一连三次，要么没有麻雀飞来，要么飞来不进笸篮，加上我一个人干这事也不周全，考虑了这个，忘了那个，次次失望。

第二年春天，我已进入小学四年级，二弟三弟均已入学。放学后，我带着两个弟弟像以往一样，拿上所有工具去了场梁。这次是我亲自拉绳子，亲自观察，亲自放三兄弟每人少吃一口预先结余下的窝窝头。他们两个只是当我的护工，蹲在糜草堆旁。终于飞来了成群的麻雀，也终于扣住了四只，装进预先准备好的小布袋子里。

两个弟弟奔着跳着，高兴得不成样子。今天的晚饭还算可口，虽稀豆子饭，可照见月亮，山药熬酸菜一小锅，母亲从来不放一点儿油，只放点儿盐和少量花椒面，但吃起来味道可香了。

饭碗一放，我和二弟用火钳夹着，将麻雀分别一只只放进还在着炭火的灶火里，麻雀被烧死了，毛自然烧焦。我又一只只用火钳夹出来，将毛全部剥干净，俗话说："麻雀虽小五脏俱全。"我又用小刀子将四只麻雀剥开肚子，挖出了所有的内脏，简单用水冲洗一下，每只给撒少许盐，准备二次在灶火里烧焦吃。

可母亲又嫌我们在炭火上瞎折腾，浪费炭，把灶火里的炭全部用火柱捅下炉炕，并说："这点点炭又够我们全家在风匣①上做的吃一顿饭，你们在灯盏上烧着吃罢。"我们三个只能寻上麻柴棍，将麻柴棍从灯上点着，让火烤着，不大一会儿，香味出来了。可能就是烤了个半生不熟吧，三兄弟一个人一只，大口大口地吃着，当时感觉那比糠窝窝头好吃多了。

剩下第四只，二弟说我分得不公平，三弟多分了一点，又和他打起来，并把他的一块又抢着吃了。

母亲看着我们为一只小麻雀争分不停，到了打架的地步，气得又哭又笑，这才打动了二弟。他不言语了。

父亲是个直性子，他听母亲说了这情况，没有骂，更没有打我们，而是很强硬地说："从今以后，再发现你们扣麻雀，老子非打死你们不可。你们觉得好吃了，可麻雀死了，那也是一条命啊！以后再不许你们这样做了，都大了，懂理了。把今年将就过去，我会

---

① 风匣：风箱。

想办法让你们填饱肚子。"他态度坚决。

几十年来，我成百次回味了捉麻雀在煤油灯上烧着吃的事，给我的儿女以及亲朋好友多次说过此事。麻雀真的也是一条命，过去年幼不懂，被饥饿所逼，可"那也是一条命啊"这几个字我记得真真切切，清清楚楚。

大灾之年，人们背井离乡。灾年使人无所适从，杀生害命，灾年也看出了一个人的本性，我的父亲将一切让给了这块黄土地上的人们和有生命的生灵。

第二十七章

路遇乞婆母献冬装 带家过夜救命至上

寒风肆虐的一个晚上，突然门吱的一声开了，一阵冷风迎面而来，冲得我脸颊凉飕飕的。门里进来一个披头散发面部黝黑的女人，紧跟其后的是父亲。

小小的煤油灯，光线不足，看不清人的全部面目，只能模糊地分清是男是女。她一进门，站在门口一米左右的地方一动不动。父亲让她进后脚地，她像没听见一样，浑身哆嗦着，一言不发站在那里。

父亲一边拉着她，一边说："快冷死了，还站在那干吗？"随着他的话，她走到炕楞边坐了下来。

我一看这个女人，就吓了一跳，蓬乱的长发，脸庞乌黑得像是从来没洗过，上身穿一件露着肩膀、袖子上几处破烂不堪的粗布单衣裳，下身是一件蓝布裤子，几处破烂，两个膝盖露在外面，犹如游荡在大街上的疯婆子。她浑身不停地哆嗦着，上下牙齿还在互相打架。

父亲说："这鬼天气突然变化，风鬼哭狼嚎般吼叫着，太冻人了。我去队长家有事商量，路上遇上这个女人，不停地喊'救救我，救救我'，我看她穿得破烂、单薄，若在外面，今夜非冻死不可，就引回来了。"

母亲听了这话，急忙下地寻暖壶倒碗热水。父亲说："迟喝一会儿，让她暖一暖，现在喝进去开水，可能冷热相接，她受不了，会出问题。"

又过了一会儿，母亲将晾的半温半热的水递给她一碗，她一口气喝了下去。又倒了一碗，她又不停地喝着。一会儿她说话了："谢谢你们救了我。"

母亲让她坐在炕头，一会儿后，她脸色比初进门好看多了，黑里泛红，并带有喜色和自信。

母亲问她家住哪里，她说话吞吞吐吐，因为时间长了，记得不清楚，大概记得是在花石崖的一个山区小村。母亲又问她为什么离家乞讨要饭，她流出眼泪，看样子很是伤心，一会儿才说："去年腊月老公因病去世，我伤心过度，身体受到打击，神经刺激严重，走出家门。过了几天清醒了，回到家中。公婆嫌弃我没有生下孩子，就对我冷眼相待，有时破口大骂不说还大打出手。由于今年大旱，地里几乎没有收成，村子里好多人到外地讨吃去了。我一个女人，不敢去外地，就在周围讨吃，并越走越远，几个月过去了，我白天要点儿吃的糊口填肚，晚上睡草窑牛棚。我也不知怎么就到了你们村口，遇上了你们这个好人家，不然今晚非冻死不可。"说着她哭了。

母亲听了她的话，也非常同情，又倒了一盆温水，让她洗了头，并给她换了一身穿过多年的还是补了补丁的衣服。

父亲也非常同情她的遭遇，问她吃饭没有。她说："早上在一个村子，转了十多家，有三四家掰了拳头大一块糠窝窝头吃了，连一口水也没喝。"

父亲又让母亲给她做饭吃。可是吃什么呢？想了一会儿，觉得晚上吃了和菜稀饭，孩子大人都饿了，就决定全家都吃三面吧。

母亲从瓮里挖了两碗三面，又在袋子里挖了两碗麸皮，烧着柴火，在大锅里搅了搅团。我心想：没有这个讨吃婆，今晚又要饿肚子了。搅团熟了，母亲挖在盆子上，又端着碗，拿着勺子在腌菜瓮里舀了两勺酸菜汤，掺了一小勺盐，作为蘸的调味。

我们兄弟三人和这个女人围在一起，揽一筷子搅团蘸点酸菜汤，既有米箩面，又有糠麸皮，又和糠三面搅在一起，吃起来既碜又有糠的苦涩味道。

总计五碗三面，被我们兄弟三人和这个女人一扫而光，父母只尝了一口。

父亲被我们三个狼吞虎咽、你争我抢、生怕自己少吃一口的饿劲儿打动，说了一句："这个家的生活，我要想办法改变，作为你们的大大。不然我不是男人，不是你们的大。"说着他哽咽了。

母亲哭了："现在饿，肯定饿不死，一来还有点儿结余，加上队里分的一部分，公家或多或少又救济了一点儿。谁知道明年的收成怎样？明年收成不好，公家给不了多少，1948 年的情况又会出现。唉，愁死我了。"

一家人沉默了好一会儿，母亲又说："明年四五月看情况，如果天年不好，你把卡林带上，也出去要上几个月饭，收秋的时候再回来，栓林脚上有毛病出不去。"

"饿，先让我饿死，但我是不会出去的，讨吃六道贼七道，咱们穷不说，给后代留个什么名声，我一定要供孩子们念书。想尽一切办法，维持这个家。"

母亲一边纳鞋底，一边不停地唠叨，讨吃婆在帮她搓麻绳，夜已经很深了。母亲又开始说了："孩子们饿得不行，今天去梁场扣麻雀，准备回来烧着吃，没扣住，弟兄三个你说他把雀喂饱了，我说你把绳子拉慢了，扭打在了一起。"父亲一言不发，默默地听着。父亲过了一会儿说："暂时没办法，这也是逼出来的办法。有共产党、毛主席，肯定不会有 1948 年的情况出现。"

"唉，不知道了，但愿吧！"母亲说。

讨吃婆默默地帮助母亲干活，偶尔插一句应承的话，然后就沉默了。她似乎考虑外面寒冷的天气该怎么应对，日子该怎么度过。

遇不到好心的人家她会不会被饿死冻死。今晚可安全度过，可不能指望天天能碰到好人家，睡一次滚炕，吃一顿热乎饭。想着想着不禁哭了起来。"我该怎么办啊？"她哭诉。母亲拍了拍她的肩膀，想安慰她，可话到嘴边说不出来，都是苦命的人，有家不能回，只能走一步看一步。夜渐渐深了，讨吃婆挨着母亲睡下，一宿无语。

　　第二天一早，她们早早起来，互相帮助着做了照见月亮的稀饭。讨吃婆喝了两碗，悲伤地站起身，轻轻弯腰向母亲表示感谢。母亲见她可怜的模样，又给讨吃婆装了两个窝窝头打劝①她回家去，要是路上碰见合适的，将就着过日子也行，总比饿死冻死半路上强多了。讨吃婆走后的几年，再没有她的音讯。她是死是活我们不清楚，可我一想到古人所言"救人一命，胜造七级浮屠"这句话，就被父母亲救人于危难的精神所打动。父亲多次说过："在讨吃的人身上接福。"每次家门前经过讨吃要饭的人，父母一定会舀半勺子米给他，或者塞一个窝窝头。父母的行为感动了天地，从此我们这个家逐年和睦，日子也一天比一天红火。

---

① 打劝：劝解，劝告。

第二十八章

意外得知文件精神　东拼西凑进城卖粮

1968年，在党和政府的关怀下，人们总算逃出了灾年的死亡线，进入了新一年。

父亲从下乡干部口中得知，中共中央下发了一个关于农村工作的一号文件，已发至人民公社一级，文件中指出：在设法壮大集体经济的同时，有条件的个体家庭可喂养一头大牲畜。可文件下达不到三天，上级来电，暂时不公开、不宣传。父亲得到这个利好消息，高兴极了，心想：暂时不公开、不宣传，哈哈，公开也罢，不公开也罢，看来党中央、毛主席也知道老百姓的疾苦，在想办法改变我们农村贫穷落后的面貌。我必须乘这一阵风，买头驴，下个骡驹子，将骡子喂到半大子，卖掉了，不是一笔好收入吗？再喂个母猪，一年下两三窝猪崽儿，一卖也是一笔收入。

父亲将这一想法同母亲谈了，她非常支持。

"现在最要紧的是钱，我计划了一下，咱们家仅仅有两块多钱，买一头次一点儿的驴可能要三十多块钱，母猪要十多元，需要四五十元。家里胡麻籽和黄芥换回来五斤黄油，卖上三斤，大约是四块左右，卖上一斗炒米是七八块钱，分的黑豆卖上些，绿豆全卖了，可回来大几块钱，两只母绵羊卖上一只，回来七八元，这几种共回收近二十五六元，连家里的还不足三十元钱。剩下的十多块钱怎么办？"父亲不紧不慢，一字一句说了这么多。

母亲接着说："我手里大约也有几块钱，是过年你和亲戚每年给孩子们的一毛几分压岁钱，我都攒下了。又有我妈几次给了大约两块多，究竟多少，我也不清楚。"

这又是两口子鸡叫头次说的话，我不是被鸡叫声催醒，也是被这天天晚上吃稀汤饭尿多憋醒。

母亲刚说完，油灯亮了。她穿上衣服，进入下炕的仓子里，揭开一个瓮的盖子，在那里翻腾了一会儿，拿出一个比拳头稍大一点儿的小红布袋，放在煤油灯下。我爬起来，看看父亲穿好了上衣。母亲打开红色布袋，里面装满了钱，有的整整齐齐地摞着，有的揉成了团，布袋底层还有十几个钢镚子。看到这么多乱七八糟的钱，我一骨碌爬起来说："妈，我给你数吧！"不管她同意不同意，我很快穿好衣服，走了过去。

看似有好多，其实没有多少，记得仅有一张一元，两张五角的，剩余全是一毛、两毛的，钢镚子是一分、两分的多，五分的少。可这既是妈妈艰苦持家的见证，又是她很会理财的具体体现。母亲认不得每张钱面值是多少，就连父亲有几张也认不得是一毛还是两毛，他只是凭着多年花钱的经验，判断这是几毛钱。

三个人一会儿就整理好了，我算出来是五块八毛钱，父亲有点儿不相信我会算得这么准确，数了又数，算了又算，最后才确定地说："我们栓林的书没白念，是五块八毛钱。"

"这钱本来我要积攒到给你婆婆姨时再拿出来，三年前你腿有毛病给你大大了几块，现在你大为了你们弟兄几个要买母猪下崽儿，买驴下骡子，凑不够钱，我只能拿出来了。"母亲一字一句地说。

父亲面带笑容说："全村人都说，自从娶回来你妈，哈哈，不是娶回来，是半路上捡回来你妈，咱们家接回来财神了。日子一年比一年好，都说你妈是个有福疙瘩。这次咱家买母猪买驴也要靠你妈的福气了。"

"有福还不管有人没人，你想打就打，想骂就骂？"母亲又来劲儿了。

父亲说："以后我生气了，你能不能不要火上浇油，你一唠叨，我火冒三丈，只能打骂你消口气，不可能出去打人家吧？"父亲诚恳地说。

"看来我成了你的出气筒。"母亲又沉着脸说。

我接住了话说："好了好了，你给我大这么多钱，他以后不会打骂你了，是不？大！"

"再不会了。"父亲态度坚决地说。

随即又问我："今天星期几了？星期天你和我回城卖粮去。"

我高兴地说："好，今天星期五，后天去。"

第二天晚上，父亲早早地将炒米装在线口袋里，用自家的一杆秤称好了五十斤。他生性实诚，又将瓮底只剩的两三升米挖了一碗，装进口袋里。又装好了三个玻璃瓶黄油，感觉有点儿不足，又装了一瓶。

母亲看见了，说："五斤多油，你卖上四斤，今年的油怎么吃？""今年除了给孩子过生日吃顿油糕，平时就吃羊油吧！"母亲只唉了一声没再说什么。

星期天一早，母亲早早地起来蒸好窝窝，我们吃了饭，天还没有大亮，父亲背着几十斤炒米，我在褡裢上装了黄油，并装了一个半窝窝头，搭在肩上出发了。

正月里，虽是数九寒天，可天气几乎没有冷冻的感受，风不刮一丝，我们父子一前一后向着神木城的方向走。一会儿到了沟里，天还没有亮，深深的沟里，成千上万次人们踏出的羊肠小道还看得清楚一点儿，稍远的地方就很模糊。我左看像一只饿狼蹲在那里，张着大大的口，右望一下又像一个人站在前面，伸开两只胳膊准备拎走我们身上的东西，身后又像是有什么怪物跟着我。我的心咚咚跳着，不敢跟在父亲屁股后面走。"大，我走头前吧，我怕后面！""怕什么啊，那都是石头的影子，你眼花了，是不是？"我没有回答他的问话，三步并两步走在头前。

父亲虽给我壮了胆，可我还是心里空荡荡的，总觉得身后有什么跟着。我们父子俩走过一道弯弯曲曲的小道，踩过一处处冰滩，踏入了一个个比鞋还深的泥坑，裤腿湿了，鞋子里装满了水，也全然不顾。快出山了，天才大亮。我掉头一看，父亲累得满头大汗。我也感觉自己肩上的油瓶越来越重。到了山脚下，放下肩上沉重的东西，我们蹲在一块大石板上歇息。

父亲一边掏出手帕擦着脸，一边用手指着二十多米右侧的地方："就在那里，我十五岁的时候，拉着驴，看到那十五只狼。"我心里默默地想：要是我，狼吃不了，也吓死了。

父亲像看出了我的心思，说了一句："一个男孩子，将来要成家立业，千万不可被小小的困难吓倒，遇到什么事必须拿出一点儿精神来。"这就是他的精神，体现在了这个小村庄的各个角落，各个方面。

第二十九章

炒米黄油顺利出手　雷锋故事精神食粮

一路上，我们歇了四五次，总算快到神木城了。远远地站在距离神木县城仅剩五里的石猪嘴山上，看到城内被太阳光照射，成千上万户烧火取暖，烟雾朦胧，灰蒙蒙连成一片，分不清楚哪儿是天，哪儿是地，看不见一间房屋，一个人影。二十世纪五六十年代乃至到七八十年代，神木城白天晚上尘土飞扬，烟雾缭绕，环境污染严重，和如今的百强县天差地别。

进入后坡村，父亲走在我跟前说："进入城里人家问你拿的什么，你就说给亲戚家拿的东西。这几年街上根本不让农村人卖东西，城里人都是用粮票去粮站买，一旦发现就没收了。"

我说："知道了。"进入城内炭市场，父亲在市场边的圪崂上放下米袋子，让我照看。他进入小巷道，不一会儿带着一个比他大点儿的男人出来了，他打开布袋看了看，闻了闻，就把我俩引回他家。

随即他又出去叫来了周围两个男人和一个女人，他们都看了一下米，同样闻了闻。其中一个男的说："人是枣树圪的，我买过几次米豆。炒米也全都是那里的，这点儿我给你们保证。至于价格咱们商量。"另一个说："只要是枣树圪的炒米，就放心买。"经过一阵讨价还价，决定每斤二毛三分钱，这四家人平均分。去皮后用秤一称，一个人用算盘算出是十一块八毛钱。随即两家人凑出十二元给了父亲，多给了两毛钱，说："你们忙去吧，多给两毛钱，父子俩吃上两碗饭。"我对城里人算账很不放心，生怕被他们捉弄，一边走一边心里计算，分毫不差。

米的生意做得既利索又痛快，没用一个小时，就全部卖光，还多给了两毛钱。我当时问父亲："是不是卖便宜了？"他说："差不多，年前咱村有几家也过来卖过炒米，就是这个价。"

我们又左拐右拐，离开了驴马炭市，到了粮站附近。父亲将褡裢递给我，又独自进入巷道，走东家串西家，压着声音询问，生怕被他人听见，只有两家的主人看了看，闻了闻，掉头走了。

我当时有点儿犯愁，心想如果卖不了，怎么办？再拿回去吗？父母亲计划好的，回去钱更不够了，进城卖点儿东西这么难吗？正如村里人常说：上门买卖不好做吧！

父亲快步在前面走，我跟在后面，一言不发，想了好多。

不一会儿，到了三道巷，父亲又转了几家，终于有一家给儿子结婚，经过十多分钟的争执，四斤黄油了五元钱，也没有用秤称。我们面带喜色，从院子走了出来。

我的心放下了，共收入十七元，这点钱能给家里究竟赚多少钱，天知地知。我很茫然，很幼稚，只顾眼前，不知道未来究竟是什么。

"饿了吧？想吃点什么？"父亲问我。"还不饿，我想买本图书，大，能不？"我放大胆量问他。平时我是不敢和他要这要那的。他有尊严，又有教育、引导我们的独特方式。他那双大眼睛、那常常紧绷着的脸，让我更对他产生了一种尊敬感和畏惧感。

今天我的胆子确实太大，竟敢提出让父亲给我买书，这是我记忆中第一次给父亲提出的请求。九岁那年，回县城做腿部手术的一个月，父亲给我买过各种吃的，可我没有一次提过要求。

"行啊，买一本，就是两本、三本，大也答应你。可不知道在哪里有卖呀！"父亲问我。"新华书店，我听老师说了。"我回答。

我们俩不知道新华书店在哪里，问了街上的行人，指了方向，不一会儿进入钟楼洞，向北出去几步，"新华书店"几个字映入眼帘。

新华书店神木支店正式成立于 1955 年正月，是神木县境内有史以来第一家图书发行机构。

一进门，我看到琳琅满目的书籍，摆放得整整齐齐，工作人员站在柜台里，穿着整齐的服装。斜着眼看两个穿着打补丁衣服的人走进来，什么也不说。只是有的在看书，有的噼里啪啦打着算盘，好像在结算今天卖书的收入。

我在图书架前转了一会儿，《雷锋的故事》映入眼帘，随即说："就这本。"父亲拿上图书走到工作人员面前，给了钱，问我再买什么？我说："再买个算盘。"他毫不犹豫又掏钱买了一个算盘。

一天不停地走了四个多小时，我虽感觉腿有点儿疼，口干舌燥，肚子也饿。我要什么，父亲满口答应，不分贵贱给我买，我心想：一定要好好读书，报答父母。

我醒悟了，父母亲只有付出，没有索要回报，他们的回报是什么？

我想着，走着，出了钟楼洞南门口。"饺子——粉汤——蒸馍——烩菜。"一个年近半百的男人，坐在右侧门口，拉着悠长的声音不停地喊，带有一定节奏感和诱惑力。

我站在离父亲不足十米的钟楼洞下，一连听了几遍，也许是声音好听，打动了我，使我忘乎所以，也许是饺子、粉汤诱惑了我，使我不离不弃。

父亲离开我有三四十米远，他掉转了头，不见我的踪影，左顾右盼，远远地看见我站在那儿一动不动，使劲儿扯着嗓子叫我的名字，可街上人多嘈杂，脚步声、说话声、自行车"滴铃铃"声，将他的吼声消磨得无影无踪。

父亲又快步弯了回来，他没有沉着脸，没有怨言，而是在肩上挠了我一下，"饿了吧？去这儿吃饭。"我这才醒悟过来。

"大，不饿，这个人叫得真好听！""是啊，他在叫人呀，来的人多了，多卖几碗，他能多挣几个钱。"

是啊，多挣几个钱太难了，我们几步就走到了饭店的门口，这人很有礼貌地站起来，两条腿一拐一拐地把我俩带入饭店，态度和蔼地让我们坐下，急忙倒了两碗开水。父亲报了一小碗粉汤，在褡裢里掏出窝窝头，一口开水，一口窝窝头吃着。

"饺子——粉汤——蒸馍——烩菜"，这声音不住地叫着，叫来了我们，得到了一小碗粉汤的回报。

星期天，天气又暖，街上的人群熙熙攘攘，有谁来听他的声音？有谁来吃他的饭？只有我们。

饭端上来了，我又寻了一个碗，一双筷子，准备给父亲倒一半，可父亲拽去碗一点儿不让倒，并说："我经常来，经常吃，你吃吧！"

"那你就吃上一半，我再吃。"我说。他死活一口不吃，啃着窝窝头，大口地喝水。我再没说什么，一口气将香喷喷的粉汤吃了，并吃了半块窝窝头，不饿了，也不累了。

父亲付了两毛饭钱，我们准备启程回家。可那"饺子——粉汤——蒸馍——烩菜"的声音，仍由高到低不停地叫着。

太阳还有丈数高，我们回到家。

弟弟和妹妹们围着我，看我买回来的图书和黑里透红的算盘。我将四个水果糖分给他们一人一个，剩一个给了母亲。她根本舍不得吃，又藏到了一个地方，准备哄妹妹时急用。

我累了，躺在炕上一动不动。父亲忙着装明天去城里卖的黑豆和绿豆。

该卖的都卖了，连同那只绵羊共收入四十五块多，再有几块钱一切问题自然就解决了。可就这几块钱把父亲难住了，他借了几家都是三毛五毛，还不足两块钱。

不管怎样，先买驴，再买母猪吧！父亲这样决定。

第三十章

集市挑驴"押仔"嘴利 毛驴"靠槽"产下骡驹

1969年，各个公社所在地，县上规定有集会。栏杆堡公社是"逢五"，也就是说每月初五、十五、二十五都有集会，各个生产队所用大小牲畜可在该集上进行交易。

当时属于集体经济，经过革委会（村委会）的研究，决定处理各种牲畜的数量，由队上派两三人，赶上牛驴以及羊只去集会上交易。到了集市，买方要在各村拉来的几十头或上百头大小牲畜中进行挑选，看牲畜的口齿、皮毛的光泽亮度，还有腰、腿、长、高，这几方面比较理想了，然后买方再拉上转一圈，看看是否有腿疾，是否走路较快。买方有三怕：怕老、怕慢、怕疾。对大多数卖方而言，有的生产队感觉牲口多，用不着，就卖上两三头；有的是岁数高，现在不卖，过两年更没人要了；还有一些是腿瘸、眼瞎或者有其他毛病，需要尽快处理。卖方也有三怕：怕白等、怕啰嗦、怕价低。

那时，买卖双方为了将生意做快，做成功，由于生活所迫，集会上出现一种撮合双方生意的中介人，人们把他们称作"押仔"。这押仔能说会道，用自己三寸不烂之舌将买方说得神魂颠倒，眼花缭乱，忘乎所以。买回去的牲畜老弱病残皆有，合人心意的也多。押仔走在卖方前面，背着买方，将卖家的大小牲畜驳谈得一无是处，错过今日买家，不会有长眼人去和你交易，因此"能卖就卖，尽快除害"。卖方被押仔的花言巧语说得六神无主，很像现在的微商，又像搞传销的，将你的大脑洗得空如白纸，任他摆布。卖方的心理防线崩溃了，既"除害"又"出快"。押仔对着姑姑说姨姨，对着姨姨说姑姑的做法还挺管用，双方的生意马上就可成功。只要一成交，押仔就拽住牲畜的缰绳和卖方收两三元交易钱，又和买方收少于卖方一半的辛苦钱，当时人们把这钱叫作押易钱。

这押仔也够辛苦的，在交易市场转上一天，跑断了腿，磨破了嘴，最怕的就是交易成交不了，白白辛苦半天。有时一天赚个三五块、十多块，可这点儿辛苦钱一旦被工商、税务发现，轻则罚款甚至没收，重则被公社关禁闭三五天。

马上开春种地，革委会商量决定：卖三头年岁大一点儿的牛，再买两头口青的，同时卖一头老驴。会议决定由我父亲和另外两个人赶着四头牲畜去栏杆堡集上处理。

那天晚上的会议，父亲提出辞职不干的请求。原因有两条：一是自己的侄儿是队长，自己当主任，不合适；二是自家准备买母猪、毛驴喂养，会影响队里的工作。

其他队干一听他提出的请求，都惊呆了。第一条理由情有可原，第二条你可太胆大包天了。你不是和党中央、公社唱对台戏吗？众人开始劝告他不要和人民公社对着干，给你扣上一顶走资本主义道路的帽子可受不了。

父亲说："不管怎样，我准备试一下，在这个问题上，我也想了许多，解放二十多年了，咱们确实翻身了，当了家，有了个做人的样子，可生活呢？从一解放分到土地，小家小户那近十年过得确实可以。自从进入合作社，人民公社这生活大家都知道，是不是一年不如一年？原因在哪里？你们想过没有？集体是富了，牛羊成群了，可每家每户是什么？好多人连糠窝窝也吃不上，更不用说吃饺子粉汤蒸馍烩菜。"父亲想起了我们父子回城那家饭店的一幕，不由说了这句话。

"我要想办法致富，给咱们村起个榜样、示范作用。现在，钱也筹到了，只要有对时的，我马上就买，让母猪下崽儿，再卖掉仔猪增加收入，让毛驴下骡驹子，卖了改变贫苦面貌。"父亲坚决地说。众人看他态度坚定，说的有一定道理，就不再言语了。

去栏杆堡集市上，村里卖了两头牛，赶回来一牛一驴。父亲在集市左转右看，没有合适的驴，空手回到家里。他准备买驴养猪的事村里好多人都知道了。过了一月有余，有人说畔坡山村韩老二买下一头驴，被村子里好些人歧视，不想喂了。父亲听到这个消息马上去了，以四十三元的价格将这头驴买了回来。这个价格，纯属捡漏了。

我一看，驴身高体长，毛皮黑里夹杂着少量白色。头大，嘴尖，眼睛又大又亮，走起路来憨劲儿十足，几乎挑不出什么毛病。只是听父亲说年岁偏大，十二三岁，再养个六七年不存在任何问题。

自从这头驴买回家中，全家人增加了不少麻烦。我们将六口人住的窑洞腾出来，全家人搬到了新掏的窑洞，叫了村里几个人，把从前遗留下来的一面大石槽安到那孔旧窑洞的中端，住人的窑洞变成了储存粮草，毛驴吃草料、居住的地方。

毛驴居住的地方安排好了，父亲还将毛驴的草料、饲养、饮水、担土垫圈等一系列问题考虑得细致入微。

父母亲每天除参加集体劳动之外，早上要比其他人早起来一两个小时，喂牲口、担土垫圈等，有时天不亮就将驴拉去村周围的土地塄、沟渠，让驴吃一会儿新鲜嫩小的青草。中午人们都回家吃饭休息了。父亲又在地畔、沟渠手拿着镰刀，不停地给驴挽它最爱吃的青草。草背回来再和母亲用铡刀铡成小节，让驴吃进去舒服，使驴长得胖胖的。晚上，劳动结束后又挽青草，又要铡又要喂又要垫圈。

自从这头驴买回来后，父亲中午没有睡过一个午休觉，晚上还要起来两三次给驴喂草，生怕它受饿。我和二弟高兴之余，也帮助父母亲干些力所能及的营生。早上担水自然是我们两个的活儿，上学期间，只要父亲没有将驴拉去荒草滩、圪梁上拴住，让它自个儿吃草，我就利用课间十分钟活动时间过来给铡一箩筐青草。中午和晚上全家的饭，由我和二弟动手去做，有时一个人做饭，一个人拉上驴去村子周围的沟渠、地垴边，让它吃原汁原味的青草。

功夫不负有心人。经过一月有余的精心呵护，驴的身体明显壮了很多，走起路来自然有精神，它那股倔强劲儿，我和二弟两个也拉不住。它很想成为一匹脱缰的野驴，四处狂奔。

没过多长时间，毛驴发情了，人们将母驴发情叫作"靠槽"，也许是驴发情后，没有公驴、公马及时交配的情况下，驴的屁股不停地在石槽拐角处摩擦的缘故，所以叫了"靠槽"这个名称。周围没有儿马，父亲打听到离村三十里地的杨西寨村有，便及时将人家规定要的三升黑豆、三块钱拿上，拉着驴去了那儿，进行了驴马交配。

一个月过去了，驴没有靠槽，两个月、三个月过去了，也没有靠槽。按照正常驴的生理特性而言，只要没有怀孕，每月一次，大约连续三至五天，靠槽非出现不可，我家的驴子一次也没有出现。父亲根据毛驴近日吃草量、喂水量的增加情况，确认驴已经怀孕了。上了四五个月，驴肚子大了起来，至七个月后肚子更大，胎儿肚里跳动人们也看得清清楚楚。

全家人高兴万分，村里老的、小的都赶来看我家这头驴怀上骡子是个什么样子，来的人脸上都写满对父亲大胆做事的羡慕和佩服。他们一群人站在圈外议论纷纷，夸奖毛驴长得好，他的眼光准确。当然也有替他捏把汗的，毕竟喂养大牲畜从政策层面是不被允许的。

次年的五月初开始，父亲每天晚上和驴同住。在距离毛驴不足两米远的地方，放了几块木板当床。铺上一块毛毡，拿一条被子，点一盏煤油灯，生怕驴晚上产子。驴圈那儿粪尿的臭味、臭虫的侵袭、蚊子的咬痛，以及煤油灯的烟熏味，让他每天晚上没睡过安稳觉。

六月初的下午，太阳还未落山，驴生了。父亲及时叫来了村里的老兽医，同时叫来了我的哥哥王文林等人，以防出现难产情况。老天长眼，对父亲的辛勤付出给予了丰厚的回报。不一会儿，驴就非常快地生了，兽医及时夹断了骡驹子的脐带，等了一会儿，胞衣也下来了，父亲将胞衣放在了一棵榆树的最高处，以示吉利。

不到五分钟，小骡驹自己站立起来。初生的骡驹虽站了起来，可还是跌跌撞撞，可它不服输，跌倒了又自己站了起来，两只眼睛不停地左右看着人们，父亲和文林哥扶着它，生怕它再次跌倒。可小骡驹越来越坚强，不仅没有倒地，还用尾巴左右甩着人们，好像在说："你们不要扶我了，我站立得很稳呀！"

不到半个时辰，骡驹的皮毛干了。我仔细一看，它的毛皮绿红色，身高足有一米，体长和身高差不了多少。它看人的两只大眼睛几乎不怎么转动，可黑里透明，炯炯有神。也许是天生的，小骡驹通过简单的引导，很快就找到了它母亲的奶头。驴对它的孩子亲热无比，不停地在它身上嗅着舔着，表示亲热，骡驹不停地吸着母亲的奶汁。

来帮忙的几个人，逐渐高兴地离开了，父母亲感谢了他们的帮忙。这一晚上我们弟兄三个和父母亲几乎没有合眼，高兴地照顾着驴和小骡驹，担心小骡驹会被它的母亲不小心踩上一脚。我和两个弟弟不停地拉着风箱，熬了两大铁锅米汤，让驴喝了米汤，产下更多更好的奶，供小骡驹吃。

小骡驹快满月了，这可是我们家的一件大喜事。这个满月怎么过，父母亲决定：早上全家人吃一顿白面馒头、素烩菜，这是过年才能吃的饭；中午油糕、饸饹，并请骡驹出生那天来帮忙的几个人，同时邀请距离我家近一点儿的六七户的孩子也来吃饭。父母亲商定，中午的油糕给全村每家端五片，以示庆祝。经过一核算，大约需软米一斗五升，荞面饸饹的面够吃。唯有软米，仅有七八升，怎么办？

母亲又打开了她的"小金库"，大约用了两三年攒了一小瓮软米，上面铺了一层白白的洋芋粉面，遮人眼目。这下需要的米面解决了，黄油也绰绰有余。

满月这天中午，家里热闹非凡。父亲拿出预先从神木城买回来的两斤散酒，端了一碟酸菜，众人举杯庆祝。我不停地走东家去西家，给村里人一碗一碗地送油糕，村里人感谢父亲的善意。我来来回回，往往返返地跑了大概有一个半小时，虽然筋疲力尽，脚疼胳膊发麻，但心里还是美滋滋的。

俗话说：初生牛犊不怕虎。刚满月的小骡驹，什么都不怕，见狗它要追，见鸡它要踏，见了你高兴时将自己的身子或脑袋靠在你的身上，不高兴时掉转屁股，蹬起两条后腿，向你的腿上踢来，令你哭笑不得。

我们弟兄三个利用假期、星期天以及中午、下午放学时间，不是拉着驴引着骡驹在地边脑畔放，让它们吃一些可口如意的草，就是在山沟里、深渠中有草的地方去找好草割。小骡驹狂奔乱跳，难免进入一些人的自留地或者集体的土地践踏庄稼，这就引来了一些人——特别是个别家中女人的非议和不满。

父亲心胸开阔，将这些闲言碎语以鸡毛蒜皮的小事看待。个别女人提出踩到了她家的几苗谷子，有的说啃了他们家的玉米，还有的说吃了队里哪里的黑豆苗子。父亲面带微笑给人家赔不是，说以后让孩子们出去放养的时候注意。村里人深信父亲的为人处世，非常尊重他，也没有把此事放在心上。我的母亲，从小受苦受难，来到我们家，言行举止各个方面都很注意，得到了村里人很高的评价，都说父亲娶回来天上掉下来的仙女，有福疙瘩。人们对母亲生活的仔细、处事的谨慎更是敬重万分。母亲自嫁入这个村，从来没有听到有人说她，可自从驴生下骡驹子，不出去放养不行，出去了难免会踩踏庄稼，人们就会产生不满情绪。母亲不想听这些人的闲言碎语，就对父亲说："卖了吧！免得人家对咱不满。"父亲说："这些事你不要在意，到出手的时候我会处理的，其实这些人是害眼红病，嫉妒咱们家，真正连他们家的一把粮食也损失不了，让他们说去吧，去议论吧，我会给他们赔礼道歉的。"母亲沉默不言语了。

第三十一章

骡驹归队驴卖异地 强买母马"踏梦驹"成

转眼七八月过去，骡驹子几乎和它的妈妈同样高低，毛皮由红色变成赤红色，吃草吃料不少于它的妈妈。黑豆为主要饲料，每天母子俩需吃一升黑豆。父亲拉上驴，带上骡驹子去栏杆堡、永兴集会试价，给个好价钱就准备卖掉骡子。两处给价不超过四百五十元，他打定主意，卖不下五百元，再喂几个月。

没出十天，公社来了干部，给父亲指示："公社领导研究决定，你的骡子和驴必须归队，价格比市场价便宜百分之三十，公社对你这种目无领导、搞资本主义复辟的行为提出警告。认为你的做法是资本主义抬头的表现。你在削弱集体的力量，增加个人收入，是自由主义泛滥、私人杂念膨胀的表现。"

父亲和来人当着其他队干部的面据理力争。"我起鸡叫睡半夜，辛辛苦苦赚点儿钱怎么就成了资本主义复辟？我每天和其他社员一齐出工，一起收工，干活从不避重就轻，怎能说有私心杂念？至于你们说让牲口归队，我没意见。最近我到集市行价了，给的差不多我就归队喂养，如果相差太远，我不会答应，由你们去处理我吧！"父亲的脾气，村里人都清楚，谈得来吃亏多少无所谓，谈不来什么都不怕。

村队干部给公社来人出了个主意，让他动之以情晓之以理去促膝谈心，好话多一点儿，不要上纲上线，也许父亲会接受的。如果以现在的方式去和父亲谈，肯定无济于事。

公社干部采纳了村队干的想法，和父亲一连谈了三天。他左思右想，最后提出骡子可以归队，驴仍由我家喂养的要求。他们看在父亲也是村里多年老干部的分上，经过几次讨价还价，以三百元价格将骡驹子归队，驴归我家喂养。

不出三天，三百元如数到手。父亲不信邪，不怕鬼，不是用这三百元给家里大人、孩子买一件像样的衣服，更不是买食物让家人吃上一顿饺子、粉汤，而是将这三百元钱带上赶集上会，又以同样的价格买回了一匹高头大马。又过了几天，将驴以四百元的价钱卖给了杨解垩村，一位想学父亲干法的人。

这匹马大约五岁，比驴口青多了。高度几乎和父亲差不多，肥头小耳，毛皮红色。走路跑步有咯噔咯噔的声音，不亚于久经沙场的战马，疾驰如飞。这匹马的卖主又给父亲带了一副极好的仿古马鞍，马鞍两个铜蹬黄亮似金，鞍的前锥后股全由铜条镶制，远远望去像两条金带闪闪发光。马鞍的腰带和前胸、后围两带全是顶级的皮革和高档粉线制成。"好车配好辕，好马配好鞍"，这句古话用在这匹马上是绝佳不过了。

马买回来了，父亲的想法是和那头驴一样饲养，也给我家怀驹下骡，产生更多的收入。因此在喂养上要更加精心细致，绝不能像驴一样粗放式的。它冬春季节要吃干草，即谷子的秸秆、枝叶，铡刀铡得越短越好，干草秆粗且又坚又硬，铡起来很吃力。老两口经常为铡草争吵。因为母亲身体单薄，铡不了多少草，就累得汗流浃背，多数时候是父亲铡，母亲将干草整得整整齐齐，有节奏地塞进铡刀里。母亲把不住劲，不是塞得长，就是塞得短，因此吵架经常发生。

这匹马性情虽温和，但比起驴来仍可以说狂野百倍。初买回来，我们弟兄三个不敢去它跟前摸它的身体，更不敢拉它去放养。只是利用课余时间，过来给它倒一笤箩草，有时大着胆子拉它出来饮一盆水，然后把它拴在院子里让它晒晒太阳。时间久了，这匹马和我们弟兄三个有了感情，只要听到我们的声音，甚至脚步声，它就由卧着马上站起来，蹾蹄伸脚，并高声嘶叫，以示想吃想喝想晒太阳。我们每天满足它的要求，给它吃草喝水，拉它出来晒太阳。因此，我们和马的距离越来越近，感情也越来越深。

有一天，由我拉着马，两个弟弟跟着，去村子周围的沟渠放养。我们三人分工负责，一个拉着缰绳，找好青草让它吃，两个在周围给它挽最好的草。突然，一只白狗和一只黑狗相互追逐，跑到了马的面前。马受惊了，摆脱了我拉的绳子。真可称之为脱缰的野马，无拘无束。马朝两条狗跑的地方猛追猛赶，狗被吓得各奔东西，而马的野性越来越狂。它两个小耳朵竖起，头高高地抬着，尾巴向外翘起，四脚腾空，根本看不清哪个蹄先着地，哪个蹄腾在空中，像飞一样从新窑渠跑到了大村的上圪塄，又从上圪塄奔到下圪塄，狂野十足，威风凛凛。

马被狗惊跑的一刹那，我立马回家跟父亲说了。正在清理马圈的父亲和我一起追着马，并不时高呼村里人，提醒大人、小孩儿注意，以防伤及人畜。

马跑遍了全村上上下下、左左右右，也许是跑累了，也许是被我们的吆喝声所感动，停下了脚步，原地不停地吃草。父亲走到跟前，拉起只剩很短一节的缰绳，回到院子。他马上又在家里寻了一根新搓的缰绳，给马换上，拴在院子西侧的一棵大榆树上。

父亲脸色铁青，拿出一根背草的绳索，抓起一枝大约一米五长的软柳条，狠狠地向马屁股抽去。马发出嘶哑的声音，两只后蹄同时向父亲抽打的方向踢来。父亲又用麻绳向马的腿上抽去，柳条麻绳反反复复几乎抽遍了马的后半身。我看到马已经哆嗦了，心疼地求告他不可再打了，父亲才勉强放下绳索和柳条。

我记得自从这次鞭打事件以后，这匹马再没有像那次那么狂野过，温顺非常，也许这就是驯马吧！

他买马的目的和买驴的目的一样，也是为了让它下骡子。只不过是母马与公驴交配下的叫马骡，和驴骡不同的是马骡生长快，长得高大，样子可显示出马的威风气势，力气胜过驴骡一倍还多。它每月大约有三天时间，狂躁不安，不怎么吃草，喝水量也少，尿多，有靠槽迹象。

父母亲时时刻刻注意观察，生怕误过该月，就得下月那三天了。终于有一天，他发现了马的上述症状。他及时牵着马，上好鞍子，一个人骑着去栏杆堡公社兽医站同公驴交配。

也许是上天有眼，对父母亲的辛苦劳作给予回报，仅一次马就怀孕了。父母亲对马的照料更加无微不至。全村看到我们家不到两年时间，一头骡子虽然归队卖便宜了，可收入三百元，又买一匹马也怀孕了，羡慕至极，纷纷效仿父亲的做法，买驴买马。这一年，村里买回来两匹马、三头驴。

一匹马是林林哥家的，他在父亲的感召下，东借西凑买了回来，也怀孕了。我记得好像比我们家的马早生不到半年，大约是春夏之交，天气很暖和，他家院子的桃花已盛开。那天，林林哥的马生产，他的父亲，也就是我的老大王改过，他们一家子人苦苦等了两个多小时，马还是没有顺利生产。突然，脑畔上有人叫父亲的名字，说林林家马下的骡子可能不行了，让父亲快过去，可父亲不在家，因事去邻村了。我以最快的速度跑了过去，村子里已经围了许多人，他们全家人号啕大哭。骡驹生下来不到五分钟气绝身亡。据村里老兽医分析，可能是生产时间过长，导致骡驹闭气；也许是羊水吸入气管导致死亡。有的说纯粹归于天命，是上天早就安排好的，让你富你就富，让你穷，你就永远富不了。众说纷纭，议论至极。说来也怪，村里买回来的其他马和驴反反复复发情"靠槽"，反反复复配种，就没有一头怀孕。

　　而我家的这匹马又在深秋生下骡驹子，它的生产比那头驴还顺利。虽叫了老兽医和其他两三个人，几乎没怎么动手帮忙。小骡驹生下来看上去就比那个驴骡子粗壮结实，出生不到两分钟，就在父亲和文林哥的搀扶下站了起来，不过半小时就在地上走动自如。

　　马骡满月那天，和上次一样请人，一样喝酒吃饭，一样送油糕。不同的是多了我的娃娃亲，少了我本人，因为我已在郝家中塔初级中学上学。

　　更不同的是满月那天，父亲一吃中午饭，拉着马，引着小骡驹去栏杆堡见它的父亲。据有饲养经验的人说，满月这天让母马进行交配，不仅怀孕率高，生下的骡驹也凶猛强悍。人们将满月这天马驴交配叫"踏梦驹"。他按此说法，去了栏杆堡。牲口永远是牲口，它不同于人类，更没有感情，公驴和骡驹相见，不存在父子的那种亲热。

　　当天下午给马进行了交配，父亲并在此住了一夜。

　　一个月过去了，两个月过去了，马还没有发情，这"踏梦驹"真的灵，马又一次怀孕了。

　　第二年即 1972 年，马的肚子逐渐大了起来。那年正月，我已虚龄十六岁，在郝家中鄂七年制学校读初中二年级。当我背上铺盖启程时，给父亲留下了这样一句话："大，您的脾气要改一改，您让上一步，少说一句话，妈也不是那不省油的灯盏。她的心不坏。"父亲只简单说了一句话："走吧，放心去念书。""放心去念书"五个字虽简单，道出了父亲当好这个家庭主心骨和望子成龙的心声。

第三十二章

借钱买猪一窝七崽 猪料紧缺骨瘦如柴

从五六月份开始，公社、村里的形势又发生了变化，不知是村里有人嫉妒，告了我们家和其他几家的状，还是上级确有指示。总之，从 1966 年开始，到 1969 年三年多的时间轰轰烈烈，1970 年到 1972 年三年时间又稍有好转，"白猫黑猫抓住老鼠就是好猫"。这三年给农村的经济发展、农民的增收起了一定作用。可神木县 90% 以上的人没有从中得利，只有我父亲不怕神、不信鬼才分得了一杯羹。

这年夏季，村干部是周仲文，是公社决定的分片（站）干部，和我父亲关系比较好。他又一次做父亲的工作，让他给全村起带头作用，免得公社动用其他干部来枣树圪清理瓦解集体经济的资本主义残渣余孽，同时周仲文保证，给我家归队的马骡在价格上给予照顾，要高于其他人家的骡子。

林林哥的那匹马，还算走运，头一年的骡驹死了，可通过满月"踏梦驹"，第二年四月初生下了一匹骡驹子。他作为队里的主要领导，起了带头作用。母仔俩好像以五百元归队，其他四户一匹马、三头驴也分别以不同的价格归队了。唯有我们家的又纠缠了十多天，以六百八十元的价格母仔三个归了集体。

马骡被拉走那天，母亲痛哭流涕，父亲也掉了眼泪。两口子心里难受，如同自己的儿女离别他们，去乞讨度日，扎锥般的疼痛。

　　星期天，我回到家里，看到马圈空空荡荡的，家人脸上没有一丝笑容，整个院落死一般宁静，让人窒息，让人无奈。那时我真的无法理解，也不会分析，只是心里默默思索，父母为让我们不饿肚子，没日没夜地辛苦劳作，眼看能过个好日子，有人又不让你过，为什么呢？

　　父亲讲，再等两个月马生下第二匹骡子，出不了四五月母仔三个少说也卖一千两百元，可有什么办法呢？硬拧着不卖，可能会被扣一个重重的"帽子"，能接受吗？孩子们也不可能读书了。

　　那年暑假，表哥王胎气来到家中，父母跟他说了马骡归队的情况。他说："姑父，你把那六百八十元钱全部换成银元，作为古董藏起来，升值的空间肯定相当大的。"父亲说："怎么个换法？""别人是一块六毛钱，你要的话，一块三毛换一块银元，而且全部是盘龙、拉拐棍的。我搞了多少年这个东西，不会出现假的。"表哥说。"那我想想。"父亲回答。

　　当时父亲算了一下，六百八十元可换五百个银元，还结余三十元。可父母商量后，准备换一百个，剩余的钱家中留作日常生活用，供我们兄妹四个读书，以及给二弟、三弟找对象。

　　那时候的一块银元，保存到2010年的话，每块银元市场交易价两千三百至两千五百元，价格翻了近两千倍，可见当年的经济何等凄惨衰落。父亲为了全家过上好日子，将钱放在家中防止"荒年"再次出现。我们家从喂第一头驴开始，父亲就向全村人保证：从此不会吃救济粮，将我家那一份平均分给比较困难的家庭，这就变相地救济了贫困家庭。

　　从1969年到1972年四年时间里，连年大旱，没有一个好年份，家家户户能领救济粮数百斤，唯有我家和其他两家有工作的挣公家钱的没有吃过一粒救济粮。我们家虽然没有吃上"饺子粉汤"，可从1972年开始，再没有吞糠咽菜，再没有感觉到饿的滋味。

买驴那年，我家喂养了一头母猪，相差不到两个月。当时买的驴还有三块钱的欠债，怎么还能再买母猪呀，只能暂时缓缓。

这买猪的钱哪里来的？母亲左思右想，对父亲说："咱村的贺老师每月还挣几块钱，她老汉杨春明也是公家人，咱两家处的关系这样好，我又是她的救命恩人，没有我她生广利的时候可能就没命了，没有我一个月的照料，她现在还能教书吗？你和她张口借几块钱，我想她会答应的。"

贺老师一连五年住在我家窑洞里，胶泥窑洞虽不怎么美观，可只有她和两个孩子，又添了广利还算敞亮舒坦。两家距离不足三米，只有窑洞一条中腿相隔。贺老师和我家相处得亲如一家。我小时候多次吃过她做的饭，味道香至今记忆犹新。长大后的几十年里，我们相处关系密切，在二十岁到四十岁之间，我是她神木家的常客，也吃过多次饭。

有一年，我在她家吃饭时，杨建忠回来了，她对建忠说："广利，没有他妈妈的日夜操劳照顾，就没有你的命。"建忠的父亲杨春明紧接着问我："你们村大车去了吗？想给你家拉一车炭。"我当时就拒绝了，再苦再累也不想给人家添麻烦。

母亲这样一说，父亲想想，也是啊，何不和她张一口？过了两天，父亲说："我张口借了五块钱，贺老师没有为难，二话不说就借咱了。"

又过了十多天，杨叔叔请假回来，贺老师将我家买猪买驴的事详细说了，他到我家鼓励父亲大胆去干，又掏了三块钱借给了我们。

当时家家户户生活条件差，求人不如求己。父亲第三次一个人进城卖了十五斤软米，收入六元钱，基本凑够了买母猪的钱。不多几日，村里一个人说："薛家畔有一头母猪要卖，你去看一下。"父亲当天去了那里，以十二元的价格买回一头瘦骨嶙峋的母猪。

那年买回来母猪和驴，父母亲干的活儿比平常年份增加许多倍，每日起早贪黑，不管是寒风凛冽、大雪纷飞的冬天，还是大雨倾盆、天气炎热的夏季，除参加集体劳动外，还不停地为这个家日夜操劳，忙碌奉献。功夫不负有心人，经过父母辛勤喂养和精心照料，不出两个月母猪身体健壮，发了情。我们这里的人将母猪发情叫"走食"，同时将母猪叫"骒婆"，将公猪叫"猭猪崽儿"。父亲原先已经打听好离村二十五里的前坡村有人喂猭猪崽儿，人家专门给猪"打窝"，即交配。就一个人吆喝看猪，去前坡实施交配。母猪从怀孕到产崽大约是四个月出头，一年可生产三到四窝，每窝生产少则五六头，多则十一二头不等。

那年母猪临产还有十多天，父亲又同猪睡一个圈，生怕产崽在晚上，被母猪压死一个小猪崽儿。猪圈的臭味和驴圈、马圈的味道有所不同，不管我们怎么打扫，怎么担土垫圈，那臭气的味道使人发晕，甚至发呕。白天我们弟兄三个利用课余十分钟，可以看看母猪的动态，到了晚上就是父亲一个人守候。

母猪预产期一到，有个最明显的迹象，它要为自己做好产前准备。和平时收拾躺睡的地方不一样，平时它痴呆缓慢，此时它知道自己产期马上到了，就将院子外面软绵一点儿的柴草，用嘴叼到躺的地方，把那小窝用嘴和四只脚铺垫得平坦舒适，只要感觉躺下不舒服，它就重新起来，再次铺垫，不能有一点儿凹凸不平的地方出现。我们人工给它铺垫好的糜草呀，黑豆秸秆呀，以及其他柴草它根本不放在眼里，总要用自己的四只蹄子和嘴细心收拾半天，躺下后感觉这里有点儿低，那儿有些窄，它又站立起来，反复多次整理，直到舒适为止。躺下了，呼呼地去睡它的大觉，对周围发生的一切事情毫不过问，主人端食来了，"啦、啦、啦"一叫，它聪明得再聪明不过，立即起来，跑到了食槽旁，不停地嗷嗷叫着，生怕这一叫声在欺骗它，使它吃不上食。主人将一盆预先烩好、不冷不热的猪食倒进槽里，它那吃劲，那"吞吞吞"的声音之大、吃食速度之快是其他家养动物无法比拟的。它狼吞虎咽地吃上半肚感觉不饿了，就慢慢地吞食，不止吃的声音低，凡是不想吃的，感觉味道差的，用它那长长的猪蹶子掀出食槽外面，这可以说是所有猪的共性。

母猪临近产猪崽儿的三四天，它的那憨劲儿根本不复存在，只要是它自由活动的空间，要跺脚跑遍，它大大的眼睛东张西望，看看这里有没有适合它的草，那里有没有它叼的物，它不停地为自己的儿女布置出生的地方。它不哼不叫，走路的脚步既放得低，又走得快，东张西望的眼神让人怀疑是在警惕外来的野兽对它和肚子里的猪崽儿们不怀好意。它拖着那大大的肚子，生怕被主人或其他动物发现它布置好了生产的地方。它不停地叼着柴草，甚至将细一点儿的秸秆也要叼在窝边。如果主人不注意，将干净的衣服晾晒低了，只要它能用嘴勾上，就会一扫而光。

在它临产的几天内，我们就为它准备好了一大堆糜草，放在它平时睡的地方。糜草是让猪睡觉最舒适不过的柴草，可它还不满足，还是那样贪婪，那样忙碌地去霸占。

一大堆草准备好了，它将窝铺垫得比平时更仔细，占的地方更大，更舒适。快产崽儿的两三天，食欲也降低了，睡觉不怎么好，也许是肚子里的猪崽儿要争着出来，干扰着它无法入睡？或是这两天它肚子疼，烦躁了，无心思进食？也许两种情况都存在吧！

父亲睡在那肮脏、臭气熏天的猪圈里，同样点着煤油灯，受着蝇蚊的叮咬不说，那猪睡觉的呼呼声，震耳欲聋，搅得他一夜睡不了两三个小时。三更半夜，他不仅要照看猪的生产，还要喂驴马两三次草，一夜都睡不安宁。

母亲提出要轮替地去照看，可他始终不让，十多天就这样一夜一夜地坚持着，也许是那年父亲对母猪产崽儿的一些习性了解得不够全面，或者不相信有什么预兆。他也是看到母猪肚子越来越大，按计划仅剩十多天，那激动万分的心情催促着他，感觉和猪睡一个地方放心。

母猪产崽儿时，正是晚上，父亲既没有叫村里人，也没有惊动母亲和我们几个孩子。鸡叫三遍之后，快天亮了，他过来说猪生下了七头小猪。

我和母亲以及二弟高兴地穿好衣服，过去一看，母猪躺着，七只大小相同的小猪排成一排，不停地吮吸着猪妈妈的七个奶头。仅过去三天，母猪带着它的孩子们，从院子里出来，我看到毛皮黑里透亮、大小几乎相同的小猪，跟在猪妈妈后面，跑着跳着。有时候母猪躺在地上，小猪有的吮吸着妈妈的乳汁，有的趴在妈妈的身上，兴高采烈地用嘴拱着。

不到满月，七只猪娃子给我的岳父大人留了两只，其余五只全部被村里人以每只三元的价格买走。

那一年，我们村里不仅每人多留了三分自留地，而且每家养一头猪，又多给留三分地。当然这是上级的指示精神，壮大集体经济的同时，号召家家户户多养猪，猪多肥多，肥多粮多。有的家庭为了多留那三分地，买了两只甚至三只喂在家中，可连人吃的粮食也没有，哪能给猪吃，喂得起猪呢？

有的美其名曰家里喂养三四只猪，一亩多地留下了，猪是死是活他不管，实在也没有办法管，人在吞糠咽菜，你想给猪吃上什么好食呢？喂一年下来，每只猪杀三五十斤，能杀七十斤肉的猪那就是好猪了。我本家哥哥王飞则，正月喂了两头猪，到冬上大雪一过，宰杀的时候到了，一头猪杀了十二斤，另一头猪杀了四十多斤。一天杀了两头猪，这天吃了一顿杀猪菜捞饭，剩下的肉全都卖掉，要置买些过年用品，比如家人的衣服、点灯用的油。过年了，两个猪头八只猪蹄，就是年三十最好的晚餐了。

我们村不仅是飞则哥一家，几乎全村都是这样，甚至方圆百里、千里、万里同样如此。我们家既喂驴，又喂猪，多给了三分地。家中六七年没有喂过肉猪，每年过年时买上六七斤猪肉，年三十饱餐一顿，平时是无法见到肉丁丁的。除非过重要节日，村里上庙领牲杀羊分点儿肉，或者我们弟兄几个日盼夜盼的秋收结束，冬季来临的"打平伙"，才能闻到肉的味道。

第三十三章

忆"打平伙"依然垂涎 拉叨故事余味悠长

每年一到收秋结束，有那么两三次"打平伙"的机会。何谓"打平伙"呢？村里人晚上开会，或者记工分一结束，回家只是老婆孩子热炕头，也没有事干，就七八个一群，十来个一伙，商量买上队里一两只羊，杀掉切碎一大锅炖出来平均分配，如果你感觉一份有点儿少，可以分两份，当然要出两份的钱！肉分完了，铁锅里留点儿煮肉的汤，少量的肉，舀上大半锅水，每份肉必须拿一合或者两合小米，熬成羊肉米汤，供众人喝，这就是"打平伙"。每年的秋收一结束或者进入冬天，我和两个弟弟就盼着"打平伙"这一天到来。

每次"打平伙"，父亲都是分两份肉，从来不分一份。可就是两份肉，他也舍不得当着众人的面吃光吃足，而是尝尝而已。无论是分一大碗，还是一小盆，都全部端回家里，将我们母子几个从睡梦中叫醒。儿女们吃了一大半，留上一小部分，熬得喝几顿羊肉米汤，甚至吃两顿羊肉面。父亲将肉端回来，再三给母亲说："你要多吃一点儿，看看你的身体，皮包骨头，一旦生病就麻烦了。"可母亲哪里舍得吃，她最多用筷子夹两三块，然后一块一块举起来喂我的妹妹先娃吃，自己再也不吃一点儿。

村里有个习惯："打平伙"在谁家，要用他家的柴炭，各种调味料，一副羊杂碎就归他家，而肉米汤他家哪怕有三口五口人也可以全家吃，凡肉米汤没有吃完，就归分两份肉的这几家分配。不一会儿米汤又端回来了。一大碗肉米汤端回来要给妹妹和三弟多吃一点儿，我和二弟尝几口，妈妈几乎一口舍不得喝。

村子里常常"打平伙"的情景，我回忆得真真切切，因为我作为家里老大，也许是父母偏爱的缘故，只要"打平伙"我就去参加，次数较多，老二次之，老三和妹妹从不让去，那时他们两个年龄比较小，再者一家人去上几个，让人家看不惯说闲话。

会议一结束，家里有事的，急急忙忙走了。没事的，有人就发话了：辛辛苦苦受了一年，再"打平伙"吧！人们你一言，他一语，一只羊够不够分，如果够了就一起杀一只羊，不够就杀两只，一般一份两三斤。当然还要找一家煮呀，因为两只羊在一家炖不出来。然后再按行情定价，那时候一斤羊肉是三五毛钱，城内到农村一样的价格，五毛一斤以上的羊肉很少。

羊拉来了，不过半小时，一只活生生的羊，皮肉分离，一过秤，队里领导或者会计出纳就核算每人出多少钱，钱计入账中，下次开会时统一将钱拿来。然后，切肉的、烧火的、打炭的、寻找调味的，有那么三四个人在忙碌，剩余的人没事干，就让村子里，也可以说是栏杆堡公社最出名的"故事大王"王恩俊和他的儿子王昌则讲故事。

我经常参加"打平伙"，一来是为吃那香喷喷的铁锅炖羊肉，二来他们父子俩的故事吸引着我。几年来，我听他们讲《杨门女将》，即现代版《杨家将》，讲杨六郎不畏强敌，力守边关。讲薛仁贵征东，薛丁山征西。讲《梁山伯祝英台》，讲《三国演义》，讲《封神榜》。一会儿王恩俊讲，一会儿他儿子讲，那绘声绘色生动形象的讲述，神乎其神，使我常常忘记一切，沉浸其中。父子俩的故事，使我幼年到少年的生活变得丰富多彩。我在他们的故事中，吸收了古人的智慧，同时也学到了父子俩有声有色讲故事的本事，这为我从农村小学到中学，成为班干部打下了一定的基础。当然像《封神榜》等类似的鬼怪故事，也给我的思想打上了天上真的有神地狱真的有鬼的烙印。

　　每次听他们父子讲故事，人们一边听讲，一边还要插一些似懂非懂的问话，父子俩再给予解释。也许是佘太君、杨六郎、武松打虎、梁山伯祝英台的精神对全村人起到了感染和榜样作用，村里男女老幼精诚团结，勤劳勇敢。

　　"打平伙"看似简单，实则情深意浓，它蕴含着枣树圪村王、纠两大家族的紧密团结、通力合作的精神。"打平伙"给了他们团结的力量，这力量不仅来源于一起吃喝，来源于劳动人民的勤劳、勇敢和无私奉献的精神，更来源于中国传统文化的熏陶和影响。

　　除"打平伙"以外，农历七月十五、八月十五是我们姊妹兄弟期盼吃顿好饭的日子。

第三十四章

节日领牲祈祷丰收　牛郎织女千年传颂

　　说起七月十五，城里人虽知道这么个节日，但不知怎么过得隆重热闹。可农村人特别是神木城周边的一些农村，不管丰收还是大灾年份，从七月初七就开始蒸两锅白面馍馍，捏数十个人人、马马、鱼鸡猪等。家里有几个孩子就捏几个大肚罗汉，给孩子们订了婚的，成了娃娃亲的要给对方也捏一个大肚罗汉，包括他们家的姊妹兄弟也给捏几个面人人，并将两个大肚罗汉用红绳拴在一起，表示长长久久永不分离。大肚罗汉与数十种人人马马统称为"面人人"。这面人人经过红蓝颜色的汁液点缀后，像个木偶人美丽好看。把它放在太阳下或热锅中晒烤干，味道干脆，非常可口。大肚罗汉比各种人人马马要大三四倍，家里孩子们人手一个，拿在手里不时啃一口。

　　每年七月十五那天早上，全村人每家每户最少要有一个男人，拿上香表、献贡，去观音殿、龙王庙向观音菩萨、龙王爷进贡，同时人们拉上村里预先商定宰杀的一只或者几只山羊犍子。生下的小羊羔子，如果是雄性羊，就割掉羊蛋，就叫犍子。如果丰收年就多拉几只，若是灾年可能就杀一两只。

　　牛郎织女的故事属中国四大传说之一，四大传说即牛郎织女、白蛇传、孟姜女哭长城和梁山伯与祝英台。

　　早在东汉后期，牛郎织女的爱情故事就在民间流传起来，人们常说织女是玉皇大帝的孙女，爱上一个名叫牛郎的地下凡人，并私自与他结为夫妻。两人十分恩爱，生有一儿一女。玉帝发现此事后，就派王母娘娘下凡捉拿织女回天庭受审。一对恩爱的夫妻被活活拆散。牛郎悲痛万分。此事感动了龙王爷，他暗地派老牛到了牛郎的住地，牛郎骑上牛去追赶心爱的妻子，夫妻俩却被天河阻隔，只有对河而泣。此事感动了玉帝，允许两人在每年七月初七由喜鹊搭桥，相会天河，一起居住八天，并于七月十五分离。因此，七月初七这天或多或少要下雨，一直到十五这几天时间里下雨也比平时多。老人们说，这是牛郎和织女见面与分别时激动万分、难分难舍的泪水洒向人间大地。

因此，从七月初七开始的蒸面人人，七月十五的领牲牵羊，不仅是庆祝丰收到来，人们期盼粮食顺利入仓的祷求，更主要的是对牛郎织女恩爱有加、年年相会的纪念与敬仰。

每年七月初七到七月十五喜鹊也真不见了，成群结队的喜鹊去了哪里，老人们说给牛郎织女搭桥去了，十六这日终于见到它们，可背上的毛秃秃的。人们说喜鹊为了牛郎织女平安顺利见面，日夜辛劳，并用身上的羽毛搭桥，累得身体瘦了，背上的毛也掉光了。

村上人拉上一只或数只山羊犍子，到了龙王庙，将羊拴在庙院里的石桩上。全村人点香的、烧表的，跪在庙里庙外，感谢龙王爷一年以来对全村人的关心爱护，村子里当然要有一个老者或是会给龙王爷说好话的人，跪在最前面。他点了香，缓缓地插在香炉上，在预先点着的胡麻油灯上烧两三张表，双手捧着两个大卦钱，即古代的钱币。这两个铜钱一年三百六十五天就在香炉边上插着，年年如此。老者开始向龙王爷祈求了："大慈大悲的龙王爷，今天已是七月十五，既是您老人家的节日，又是我们全村人年年岁岁期盼的节日。今年在您老人家的保佑下，风调雨顺，各种庄稼长势良好，丰收在望。这全是托了您老人家保佑的结果。为人为到底，马上庄稼进入成熟期，请龙王爷要时时刻刻照应我们村，不要出现风灾雨灾雹灾，更不要出现旱灾。我们全村家家户户都来人了，跪在了您老的面前，给您老拉来了五只大山羊，这既是对您老前几个月照顾我们村的一种感激之情，又是对后续粮食大丰收的期盼和报答。今年给您老进贡的羊，是几十年来最多的一年，希望您老人家收下。如果您老高兴收，来个'上上大吉'，感觉我们有对不住您的地方来个'落福盖地'。"多数铜钱背面只有花纹，正面写字。这正面在敬神时统称为"上上大吉"，背面就是"落福盖地"了。

老者话音一落，他双手弯成弓形合在一起，铜钱夹在两个并拢的手掌里，举过头顶，摇呀摇，然后将两手并拢放在与胸口齐平的地方，将两只铜钱轻轻地扔落在地下，如果两只铜钱正面都朝上，是上上大吉卦，说明龙王爷高兴，收这几只羊，全村人高兴地再给磕个头，然后站起来。如果铜钱掉下来后是落福盖地，那就是村里人惹下龙王爷，他不想领你的情，不高兴了。假如一只铜钱落下是正面，另一只是背面，人们把这叫作打阴阳卦，龙王爷认为村里人对他不忠，阳奉阴违，是在骂村里人。

村里人无论向龙王爷还是向观音菩萨进贡，最担心的是出现落福盖地和阴阳卦，这种情况一旦出现，人们得下跪，反复磕头祷告，祈求神灵开恩，大人不记小人过。人们好言相劝的、磕头的、烧表的、点香的、给说好话的，熙熙攘攘，乱成一团。

这一年的七月十五领牲，拉上羊到庙里，让神灵收。卦钱摇了五六次，有时落福盖地，有时阴阳，人们好言相劝龙王爷，总算摇了一个上上大吉。

龙王爷答应领全村人的情，也准备收羊，怎么个检验法，怎么个收法？这只羊是否转世干净，没有毛病？有规定：上庙领牲前就要准备两三茶壶茶水或者净水。要一只一只依次让龙王爷收，首先给一只羊背梁上从头到尾巴倒一些水，也不必太多，洒湿背梁为宜，然后提起羊脑袋，分别给两只耳朵灌些水，如果羊摇头摆尾，说明这只羊龙王爷检验了，转世干净，没有毛病，那就准备宰杀。

一只只山羊依次按照上面的做法让龙王爷验收，几乎都能满意地收了。有那么一只羊，龙王爷怎么也不肯收，水在背梁上洒了好多次，耳朵灌了好几次水，就是不哆嗦，人们多次点香、烧表、磕头，说好话，还是不肯收。半个小时、一个小时过去了，太阳已经挂在半边天，晒得人们满头大汗，龙王爷决不心疼人们的辛苦，不收就是不收。

我看到父亲等得有些不耐烦，他说："时间不早了，再去换一只，比这只好点儿的山羊，看他收不收。"两个年轻人马上去羊圈挑选了一只又肥又大的山羊拉来。这次龙王爷总算收下。人们拉回六只羊，杀了五只，另一只回归羊圈，龙王爷救了它的命，它应该感到庆幸。

领牲结束了，人们预先商定，在谁家杀羊，羊蹄羊头归谁家。杀几只羊羊杂碎也煮熟按人分，羊肉也按人分。杀一只羊就不分羊杂碎，归这家所有。可肉还要按市场行情打价减半。我记得那年每斤羊肉卖价四毛钱，村子里杀了五只羊，减半价每斤肉两毛钱。就这个价有几家还吃不起全份，只能吃半份。可见那时期的钱来得多么不容易。

八月十五中秋节，这是传统节日。我们村家家户户也过，不过热闹劲儿比七月十五差多了。杀羊数明显减少，几乎每年就一两只，一家分一两斤。去庙上领牲的过程和七月十五一模一样，只不过主事人或说话人给龙王爷说的话，不同于七月十五。因为八月中旬几乎决定了这一年的收成，多数庄稼进入成熟期，天气也比较凉爽，雨量较少，冰雹灾害也比较少，风灾雨灾几乎十年不遇，人们期盼着收秋，粮食安全入仓，过个安稳年。因此，给龙王爷说话的人三言两语，总结一下这一年，蒙龙王照顾，已经丰收在望，切不可有风、雨、冰雹的出现，寥寥数语结束，磕了头，领牲就结束。

每一年这天早上，窝窝头照样吃，中午一顿羊肉烩面，八月十五就结束了。很少有人家这一年打几个月饼，或者去城里买几个月饼全家人尝尝，根本没有那闲钱去打月饼吃。

我们家这两个节日，不同于村子里个别家庭。一家六口人，七月十五的肉有好几斤，可父母亲将肉煮熟后，骨头让我们兄弟几个分着啃了，父亲尝两口肉。母亲年年煮肉从来不尝，肉熟了一大部分舀出去由母亲保管，留一小部分吃一顿白面疙瘩。留下的一大碗母亲要分几顿或者数十顿，熬肉米汤喝，或者将高粱面、玉米面、荞面三种混合一起，每隔几天全家人吃一顿三合面烩羊肉。米汤、三合面中父母发现一块羊肉，也要夹进我们几个碗里，让姊妹弟兄共享。有时候将肉放得起了恶毛，肉坏了，表面产生灰白斑点，味道很难闻，还舍不得一顿吃掉，还要放入盐调和再煮一下，分几顿吃。

总之，自从1972年骒马归队以后，我们家的生活在全村是数一数二的，稀饭照不见月亮，窝窝头里有一些糠，可不多，每天能吃窝窝头。每隔一天一顿黄米或炒米捞饭能吃得上，一个月三五顿白面或三合面也能吃了。母猪年年喂，过年的猪肉、羊肉，最少两种买三五十斤，多则买六七十斤。兄妹四人都上学。我们弟兄三个均从小学读到高中，只有妹妹先娃读到了五年级。与别的人家相比较，我家儿女虽多，但读书的最多，文化程度相对较高。

我家的生活水平确实改变了。可这来之不易的生活离不开父亲的努力，如果没有父亲超人的胆识，没有父母没白没黑的辛苦，没有父亲敢作敢为、不信邪、不怕鬼的精神，哪有弟兄三个人人进入高中读书的机会？哪有我们弟兄三个的今天？生活基本改变，可父亲艰辛的劳作还远没有结束。

第三十五章

顶撞父亲菜刀伤腿　农歇时节围炕补烂

1975 年，我高中毕业了，那年二弟才十七岁。父亲又为吃饭问题和母亲争论不休，以致发展到又要打她的地步。二弟心急，顶撞父亲几句，并严厉地说："以后再不许你打我妈，要打就打我吧！"

父亲正怒气冲冠，没处发泄，顺手从切菜板上抓起菜刀，用力向二弟身上丢去，他左躲右闪，重重的切刀落在大腿上部，裤子砍烂了，鲜血不停地往下流。母亲着了慌，一边哭一边为卡林止血，可由于菜刀砍进去足足有一寸深，无法止得住。父亲也着急了，找了一块新棉花，点着火，用手按在伤口上，血总算止住，可他的眼泪也不停地掉。他心疼了，将二弟慢慢扶着躺在炕上，哭诉着说："大就这个脾气，火来了什么也不怕，火过去不计较任何人任何事。今也是我一时冲动，不计后果。你妈是你的亲妈，你是我的儿子，我会狠心这样打你吗？今天是跟鬼了，好像不由我的，你不要计较。以后，我尽量克制自己的脾气，不和你妈争吵了。"

母亲不停地一字一句数落着他："你不是打你的儿子，你是在打敌人。你怎狠心丢出去切刀呀！这是刮在大腿上，若是要命的部位，怎后悔也来不及。我的老天爷哪，感谢你长眼，救了我儿子一命。"她又放声号啕。

邻居家来人，文林哥和嫂子也过来，他们个个劝母亲，严厉地批评父亲，使这场斗争总算平静下来。

这件事传遍整个村子，好心的纠五六、王长留、王拉摇以及家门长者都数落父亲太过分，并指出："孩子们都大了，快要娶媳妇，你们两口子经常争吵不太好吧。出不了三五年你就要当老公公、当爷爷了，还不改脾气，村里村外山头上的人怎样评论你呀！你这脾气要尽快改的，不然以后娶过儿媳妇她们不会尊重你，更看不起你。"

说来也怪，自此次事件后，父亲的暴躁脾气确实改了很多，母亲做的饭稠饭稀他不过问，也不吭气，大口大口地吃。在家中，无拘无束，该说什么干什么，用自己的行动取信家里所有人。

冬天的两个月，农村的女人比较清闲一点儿，男人们在这个季节的白天，赶上牛车进城拉粪拉烧火炭。早上五点左右启程，晚上五六点回来，若不拉炭也得给队里马牛驴铡干草，储存第二年春夏吃的草，这些活儿干的时间也就二十来天。男女老少参加农田基本建设，修梯田、打地坝的时间也就十多天，大约在春节前后剩余三四十天是男人们最逍遥自在的时候。白天老者、年轻人坐在一起玩纸牌，打扑克，讲故事。女人们缝新补烂，碾米磨面，有时候三五成群走东家转西家，围坐在一起。有的纳鞋底、鞋帮；有的缝补新衣服；有的搓几根麻绳，准备纳鞋底用。年轻女人、未出嫁的闺女纳鞋垫，鞋垫表面绣着"一帆风顺""恩爱一生""吉祥如意"等。她们围坐一起，家中门外笑声朗朗，说东家议西家，好不热闹。

我的母亲，当年也是中年人，本来也可以拿上鞋底出去热闹一番，可家务事多得数不胜数。根本没有出去和他们聊天、取乐的时间。因此，就召集这个，叫叫那个来我家串门聊天。

左邻右舍的女人们来了，她非常高兴，大方至极。家里过年的米黄酒做好，她热上一小锅，每人一碗热腾腾的黄酒递到来客手中。她们一个个坐在炕头，两腿盘得老圆，拿出了自家的针线活儿，一边喝着黄酒，一边做着针线，一边聊天说笑。

母亲从小当童养媳，外婆对缝新补烂指导得很少，加上眼睛近视，穿针引线和我奶奶差不多，靠自己的品劲从大小针眼上穿过去，有时她们帮助穿穿针。尔后，母亲再缝制。剪裁衣服、鞋底、鞋帮，多年来要靠父亲或者村子里其他人帮忙来完成。女人们来我家串门，完成自己的针线活儿，要帮母亲给我们全家人裁剪新的衣服、鞋底、鞋帮，多年来村子里的女人都帮助母亲干过这些活儿。六口人的上下身穿着都裁剪好了，缝制就靠母亲一个人完成。每个冬季，几乎天天如此，母亲鸡叫起，半夜睡，为全家人缝新补烂。

母亲冬天熬夜非常厉害，全家人本来睡得比较迟，大约是十一点左右。一觉醒了，母亲还在煤油灯下忙活着，不是缝衣服就是纳鞋底。有时线团搅和在一起，纳鞋底时麻绳打结，很难解开，母亲发火了。我时常在睡梦中被她的叫骂声惊醒："这些出丧短命的，专和我怄气，不让我顺顺利利地缝。"我睁开双眼，半醒半睡地说："妈呀，您缝衣服线缠在一起，又要骂我们几个。我们让麻线缠在一起了吗！"母亲笑了，并说："缝得好好的缠在一起，搅成一颗疙瘩，你说气人不气人？"我爬起来，为母亲解开疙瘩。

因此，冬天的母亲，一定程度上比其他季节还忙还累。

改革开放以后，家家户户生活水平发生质的变化，人们脸上的笑容多了，皱纹少了，可干活的时间、强度倒又增大不少。每个家庭少则二三十垧土地，多则四五十垧。还要喂牛、羊、猪。

1979年我已结婚，婚后不到两年，我就离开父母兄弟另起炉灶了。

第三十六章

包产到户希望来到 分田种地农活儿真忙

枣树圿的天还是蓝的，地还是贫瘠荒凉的，山未变，坡还陡，十年九旱，广种薄收，这一现状还没有变。

生产队每年从地里收回的各种粮食，分到家家户户。可穿衣烧炭、油盐酱醋、生病吃药一系列的开支，钱从哪里来？只能靠变卖各种粮食补贴开支。一家五六口人有上三四个劳动力，分的粮食还多一些，而我们家只有父母两个劳动力，要养活四个孩子，上学的书本、笔墨和学费也要从家里拿。分的粮食不够六口人生活，能卖的五谷杂粮很少。家里的所有生活开支，我们的学费只能动用那六百五十元。不出三四年这钱就花得所剩无几，好在家里喂的母猪一年能收入三五十元，给我们弟兄三个读书助了一臂之力。不然四个孩子，肯定要有两三个或为文盲或者小学文化。

转眼进入 1976 年，中共中央关于党在农村工作的方针政策也进入新的转折点，"以粮为纲，多种经营，全面发展"作为农村工作的宗旨，在逐步贯彻执行。从 1977 年开始，开垦荒地也逐步放开。允许个人在自留地上种经济作物，如枣树、杏树、桃树等；允许个人多留自留地；允许个人养羊、养猪、养鸡鸭等。大搞农田基本建设，修梯田打淤泥坝，建蓄水坝，搞山地抽水灌溉。

父亲自从骡马归队后，又成为生产队的副队长。在上述政策放宽后和其他队干部一道为村里致富想尽了办法，可事与愿违。修过蓄水池，水源小失败了；种过枣树，因天气大旱也没有成功；修了很多平展展的梯田，保护了水土流失，可以缓解旱情，可见效较慢。唯有每人又增加了一亩自留地，每头猪增加两分地，给村民带来了实惠，起到了立竿见影的作用。父亲是伟大的，他的伟大在于做到了别人想做而不敢做的事，说了别人想说而不敢说的话。

从二十世纪七十年代末开始，农村工作迎来三百六十度大转弯，家庭土地承包责任制、包产到户为农民指明了方向，给农民带来了希望。

1979年秋收结束后，上级部门的文件下发到各个公社，各公社拖拖拉拉下发到基层大队，可各个公社和基层大队领导不敢大胆作为，持观望态度，个别地方采取试点、树榜样、立典型等方式。直到1980年，不仅栏杆堡公社，全县公社几乎没有遵照决议议程精神去干家庭土地承包、包产到户。父亲得知此消息，专门和大队书记要回文件，让我给他念，并将重要内容讲给他听。父亲醒悟后，同村里主要干部商量："不要等靠观望了，开始行动吧！"干部们左右为难。父亲又专程去公社同个别领导交谈，公社领导给了他鼓励。回到村后他又同几个干部商量，最终决定咱村率先垂范。有决议，有文件，咱怕什么？父亲和村里其他队干团结一心，拧成一股绳，决定了整套方案。全村这才进入土地划分、牲畜处理、农具分配以及其他库存物资的处理时期。最头疼、最麻烦的是土地划分。首先生产队研究：将土地整体划分为一二三等，然后核算一等地每人分多少，二等地、三等地每人分多少。大牲畜除牛驴而外，骡马全部上集市卖掉。羊只按人进行分配，大牲畜牛驴的分配比较难，人口多的分到了一头牛，人口少的两三户分一头。

那年，我已经结婚，七口之家分到了四十多垧土地，一头年岁较大的牛，十几只羊，等等；村里备下的牲畜槽、饲料、牛羊粪以及农具也分到一部分。

那时，我在中鄂初级中学教学，给家里帮不上一点儿忙。二弟虽高中毕业，可自学木匠活儿后，一年不回来几次家，也对家中农活儿起不上多大作用。三弟刚进入高中，妹子因家庭琐事中途辍学，在家里做饭，喂猪，喂羊。1980年妻子生下我们的大儿子，包产到户第一年，父母二人完成那么多地的耕种，这种苦是任何人无法想象的。

每到星期天我一回家，就帮助父母用粪笆箩撒粪，或者排粪，这活比赶上一头牛耕地要轻松一些，可我干一上午，下午便腿疼胳膊酸，躺在家里睡大觉。父亲每天从事十四五个小时以上的苦力劳动，早上不到五点起床喂牛喂羊，担土垫圈等。吃了饭，赶上牛车拉着粪，带着化肥粒种出发了。人家十一点多一垧地耕种结束，父亲总要比别人回来迟两三个小时，因为地里的所有活要靠他和母亲完成，撒种子撒粪打土疙瘩，样样活儿要他们干。耕地一结束回到家，喂牛、铡草等活儿还要去做。稍休息一个小时，要牛拉上平板车往地里送粪。直到七八点送粪结束才回家，家里繁杂事务又得处理。

夏季，昼长夜短。早上不到五点天就大亮，可父亲能安心睡到天亮吗？母亲三四点多起来做饭，父亲喂牛垫圈，一切一切的碎事都落在他们的身上，好在我妻子过门后给他们助了一臂之力。

饭熟了，天还没有大亮，就吃了饭，父母亲和妻子扛着锄头，用这三把锄头完成一垧一垧土地的锄草松土。人们循着古人的话，"锄尖尖上有水"，不留一片空地，破好苗①，锄掉杂草，留好庄稼的间隔距离。

父母为什么要遵循"锄尖尖上有水"这句谚语呢？我认为有一定的科学道理。锄尖上肯定没有水，可是用锄头锄松了庄稼周围的硬土层后，空气中有水和二氧化碳，两种元素通过松软的表层进入

---

① 破好苗，帮助长势旺盛的嫩苗破开经多次浇灌和暴晒后硬化的表层土。

深土层，庄稼所需用水通过松土锄草可以获得。因此，农村的土地，有草没草几乎统统要仔细锄三遍，以利庄稼不管天旱雨涝有个好的收成。

三个人每天锄地，中午十二点才回家吃饭。夏天的太阳不到十点就烤得人浑身汗流如注，到了十一二点更是火烧火燎难受极了。

进入深秋，收割庄稼的季节到了，人们遵循农谚"秋分糜子寒露谷，霜降黑豆没生熟"，开始按顺序收割各类庄稼。

挽糜子、黑豆是最吃苦的活，遇上风调雨顺、肥料充足时，糜子每株从生长出来就分成了五六枝，根系发达，枝繁叶茂，高度足有一米多，挽一株糜子有时一只手根本拔不出来，要用两只手，那股劲儿不亚于举重运动用的力气。有时不注意稍微松一下，手被糜子秆摩擦下就起个血泡。可这秋还得收，糜子照样要挽的。

父母和妻子不停地用右手挽着，左胳膊上卡着一株株高大的糜子，几十株糜子卡在左胳膊卡满了，然后放在地上，这样循环往复。一垧地挽了，两垧地挽完，然后把地上的糜子一抱抱收拾在一个平坦的地方。人背的背，牛拉的拉。有时候一垧地人背牛拉三五回才能完成。

收秋期间，家家户户提一暖壶水，拿几块窝窝头，干到中午感觉饿，吃一块窝窝头，喝一碗水就算一顿饭，稍微休息几分钟又起来干活。

我在外村教学，上级规定，秋收到了，有一周秋忙假。可我回去挽了一个小时的糜子，汗水浸透了上衣，脸上的汗水不停地流着，有时汗珠从额头流入眼角，两只眼睛火辣辣的，看不清地上的糜子。我一边挽着，一边用湿透的衣襟子擦脸。没一会儿手心手指有血泡起来了，两腿发酸，浑身没劲儿。干了还没有两小时，瘫软在地，一动不想动，浑身难受极了。干吧，我没有力气，手上的血泡火辣辣地疼。不干吧，又于心不忍，父母亲整天没白没黑地在地里干活，他们也是人，难道他们就是铁打的，是钢铸的？他们也懂得累，手也疼啊。挽吧！右手不成，左手去挽，可左手使不上劲儿，糜子没办法挽起来。母亲看在眼里疼在心上，看了看我的手，心疼地说："你从没受过苦，干不了这活儿，回家去吧！"

我作为一个血气方刚的青年，有脸让五十多岁的老两口地里干活儿，而我回家睡大觉？妻子看出我的心思，就说："你把挽下的糜子一抱抱抔在一起，一行一行摆开。回去成什么样子，不怕村里人笑话？"我听了妻子的话，一抱抱地抔在平坦的地方，因为大多数糜子要靠牛车拉。

我们村的土地比起其他村，还是平坦的多，陡坡少。可今天挽的糜子正好是一块坡地，虽不算陡，可由于土地松软，两腿已经发酸发麻，抔上一抱糜子，从低坡到平地上也很吃力。我抔一会儿歇一会儿，总算盼到天黑。父母和妻子把我没有抔在一起的糜子拎在一起，打摞好一牛车糜子，运到了场梁上。

大部分糜子收回场梁，天黑得伸手不见五指，可一天的工作还没有完成。往场梁铺糜子，用牛踩糜子，这些活儿不能用白天，必须晚上去干。父母心疼儿媳，不让我俩去干。老两口去完成糜子铺踩的活儿。

老百姓的苦道不完写不尽，挽糜子只是农民种、锄、收、入仓的缩影。那个时代的农民，绝不是过着书中记载的"日出而作，日落而息"的日子，而是干着各种苦累活，用"五更侍地，夜半安息"更为恰当合适。

第三十七章

碾子碾盘黄牛卖力 金黄炒米滋人养胃

　　按照数百年以来北方地区老农们总结的谚语："秋分糜子寒露谷，霜降黑豆没生熟。"庄稼人的糜子谷子没明没夜地收到场梁上，用一头老犍牛、一个碌碡、一副连架、一张木锨、一把扫帚、一只箥箩、一根羊毛布袋，人用肩扛，老黄牛用车拉，将糜子、黑豆倒在了热炕头和院子里。这赤红色的糜子，用炭火或柴火在大铁锅中炒成三分熟七分生，又倒在热炕头，用被子包得严严实实。三天以后，总算它可以透气呼吸，大人小孩儿拿着簸箕，将这黑里透红的炒糜子，往返十余次倒在院子里的石板地上，风吹日晒，蒸发掉内部的所有水分，才能放心入仓进瓮，不然容易发霉。

　　庄稼人的学问说不完，道不尽。糜子粮食入仓进瓮，意味着初冬马上来临，也意味着一件大喜事即将到来。

　　枣树圪有三副碾子，石磨家家户户都有，一个村庄三十多户人家，一百多口人，每家每户都盼着各种粮食分下来尽早入仓进瓮。可这些粮食不能囫囵吃呀，要用碾子石磨进行脱皮磨面，就是说要用牛驴滚碾子推磨。

　　钟声又当当地响，开会了，人们聚在一起。支部书记、生产队长将需要说明的上级指示，铡草、修梯田等一年一度的例行任务安排好后，进行大人小孩儿期盼的抓纸蛋、碾米、磨面营生。我那时跟在父亲屁股后，盼着提早抓上一个好纸蛋，第一家用上一副好碾子，抓住一头好黄牛、好毛驴，碾出好似金子的小米，吃上几顿饱饱的炒米捞饭，喝上一碗热气腾腾的小米粥，还有那闻着直流口水的新糜子窝窝头。儿时，我想象力也算丰富的。我要将母亲亲手做出来的炒米捞饭，不吃一口菜，不撒一点儿盐，干吞两碗，吞完再喝两碗香喷喷的捞饭米汤。现在回味起来那捞饭米汤，太好喝了。那炒香味，夹带新米的米芯味，真让我回味无穷。

我那时如狼似虎，这称谓一点儿不过分。你想想，吞糠咽菜，青黄不接的五黄六月开始，弟兄三个饿得实在想不出好的充饥办法，扣麻雀在灶火里、煤油灯上烧着吃，为吃这麻雀肉三个小孩儿你争我抢，老二老三扭打在一起，好不容易盼到了九十月，粮食入仓，我的心情是怎么样的，能不急能不盼吗？

碾子终于轮到我家，我守在碾道旁，看着父母将一小簸箕红彤彤的糜子不时地倒在碾盘上，膘肥体壮的牛拉着碾子，吱哟吱哟地围绕着碾盘，不停地转。

小时候，我看着父母吆喝着牛不停地围着碾盘转，心里想，古时候的人真聪明，创造出来碾子，又发现了牛的忠诚老实，肯吃苦，肯任人摆布使唤。用几层厚布制成了眯眼壳子，像少女婆姨的奶罩一样，严严实实戴在牛的眼睛上，生怕它窥见眼前的粮食偷吃。它不停地、一步一个脚印地为每家每户碾米磨面，围着碾磨转圈，种种苦力劳动，都要由牛去完成。我对牛的同情怜悯，不亚于对父母亲的热爱。

父亲站在碾道旁，吆喝、谩骂、鞭打，嫌弃牛走得太慢。我跟在牛屁股后面，拿着一根软软的柠条棍，不时地抽打牛后胯屁股，生怕它偷懒。又怕父亲严厉的鞭子抽打在牛身上，它疼痛不已。小时候，我经常听老者说："老牛力尽刀尖死，侍候君王不到头。"难道真的是这样吗？

老黄牛一整天不停地走啊走，转啊转。黄澄澄、金灿灿的炒米终于碾下了三四斗，足足有一百三四十斤。父母和妻子，是天下最吃苦耐劳的人，熬完了一个夏季，又经历了没日没夜的秋收，庄稼人的身子骨严重亏空了，一个个嗷嗷待哺。皮包骨头的节骨眼上，母亲捞出一大盆新炒米捞饭端到了热炕头。全家人，甚至全村家家户户，盼望的第一顿新炒米捞饭开锅。

人们叉开胳膊，盘圆腿，拼了性命，往死里吃。炒米进锅，在炭火的加热下，那热浪翻腾起来的味道，满窑洞的米芯味，使人如同吃了一颗定心丸，立马神志清醒。它那股炒香味，是大米小米白面等其他食物无法比拟的。若有猪肉烩酸菜和炒米捞饭搭配一起，是绝佳的、别具风格的美餐。可我宁肯干吞两大碗捞饭，也不想吃一筷子猪肉烩酸菜。

家中所有吃的米面，除了牛驴推磨磨面滚碾之外，有一部分还要靠人工去推滚。这就成了我和二弟的任务了。转磨道时，我们每人一根木棍顶着足足有两百斤重的石磨转圈，如同那只老黄牛，将玉米等一簇簇拨入磨眼孔，磨出来粗细不均的粉，再用箩子筛了又筛，粗颗粒再倒磨顶上重新磨，这样三番五次不停地推啊推，转啊转，筛啊筛，汗水浸透了衣服，休息会儿干了，又湿透了，又干了。这辛苦所得的粮食，仅够家人吃三五顿饭。

我儿时，多次听老人们说：这炒米捞饭吃进肚里，胃不会难受，还对好多有胃病的人，有辅助治疗的作用。就是我进入初高中读书时，村里人经常说，黄米捞饭吃在肚子里，消化慢，吐酸水，感觉不舒服。而炒米捞饭正好相反，用笊篱打捞在盆子里，充满了弹性，一颗一颗油旺水亮。那扑鼻而来的美味，城里人根本体会不到，南方人更无法体会。难怪在二十世纪六七十年代的神木城人，只要提起枣树坬的炒米都赞不绝口，竖起大拇指。

那时老神木城人，国家也给少量的大米，可他们宁吃枣树坬的炒米，也不吃大米。父亲多次背着炒米去城里卖，我也跟着去了，好几家提出以 1 ：1.5 甚至 1 ：2 的方式用大米兑换炒米，被父亲拒绝了。我那时生怕卖不掉，心想一袋袋背进城里，卖这新鲜炒米，是为了换点油盐酱醋、针线、布料的钱，不是为了背出来再背回去。

老家种植的糜子，经过农家人数百年以来的摸索，总结出了炒糜子的独特方法，使城里七八十岁的老年人无人不知无人不晓。老家的炒米，在这些老年人的心目中，是滋味十足，令人赞叹不已。

无论新鲜的炒米捞饭，还是新鲜的小米粥、小米米汤，吃在肚子里消化快，不胀肚，这一点面食没办法和它们比较。面食吃多了，容易胀肚，弄不好还得走医院，跑门诊，花钱买药，容易患上慢性胃炎，时间长了会出人命。这炒米捞饭、小米粥是不会的。最喜人的不是这新鲜的炒米捞饭，而是炒米或者小米熬成粥，那滋补、那诱人的香味就甭提了。

我在外读书，放农忙假了，为了挣点儿工分，队长让我同村子里其他孩子一起去放牛。那时在山沟里放牛中午不回家，午饭要在地里吃。我们和放牛的老者预先约定好，垧午吃炒米粥。一个孩子家中拿一合炒米，其他由老者准备。中午十二点多了，拦羊的将羊赶到沟里大石崖地下乘凉休息。人们就地构好土灶火，取来清澈泉水，找来一大抱干柴，如干柠条、柳枝、洪水漫在山沟里的干草等。羊倌两人，我们四五人，放羊娃就地起火，两个铝锅子，两个灶火，羊倌拿出了自带的在夏山药地里挖的土豆。我们在石头上蘸着水，土豆磨净了皮，用小刀切成几块。水烧开后，倒进炒米、土豆，羊倌从母羊身上挤了两大碗奶倒入马上要熟的粥里，放入适量的盐，熬成了羊奶粥，再加入村周围荒山野岭上随处可采摘的几朵野扎蒙 [1]，掺入锅里。它的味道太鲜美，现在想起来依旧回味无穷。

---

[1] 学名泽蒙花，多年生草本植物，天然野生植物，是天然的调味品。

第三十八章

糜粒虽小能解温饱　产量翻番艰辛异常

粮食收回来后，都要运到场上铺开，用牛拉着碌碡一遍又一遍碾出粮食的颗粒，把谷壳秸秆等杂物清理掉。刚包产到户时，我家和村子里一户人家合用一面场，这是解放初期土地改革时，我家分到的一面场。场的面积约一百平方米，还是比较大一点儿的，距离观音殿仅十米远。

两家占一面场有点儿挤，秋收初始糜子就占了总面积的四分之一，这一年两家农作物挤在一起，完成了入仓。第二年，父亲和队干部协商，要在该场东侧再平整一面。队干部同意他的请求。父亲便开始平整场，仅用了半个月便平整好了，为秋收做好打场的准备。

农作物回收场，糜子归仓是其中最辛苦、最烦琐的一件事。铺、踩、成堆、扬场、去杂，少一样也不成。这些活儿均要在夜里去完成，因为白天要去地里收回其他庄稼。秋天的早晨比较凉爽，阵阵秋风扑面，糜子枝叶散发的气息让人心旷神怡，漫山遍野的黄，那些枣树叶子发黄掉落，树下金灿灿地铺了一地。这么秀丽的景色，我却欣赏不起来。我面前满满铺了一场的糜子，正在等待我们碾去外壳，除去杂质，露出红彤彤的果实。

家中的老牛拉着重约两百斤的碌碡，父亲拽着牛的缰绳，在铺好的糜草摊上不停地转圈，碌碡吱吱呀呀响着，颗粒饱满的糜穗子经碌碡不停地反复碾压，糜粒会被压在糜草下边。我翻开整捊糜子，轻轻一抖，又圆又红的糜粒哗啦啦地落在地上，有一寸多厚。

天已大亮了，父亲坐在场上吃饭，母亲和妻子又开始翻糜子。她俩将表面几乎踩尽的糜穗一抱一抱捊起来，抖一下，翻在地面上，将没有踩踏的糜穗朝上铺开，这样不停地翻铺。

我拉着牛，第一次用碌碡踩场。

也许是牛看我不顺眼，走路异常缓慢，左瞧瞧右看看，慢得再慢不过了。也许是我初次干这活儿，没有掌握诀窍的缘故，碌碡也跟我作对，不是向我的方向滚过来，就是向外面的空地上溜出去。

父亲一边啃着窝窝头，一边指导我，可我总是把握不住。心想农活儿也有好多技术，耕地讲究精耕细作，施肥均衡，地面平坦，入粒既不可多也不可少，生长出来的庄稼才出苗率高。锄地要及时，既要清除杂草也要破松土，又不可把该留的苗子锄掉，不该留的留下。秋收了，根据节气，抓早动快，夜以继日，尽快入仓，防止冰雹雨灾以及野鸟、田鼠的侵害。

碾下的糜粒很快堆成了一大堆，可里面的杂质太多，如果用比例去分，可能仅有四分之一是糜粒，剩余的是碎糜草、黄土等。这一大堆糜粒像一座小山，要用木锨一锨一锨地扬，通过风力作用让糜粒落在地上，把各种杂草、外壳以及黄土等刮出去。

要干这门技术活儿，首先要掌握风力，风大了扬出去的糜子连籽带黄土都被刮走了，风力小了，甚至没有风，扬出去一锨一锨都落在原地，枉费人的工夫。扬场最好的风力是二到三级，上到四级要有好技术的人，也就是说经验丰富的农民去扬，才可以把握到位，若让一个门外汉去扬，要损耗好多糜粒。

糜粒全部拥在一起，风却一丝不刮，好像跟我们全家人作对。老农们将扬场盼来的风叫作"风娘娘"，扬场没有风或者风过大时，一些老者偷偷地回家寻几炷香，拿几张黄表，在场畔上点香烧表，让"风娘娘"发点儿善心，尽快把风向和风力调整合适。这一下午风几乎一动不动，母亲着急了，要回去寻香表，祷告一下，"风娘娘"行行好，让我们尽快将这堆糜子扬出去。

父亲又瞪眼了，他不相信这些，制止了母亲的做法。

几个人坐在原地歇着，等待"风娘娘"到来。

父亲开始讲扬场的技巧，他一边讲，一边不时地站起来，铲上一木锨子给我们夫妻做示范。我仔细归纳一下：

首先，要掌握风力风向，这面场地处东南，东北平坦一些，连绵不断几十米，如果刮成了东南风或东北风是最好不过，风力平稳。场梁的南面、北面和西面是高几米或者十几米的陡坡，风来了，由于场畔的阻力，风一会儿大一会儿小，人们将这种风叫作"壁畔风"。陕北的季风，肯定是西北风多一些，东南风次之，西风较次。这壁畔风不停地变化，一会儿大一会儿小，一会儿从西北刮来，一会儿又从西南方向冲刺，有时风力不稳，场里场角就会扭成了一个个小旋风，在场上、周围刮着，母亲不懂此规律，认为是什么毛鬼神来干扰风娘娘，实际是由壁畔风的阻力造成的。

其次，要注意风的大小和方向。这大小、方向从你站的场上用自己的脸就可以感觉出来。风大了，你铲的糜粒多一点儿，扬的时候不要太高，扬高了风就连糜粒一起刮走，反之铲的少一点儿，扬得更高一点儿。

再次，扬场时要紧握木锨把，两腿站立，两只胳膊外直。铲上一锨糜子，高高地向风的反方向扬去，这样糜粒自然落地，尘土等杂物就被风刮走了，糜草和糜壳落在距离糜粒不远的地方。

最后，风来了，而且很合适时，一定要抓紧机会，用尽全身力气，不停地去扬，失去这么好的机会，可能就又得等一会儿，甚至很长时间。

父亲不停地说，有二十分钟，太阳离山头只有数丈高了，风向好像调了，是东南风。我们开始不停地扬糜子。

父亲光秃秃的头上落满尘土、糜壳，脸颊被尘土淹没得面目全非，只有两只眼睛在铲糜子时斜着张一下，扬的一瞬间又合上。他脸上的汗水与尘土混合，脸上糊的土越来越厚。汗珠从脸边往下流时，连同尘土一起涌动，出现一道道明显的沟壑。可他全然不顾，任凭它流着涌着，冲出一道道沟。

我心疼了，不能让大大再扬下去了，两个年轻人站着，却让他不停地扬场，能忍心吗？可父亲怎么也不肯撒手。

我急了，从他手中夺过木锨，学着他的样子，开始人生第一次扬场。

我肯定比父亲差远了，掌握不住风力，掌握不好木锨铲多少糜子，更掌握不好扬的高低，不是连糜子带尘土、枝叶一起刮走，就是一木锨糜子扬出去，原原本本掉在糜草堆上。

妻子很看不惯我这书生干活，一把夺去了木锨，也开始第一次扬场。父亲不停地给她指导。没过十分钟，她动作变得自然，高低适中，糜粒、尘土、叶子在风的作用下各归各位，好像风娘娘为她助了一臂之力，让我很是敬仰羡慕。这一天在场里干活儿，虽风不顺，糜子又多，身体可累坏了，但我和妻子学到了新技术，心里非常充实。

天黑了，月亮露出她皎洁的容颜，照着我们三人忙碌的身影。在她温柔的光线中，二遍终于结束了。周围场上都有农民们扬场，他们有时哼着小调，有时喊着号子，有时会猛哼一声，有节奏地，一声接一声在空旷的山野经久不息。

父亲看着装满麻袋红彤彤的糜子，高兴地说："包产到户就是好，如果还是农业合作社，风调雨顺也产不下这足足的一石五斗粮啊！"

"妈妈，你连夜把糜子炒出来了？"我问她。

"嗯。炒完已经鸡叫了，我一夜没合眼。"母亲说。

我的眼睛当时就湿润了。我算了一下，从昨天早上四点多父母起床到今天凌晨三点多才休息，整整二十三个小时。父母忙碌辛苦在地头、场上和家里，当儿子的应该说比他们年轻体壮，可我已是累到疲惫不堪了，难道他们是铁打的吗？他们也累呀，可怜天下父母心。

"收秋是最忙最累的季节，吃到嘴边的粮食，拿到家里就放心了。累也得去干，况且有病死的人，没有累死的人。还有五垧多糜子没挽完，三五天挽糜子结束，马上又要收割谷子、黑豆，挖山药等。近五十垧地的农活儿就靠我们三个完成，一旦有个风灾雹灾出现，这么多的庄稼丢在地里，这不是要咱的命吗？"母亲又接着说。

"累出病来就麻烦了。"我低低地说。

"没事，我们熬出来了。"父亲语气坚定。

是啊，他们从几岁到十几岁，现在已经五十多岁的人，几十年来受尽艰辛磨难，吃不饱穿不暖，有时候挣扎在死亡线上。但是，他们有做人的骨气和尊严，两个人相依为命，凭着顽强的毅力和坚韧不拔的精神，熬到了党和政府给人们希望的这一天，熬到了过上幸福生活、能吃上饺子粉汤的大好前景和大好政策。

这是包产到户的第一个丰收年，收秋一结束，全家人一核算，收获各类粮食足足有四千斤。这是父亲记忆中收成最好的一年，比大集体好年份时各类粮食总量翻了两番还多，接近三倍，也是父母出尽牛马力受尽人间苦的回报。这一年，是他们最辛苦的一年。唐代诗人李绅的"锄禾日当午，汗滴禾下土。谁知盘中餐，粒粒皆辛苦"，人人耳熟能详，是千百年来劳动人民的真实写照，也是当代农民辛苦劳作的有力佐证。

初次相亲被认半憨 猪换婆姨父母包办

　　我十二岁那年，数九寒天，大雪从天而降，山山峁峁被厚雪覆盖，白茫茫一片。这一年里，父母不知在我面前念叨了多少次，给我找婆姨。我一再说年龄小，让人家笑话。父母亲可不管我说什么，跑前跑后，逢人便说。本家有个兄弟动心了。他的亲小姨子，年龄和我不相上下，长得也很标致，他同妻子商议后，他妻子表示愿意撮合这门亲事。我父母对此事很上心，哪里考虑到冰天雪地，数九寒天，缠着这位兄弟引着我去王家梁村，他老丈人家看婆姨。

　　起程的路上，父亲唠叨着见面时的一些礼，这让我内心深处很不舒服。心想：礼节性的事我懂，不仅你们常常指导我，老师也利用业余时间常常教导我们。我年龄虽小，可心计较强，好察言观色，家中或村子里往来客人相互间交往的礼数，我都有注意到。

　　到了家中，该说的礼节性言语我都说了，他们村上也来了好多男男女女，可我不能作为主人公去给他们递烟让座，只能坐在炕头，一动不动，腿盘得老圆，像一个木偶，由着他们盯着我看。介绍人本家兄弟的老丈人问了我的年龄，读几年级，老师叫什么，学得怎样，我一一回答。可我心中总感觉有点儿不舒服。准备许配于我的女孩，虽披头散发，穿着一般，但圆圆的脸蛋上两只明亮的眼睛清澈如水。幼小的我也能看出一个女子的美与丑。这就是农村过去看婆姨，定娃娃亲。

我们住了一晚上，第二天起身回到家中。不到十天，人家传来消息，这娃娃亲没定成，捎来的一句话更让我难堪：有点儿傻，是个半憨憨。这不仅让我和父母亲不高兴，就连本家兄弟也有点儿生气。"难道我会将老婆的亲妹妹介绍给一个半憨憨吗？"他对对方说道。

这次看婆姨，给我十二岁的幼小心灵打下了深深的烙印。原本不想这么早、这么小就找婆姨，但无论如何要听父母的话，力争在一两年内，在王家梁村周围的村子找一个女孩，让本家兄弟的老丈人看看，我是不是个半憨憨。这就是一个年幼无知、小有心机的少年在当时的想法。

十三岁时，我由父亲和媒人包办，同一个双手写不了八字的女孩订了婚，她就是我现在的结发妻子，是村党支部书记王长留的小姨子，她家距离王家梁村不足十里路。当年约定聘礼两百八十元，订婚时付定金三十元，岳父因阑尾炎在神木做手术时，我给了二十元。那时我们家喂上了母猪，每年就给留两只较好的猪崽儿，到结婚再没付过一文钱。因此，村上人说我的妻子是猪换的。

我二弟和三弟的妻子是米换的，事实也是这样。

我在父母包办下，二十三岁结了婚。那年二弟卡林十九岁，高中毕业后跟着木匠师傅学艺，不到一个月就谢师，自己找活干。他很聪明，学艺时间短得惊人，可做出来的门窗、粮柜等不亚于他那远近闻名的师傅，活多得一家没做完另一家就找来了。

父母高兴之余，最不放心的就是他已进入结婚成家年龄，可还没有找到对象。

老两口托媒人、亲戚四处打听，看有没有门当户对、年龄相仿的女子，给他介绍一个。

亲戚给介绍了几个，二弟相见后，不是觉得人家长相丑陋，就是说人家说话举止不得体，不文雅，最后不欢而散。眼看二十出头，还没有个合适的女人，父母着急了，三个儿子只找下一个，还有两个没着落，眨眼几年就是二十好几的人，到那时就更不好找了，老两口心急如焚。

就在此时，我的表哥王争气，介绍说他们村附近的一个女子，年龄二十岁，长得虽不怎么俊美，可还有几分姿色。

父母亲在没有征得二弟同意的情况下，就请侄儿作为介绍人，去说这门亲事。

第四十章

"六礼"媒妁千年风俗 梦想自主父母阻挡

对于二弟的婚事，媒人是请了，可结婚过程的几个礼节，一个也不可缺少。说亲到结婚分为六个阶段，人们称为"六礼"，即打探、合婚、看家、提亲、过礼、娶亲六个环节，这六个环节实际是古代"六礼"的翻版。

二弟的婚姻始起，六礼一个也没缺少。

首先是打探，双方自家人出面打探对方父母的馳家娘家，老一辈的各方面情况。要门当户对，了解对方的直系亲属是否有门户（即狐臭），这是清白之家的首要一点。若对方门户不干净，是绝对不可成婚的。再要了解双方父母亲的人品是否正派，只要父母人品正派，干事诚实，严守礼节，勤劳持家，子女一般是会效仿父母的所作所为，肯定错不了。反之，他们的女儿就不一定是一个实实在在、本本分分的人。

二弟的婚事中，在门当户对上了解时间最长。我家托的媒人是我们的表哥王争气，自然会将对方的各方面情况打听得一清二楚。女方名叫乔雨英，兄弟姊妹五个，二男三女，家中大人在周围村镇非常有名，说话办事利索诚恳，说一不二，老两口包括大女儿雨英勤俭持家，苦干实干，小日子过得还算可以，在村里是数一数二的人家。门户清净，可以打探到上两辈，不存在什么门三户四，什么狐臭等不干净的事情。雨英虽年方二十，可家务事干得样样具细，地里的活儿没有她干不了的，家中圈了几孔石窑，上百斤的石头，是她和她父亲一块一块背到地头。总的说来，她是里里外外一把手的好姑娘。

不出几日，表哥来我家，他说："人家打探了好长时间，咱们家各方面不存在问题，就是感觉这里是个山区，生活面貌难以改变。不过雨英的大大对这门亲事非常重视，他对过去赌博为生的爷爷也很清楚，认为他虽赌博，可人非常正直，可笑的是怀疑他那时攒下不少钱。"

"那同意订婚吗？"我迫不及待地问。

"同意了，可这家人做事心细，要合婚，看卡林和雨英的五行八字是否相合。假如大致相合就可正式商量了，如果大相相克，等于我白磨几天嘴皮子。"表哥说。

争气随即告诉了女方的生辰八字，母亲又将二弟的生日、时辰也告诉了他，并当即定他为双方媒人。

又过了十多天，媒人来话了，生辰八字相合。

女方家合婚，男方当然也不放心，又让我去城里找神木有名的阴阳先生，我的二姑夫王狗塞进行合婚。姑父掐指一算，二弟和雨英的命相都很不错，是非常完美的姻缘。

要进入第三步看家了，可二弟没有见过这个女人长得是丑还是美，这个主父母可不能做了呀。此时二弟正在离家二十多里地的一个村子干木匠活儿。我们马上让顺路人给他捎话，叫他马上回来去相亲。

二弟虽没见过这个女人，但已了解她没读过一天书。对父母包办表哥说媒，自己在婚姻上没有自主空间，很不理解。他毕竟是高中毕业，有文化，有素养，又见过些世面，有着年轻人好高骛远、书生气十足的想法。他一心想着婚姻要自己做主，不想让父母包办，亲戚介绍。因此，他当着二老和争气哥的面说："我年龄还小，现在不忙，以后再说吧！"

母亲哪里容得儿子这样说话，她着急了："你还小吗？已经二十出头，过去你这个年龄的人两三个孩子都有了，你不能光考虑自己。给你成家后，还有凤林马上也大了，找一个了结我们的一个心愿。养下你们，要为你们的一切操心，再不能拖了。明天就去青扬峁看看这个女孩，能端挑出去就行了。女人么，驴粪蛋蛋面面光有什么好处，只要能吃苦会生孩子就行，长得好不一定其他方面都好。"母亲说了好一会儿。

"明天拿上烟酒，我和你一起去，如果你们两个互相看上，顺便拉拉彩礼，这件事不能由你，就这么定了。"父亲态度异常坚决。二弟知道父亲的脾气，也不敢和他讲什么，只能去看了再做决定。

第二天去了青扬峁村女方家，全家人很高兴，热情地招待了他们。二弟当时见到了现在的妻子乔雨英。身材比较匀称，脸色白里透红，虽不十分貌美，但还能端挑出去。

二弟回家和我说时，觉得这件婚事很不称心如意，他将雨英和我的妻子做了比较，认为方方面面不如他嫂子。

"虽然去看了，可没有和她说上一句话，从她的外貌看，总感觉有点儿对谁也不冷不热，不想搭理人的样子。我怕结了婚和二位老人也过不在一起。好处是做家务比较麻利，干活很吃苦，生活又简朴，村里人给我这样说。"二弟带着无奈惆怅的神情，以很不情愿的语气和我谈了许多，并让我给他出主意。

我作为家中老大，又已成家。虽是父母包办的娃娃亲，妻子又没有文化，可对这桩婚事自身感觉还算理想。出生在山大沟深、十年九旱的穷山僻壤里，有文化又能怎么样，各方面的条件制约了你，使你不得不遵从父母包办。我暗暗决定，一定要说服二弟，想办法同意这门亲事。

我给二弟讲了村里老光棍纠卡台，已经五十多岁，还没有找下对象。他有门户吗？没有，很清净。他长得丑陋吗？不是，在村里同龄人中是个十足的美男子，比起父亲来，能说会道，又有文化，家里经济条件在村里也是前几名，可就是没有找下对象，很重要的原因是，看一个女人不是他心目中的美女，看三个五个都一样，一年拖一年，五十多岁了还没找下。

同时，我又以教书的见闻为例，告诉他下乔庄村有两个容貌俊秀的三十多岁的光棍汉，要二弟引以为鉴，重视婚姻大事。

出于各方面的原因和各方的压力，最终二弟同意了这门亲事。至于女方，见了二弟后，更是心满意足。

双方都相互看上了，要进入第四个程序看家。看家这道程序是男女方结婚必经的一个程序。即使双方已许定终身，在农村若不走这个程序，女方村里人是要笑话的，认为自己的女儿嫁不出去，糊糊涂涂给找一个男人，连他家门在哪里开，家是茅草屋还是高楼大厦也不知道。因此，女方家里的主事人必须带着女儿，和介绍人一起来男方家走走。

雨英和她父亲引着她的妹妹以及媒人来到了我们家，齐刷刷的四孔窑洞，偌大的院落，在院子里游玩着的活蹦乱跳的八九只小猪和猪妈妈，让他们心里很踏实。

父母亲以最高的礼节和饭菜招待了一行几人，原计划晚上商量彩礼的事项，可女方不同意这么办，要回家同家里人说说再做决定。一夜无话。

又过十多日，媒人来我家，说家中老小都同意这门亲事，就是彩礼有点儿重。他决定不了，只能再来同我们商量。

父亲问要多少。

媒人说："彩礼三份，地毯一对，父母亲、她爷爷衣服三套，羊一只，猪肉五十斤，挂面五十斤。女方要三大件：手表、缝纫机和收音机，零花钱两百元。"

二十世纪七十年代的彩礼份数不同于现在，随着社会的变革，经济的逐步发展，当年比我订娃娃亲时的彩礼份数又略高一点儿，我订婚时一份彩礼二百八十元，到了二弟订婚时一份彩礼变成了四百四十元，而现在的青年人结婚彩礼一份演变到四千四百元，提高了十倍。

二弟订婚要三份彩礼就是一千三百二十元，一对地毯近五百元，连同其他小件和女子的零花钱共需两千五百元出头。

这么高的数字，确实难住了两位老人。他们沉默了好半天，一言不发。那天二弟在外地干活不在家，家里只有我和妹子。

我作为长兄，虽在初级中学任教，工资比起初教时涨了不少，每月挣三十二元，可刚结婚没两年就得上了偏头痛的怪病，这点儿工资治病就要花一半还多，买衣服、洗漱用品等花销下来，一年给家里连一百五十元也没有，这两千元从哪里来，这不是要父母亲的命吗？

我深深地知道，家中连二百元也拿不出来。两千元这个天文数字，怎么去解决？不同意这门亲事，又怕二弟找不到对象，打光棍。行了，钱从哪里来？

这时我不得不说话了："表哥，大前提这门亲事必须订，如果搁下了，我怕二弟找不下以后怪怨老人。可全部核算两千五百元出头。这个家的底子你也清楚，这么多钱从哪里来？为了这门亲事你也跑了不少，俗话说'是媒不是媒，跑个三五回'，你不只跑了三五回，要跑十次八次的，也许还要跑断腿磨破嘴。明天你回去，再到雨英家走一次，让他们少要一点儿吧！虽已包产到户，好日子刚开始，这么多钱确实没办法解决。"

母亲也说："你是我的侄儿，不管多少次，要让他家少一些，'开口三分利，不给无所谓'，实在不少的话，咱们再定夺怎样处理。"

"如果实在不少，等于白说，咱们再打听个女子。咱自己的儿子，自己的家，自己在山头上的威信，自己都清楚，还怕给儿子找不下对象？"父亲这样说。

过了几天，表哥又来到我们家，总算少了一小部分，彩礼钱一千二百元，地毯一块，零花钱一百元，其他东西没少。

这门亲事就准备这样决定。二弟听后，坚决反对，不订婚。并说什么："我哪怕打光棍，也不能同意，这是在卖女儿吗，哪里是给女儿找对象？"

母亲哭了，父亲被二弟冲得火冒三丈，大声吼道："怎么，我们日夜操劳，愁得觉都睡不着，你怎么能这样说话，你想打光棍，我们还不想断香火，这件事就这么定了，咱们再商量下一步订婚、过彩礼的事。"

父亲的话，对我们弟兄三个而言，那是神圣的命令，谁也不敢违抗，更不敢顶撞。即使二弟有些事情敢于直谏，可母亲的哭声和泪水打动了他，他不能再让二老为自己操心了。二弟的终身大事就这么被父母包办了。

"人家还可以，将提亲和过彩礼一次性完成，该简单的他们也尽量简单。只是过礼时要现金三百元，猪羊肉全带，大米白面各一袋要全拿，并给雨英拿一身衣服的布料，条绒或凡力丁布由你们决定，提亲的日子也由你们决定。"表哥争气说。

"这些都好办，迟早得给人家。只是现在手里紧，过彩礼的日子推迟上两三个月吧！"父亲说。

"好吧，日子定了，提前六七天来话，人家请的人多，怕到时请不及。"

第四十一章

彩礼高昂米换成真 一冬卖粮白发陡生

父母为这门亲事的订婚钱从哪里来，整天愁眉不展，晚上睡不着觉。包产到户第一年，家家户户添置农具牲畜，钱都紧张。

家里只有不到两百元，二弟出门干活也凑不足一百元，经计算还差五百元出头，才够订婚的钱。

父亲说："倾家荡产再吞糠咽菜，也要凑足这些钱，我们家产下这么多粮，该卖的就卖。"是啊，只能靠自己想办法了，亲戚朋友张口借点儿粮一斗两斗可以，若是张口借钱真比登天还难。父亲说的话，不无道理，只能该卖的就卖了。

严寒的冬天，父母和我妻子赶着家中那头老黄牛，拉着一布袋一布袋炒糜子在大圪垯的石碾子上碾，每天碾五六斗，大约碾了十天左右，碾完了两石多炒糜子。炒糜子香味十足，可只能闻闻而已，要卖了它去给二弟换媳妇呀。

这年的冬天和第二年的正月，父亲每天赶着牛车去神木，不是卖炒米、小米，就是卖黑豆、绿豆。

父亲每天早上四点之前出发，有时太阳落山，还不见他回家的影子。

包产到户的第一年，神木城也开放了一点儿，有了较规范性的市场，可就是卖粮要或多或少征点儿税，多则一半块，少则三两毛。

他为节省点儿钱，赶着牛车，转大街过小巷，不去市场凑热闹。

他深深知道，只要是枣树峁的炒米、小米，大半个神木人都知道，不愁卖不出去，也不愁卖不上好价钱。

如今的老家，只住着七八户人家，也都是上年纪的。年轻人都住在神木城里，可一到开春种地，这几家的儿女媳妇都回家来帮助父母耕地。糜子几乎不种，产量低，枣树峁的炒米几乎进入绝种期。可那黄土地上产的小米，每斤比市场价贵三五毛钱，因为小米的颜色、做出来饭的味道口感，确实不同于其他地方的，熬出来的小米稀饭既甜又香，营养丰富。感冒发烧肚子疼只要喝两天小米稀饭就什么病也没有了，女人生娃娃，月子里每天四五顿、七八顿，小米饭吃得最多，城里女人坐月子最想买的就是枣树峁的小米。

父亲赶着牛车，整整一个冬天在神木的大街小巷游转吆喝，拿着自家的一杆标准秤，城里人想买多少，给称多少。他们中间好多人认识父亲，知道他的为人，卖的各种米豆质量都好，不陈旧，很新鲜，过秤又公平。

听妻子说父亲有时晚上八九点才能回来，车子上还拉几块炭，从来没有拉出去的米豆卖不了又拉回来的时候。

一个冬天的辛劳，终于凑足了五百多元。

亲提了，婚订了。下一步要在结婚之前凑足剩余一千多元彩礼钱。

这上千元彩礼钱也只能靠天靠地，靠老两口辛勤劳动一年去赚。也许父母亲的辛劳感动了老天爷，第二个包产到户年，又是风调雨顺，家里的各类粮食产量比去年又增加了三石多，母猪也争气，下了三窝猪崽儿，每窝均产十头以上。仔猪价格由去年每只四五元，今年猛涨到了八九元，光这项收入一年近三百元，家中一年花销下来，还净余两百多元。

这年秋收一结束，几乎一个冬天，我家占据了村里的一副碾，不是碾炒糜子，就是滚粮食，不仅用自家的牛去滚碾，还借用别人家的牛。碾好部分后，父亲就拉着这炒米和小米去神木城卖，母亲和我妻子就借别人家的牛连续滚碾。

一车车的炒米、小米和黑豆，记述着父母的辛酸。

两年来无论春夏还是秋冬，无论白天还是晚上，父母苦战在田间地头，不是赶着牛耕种收割，就是辛劳在场梁上、碾子前，奔波在神木的大街小巷。

父亲一生无止境的奋斗，这两年的操劳，费心费神，一个五十出头的男子汉，竟变得脸颊黝黑，皱纹像暴风雨冲出的一道道黄土地上的沟壑，深深地挂在了他的眼角，乌黑发亮的头发中露出了数不清的白发，身体也消瘦不少。

可他的脸慈祥可亲，他的心踏实多了，因为三个儿子，一个成家且生下了一个胖乎乎的孙子，他当上了爷爷；另一个马上也要娶媳妇；剩下一个最小的，还可以拖两年，有喘息的机会，他的心能不踏实吗？

这年冬天，是我记忆中最冷最冻的一年，五六级西北风，每隔十天半月就呼呼地刮着，一个冬天只在临近过年时，下了两场二寸以上的大雪，其他时间几乎是在北风的呼啸声中度过，每天早晨的气温均在零下三十度，可就算数九寒天，大风凛冽，父亲仍每天往返五十里路程去神木城卖米豆，走老街，串小巷，只有那头老黄牛陪伴他左右。返程的时候，要拉一车的烧火用煤，每一道坡，父亲都要帮牛出力，不然单靠老黄牛的力气，一道道山坡会用光它的力气，最终无法拉上去。他会在肩膀上套一根绳子，用尽浑身力气，人牛同心爬上斜坡。

一车车一袋袋豆和米，终于卖够了给二弟娶媳妇的钱。

第四十二章

择定良日亲朋满座　沿用传统说喜逗乐

钱终于攒够，该去请媒人定结婚的日子了。我们一家人聚在一起，商量二弟婚礼的琐事细节。眼前虽家境艰苦，可幸亏我们三兄弟都能顶上事。结婚不仅要置办好女方家所有的彩礼，还有许多细节需要考虑清楚，零星花费也是一笔不小的开支。最终，我们商量旧年过完就让二弟结婚，请媒人去和女方家协商。

一切进行比较顺利，女方家也同意举行婚礼，时间定在了正月初八。

正月已进入了春天，天气比较暖和，可过年时连续下了两场大雪，太阳扫过之处已被融化殆尽，山的背面白雪皑皑，银装素裹，春风一吹，仍觉寒气袭人。

二十世纪七八十年代农村男女双方结婚不像现在城市结婚那样隆重，山珍海味，吹拉弹唱，亲戚朋友包个酒席，一两顿饭了结。那时的农村人结婚，请来的亲戚朋友、女方来客少则十多人，多则三四十、五六十人，以此显示女方家的兴旺发达，以及对女儿的重视和关怀。

男方的重要亲戚和家门自己人前一天就来到家里，吃过晚饭，摆下酒桌，父亲简单介绍女方各方面的情况，然后由家族内指定的能说会道、懂礼数的主家，去分配早晨跟着新郎去娶新娘子的人数。舅家、姑姑家、姨姨家必须各指定一人去。来人要同女方预先商定，若女方来二十人，男方娶亲就去一半的人数。娶亲的人数必须是奇数，加上娶回来的新娘，因为要变成男方的人了，成为一个偶数，以示吉利。父母亲清点交付给媒人或者主家所欠彩礼钱，新媳妇的内外衣服、零花钱、姊妹钱、坠轿钱、路上邀缘钱等，并将人数安排好了，各种钱、衣服打包好，交代清楚，人们陆续散去，早点儿休息，因为第二天要忙碌一整天。这是农村娶亲必备的程序。

二弟的婚事遵循上述安排方式。

娶亲男的去了十一个，同新娘共计十二人。早晨四点就吃点儿便饭，一行人，拉着乌黑发亮、膘肥体壮的毛驴。每头驴戴着十多个铜串铃，挂着红布，背梁上披着鞍子，在爆竹声中出发了。

青扬岇距离我们家三十五里路，有三架深沟六道坡，来去七十里路。到村后，主家热情接待了来宾。

女方家宾客有一百多人，窑洞里挤的，外面站的，圪塄上玩的，喝酒的划拳的，好一派热闹景象。

中午不到一点，酒席还没有结束。主家和介绍人清点了应带的彩礼和其他物品，女方给了适量的回礼。男方提示女方家，让新娘尽早准备出发，邀请女方家多来送亲人员，显示家庭与亲朋对女儿的关怀。

女方家来了三十多个送亲人员，一行人浩浩荡荡按预定时间六点之前踏入了枣树圪垯的土地。

农村人的礼节名目繁多。首先打前站的二人提前十分钟就进入村子里。鞭炮声响，家里人就知道新媳妇和接亲送亲的马上要回来了，人们将这叫"打前站"。主事人在大门口安好方桌，摆好酒盅酒壶，备好香烟，好多人围在大门口，迎接新娘的到来。

不一会儿，串铃叮叮当当的声音响彻全村，村里大人小孩挤到了我家的院内院外看这热闹场面。人们吃着喜糖，叨着香烟，眼直直地盯着骑在驴身上的新娘，左顾右盼地看着送亲的。

方桌摆在大门口中央，主事人端着盘子，盘子里放着三个斟满酒的盅子，俗称"迎门盅"。盘子上搭着一块红布，上面放着三个酒盅，一双红筷子，整齐大方地搭在盘子上。

家里为了将这婚礼场面搞得红红火火，热热闹闹，专门将本村会说喜事，远近闻名的王昌则请到家中。

主事人首先说："各位亲戚辛苦了，王氏门中为了表示对新人和亲戚顺利到来的欢迎，将备迎门薄酒尽兴。同时，请来了远近闻名的故事大王说几句逗人取乐的喜段子，给来客解解乏消消累。大家欢迎吗？"

"欢迎！"村里人以及两家的客人不约而同地说。

王昌则在人们的欢迎声中挤到了大门口。人们纷纷鼓掌。他也不卖关子，开门见山表示今天是个大喜日子，他应主家的邀请说一段喜词庆贺。

太阳出来红花开，家有金斗挂银牌。
富贵人家喜门开，念喜的人儿闪上来。
花轿进院我挡住，唱段喜歌来贺祝。
黄道吉日喜事连，天作之合好姻缘。
花轿好比天仙宫，八洞神仙绣两边。
四个兔儿四角站，嫦娥陪伴女貂蝉。
两个瓶儿挂轿杆，一路顺风保平安。
花轿快落西南角，西南角处儿女多。
忙把轿帘一把揭，轿门走出女英杰。
大红毛毯铺在地，锦绣前程一家喜。
大红绫子两人牵，永结同心心不变。

说辞在人们的一片掌声和喝彩声中结束。主事人端着酒盘，盘上摆满大红盅白酒，依次走到来客面前，热热情情招呼喝一盅。但是绝大多数来客都是婉言谢绝，没人拿起酒杯喝酒。这个过程看似多余，实则是礼数，表示对来宾的尊重。

来宾回到院子里，他们首先要去看看新郎、新娘的洞房是什么样子。这叫"踩丈房"。

新娘子骑在驴身上，还有几个礼节要一一完成。"下轿钱"，家中指定同新娘子同辈的女人，拿着酒壶，上面盖小小的一片红纸且手中握着数元钱，同辈女人明示给她下轿钱多少。若新娘同意就将酒壶上的红纸用指头点一下，人们称此为"夺宝壶"。若感觉钱给的太少，自然就不会点。

新媳妇看到同辈女人让她"夺宝壶"。"下轿钱"仅仅三元，既不点红纸也不下来，又给增加了两元，还是不点。同辈女人好言相劝。可她眼斜着不看对方一眼，两手抓住马鞍一动不动，脸色铁青，好像刚骑上战马的余太君一般，望着前方，整装待发。

万般无奈，又给增加了五元钱，新娘才勉强点了一下红纸，准备下来，可新郎还未出现在新娘面前。

农村过去有个风俗，娶回来的新娘子，双脚不可着地，必须由新郎抱入或者背入洞房。以此表示对新娘子的爱戴之情，体现出新娘子的腼腆羞涩，反映其是真正的、很守本分的农家闺秀。反之，若打破陈规，人们会笑话其不守规矩，有辱妇道。

人们将二弟叫来，虽是大喜之日，可二弟脸色憔悴，目光阴沉，看上去没有一点儿喜色。我当时只是理解为刚才夺宝壶的过程，新娘子的忸怩令二弟不高兴了。可后来二弟给我说，这婚事由父母包办，给他造成了心灵、情感上的创伤。我能说什么呢？只是劝他，可背地里也为二弟鸣不平。

二弟是个聪明人。他要顾及亲戚、家人和请来的大帮同学的脸面，他笑着，将同自己共度一生的新娘一抱抱下来。洞房离我家有一百多米，二弟在同学、同辈人的簇拥下，仅仅走了二十来米就将妻子放了下来，由她自己走上去。

送亲的人提前在主事人的陪同下看了洞房，他们遇到了正在步行的两人，觉得这打破陈规的做法有失祖宗规矩，可事已至此，只能认了。

洞房比较简陋，是同人家临时借用的一孔土窑洞，只占用今夜，明日他们五口之家就住回来。

天已渐渐黑了，洞房电灯亮着，地下摆满了大大小小的瓷瓮、粮仓、粮柜，土炕上摞着主家的一叠铺盖。不到十五平方的土炕上，铺满了毛毡，炕中间整整齐齐叠着两床红绸缎被子和两块新缝的褥子，黑黑的窑洞墙壁上贴着一张美丽夫妻恩爱无比抱着他们不足两岁的儿子笑容满面的纸画。炕中间还放了一个小方桌，上面盘子里堆着瓜子、喜糖盒和若干水果，整个窑洞再无其他装饰。

我妻子和林林哥的妻子在忙碌地给新郎新娘包儿女饺子，叫"儿女扁食"。这是几百年来当地农村乃至城市人的风俗习惯，一直沿用至今，以示团团圆圆，儿女满堂。

本来新郎、新娘还有两个礼节，"梳头钱"和"见面礼"都没有进行，二弟性格直爽，又有文化，对陈规陋习非常反感。因此，这两个礼节就免了，新娘只好默认遵从。

晚饭是油糕粉汤，这是农村聚集的必备饭食，可称为"首顿饭"。

晚上十点已过，家里要开始摆布酒席了，三孔窑洞，掌炕窗炕要坐一百多人，喝酒设宴，困难重重。因此，决定重要亲戚、重要人物全部入炕。小孩、窝家①、女人只能搁在一边，这一做法已是农村小天地的习惯，见怪不怪。

酒席开始前，说喜的王昌则，又开始取乐说词了：

---

① 窝家：指本家兄弟。

　　吉时已到拜天地，傧相上前主持起。一拜天，夫妻和合好百年；二拜地，夫妻一生多吉利；三拜高堂父母亲，朗朗乾坤日月明；夫妻对拜成了双，相亲相爱进洞房。柳木弓，桃木箭，射了帐房保安全。洞房里面两盏灯，和气二灯放光明。鸳鸯枕头红绫被，绣花褥子铺几层。双双核桃双双枣，双双儿女满院跑。对对碗筷对对盆，郎才女貌都称心。吹手张号来响帐，白虎远离喜洋洋。全福之人来撒帐，五福俱全能久长。新娘带来踩帐鞋，新郎穿上快踩帐。四角先要踩东角，红火热闹好日月；然后再把北角踩，又有喜事又发财；再把西角踩几踩，栽下梧桐凤凰来；南角踩出礼仪钱，家风家训代代传。踩了四角要坐帐，结发夫妻恩爱长。交杯酒，成了双，新娘含羞看新郎。大富大贵大顺畅，大福大喜大吉祥。夸罢新人夸主家，百里挑一好人家。

　　整夜灯火通明的红火热闹，酒席持续进行，来客们抱着不醉不归的心情划拳喝酒。公鸡打鸣了，凌晨三时已过，洞房里还是热闹非凡，酒席渐渐结束。歇不了三五个小时，就要开始准备正席，那是最忙碌、最劳累的一天。

第四十三章

瓣豆虽小含机奇妙　典礼简单长幼尊卑

　　枣树圪村属于神木县的中北部乡镇，而女方属于毗邻栏杆堡乡人民政府的瓦罗乡，两乡虽土地相连，可在人们的心目中，早已将神木人分为三个部分，南部、中部和北部乡镇。以南的六个乡镇为瓦罗乡、马镇镇、沙峁镇、太和寨镇、乔岔滩乡、花石崖镇；中部乡镇为栏杆堡乡、解家堡乡、高家堡镇、西沟乡、瑶镇乡（锦界镇）、大保当镇；北部乡镇为尔林兔镇、店塔镇、大柳塔镇、永兴乡、中鸡镇、孙家岔镇。神木镇设在神木城中。目前已撤掉一些乡镇。

　　三个划分区域的自然经济条件、风土人情既有相同之处，又有差异。

　　单从经济条件而言，北部乡镇要比南部和中部乡镇高出百倍，中外闻名的神府优质煤田从二十世纪八十年代初被发现，很大一部分储藏于北部乡镇，中部的部分乡镇占有少量资源。

　　风土人情南部乡镇和中北部乡镇可谓天差地别。

　　二弟结婚仪式的礼节要比我和三弟结婚的礼节多了许多。稍不留意一个礼节有失女方亲戚脸面，小则争论不休，大则翻掉酒席桌子，女方亲戚就会扫兴而去。

　　因此，中北部乡镇的人就给南部乡镇的人起了一个统一的绰号，叫"瓣豆"，即扁豆。从扁豆的椭圆形状和其外表的光滑程度来分析，结合南部乡镇好多老年男女做事特点和生活方式，这个绰号也叫得不过分。南面人的礼节多得数不胜数，人们以扁理、悬理、怪理、格柳理① 去称南面乡镇的老年人。

二弟从订婚到结婚，说到的礼节比写出来的多很多。因此，结婚的前几天，我作为家里的老大，就将女方送亲来的三十多人的生活起居，入席人员的座位次序安排得可以说滴水不漏，有条不紊。同时，又经过林林哥安排和推敲同意。

下午饭、晚上酒席还算顺利。首先由媒人入座正席，然后先女方后男方驰家、姑姑、姨姨，分别到一家一个，以大小辈分入席就座，剩余没办法一对一安排的就随便入座。说喜事的人又道白一段，以防安排疏忽，造成安排主次颠倒遗漏来宾。

先凉菜，后热菜，准备好多种，主家给各位来宾敬酒结束，人们开始猜拳喝酒，唱歌取乐。夜饭又准备了豆面，晚上十二点多宴席结束，安排来宾就寝。这婚庆时间的三天里，上至爷爷、叔叔，下至兄弟姐妹，都可参与闹洞房，俗称"三日无大小"。好多人乘着酒兴去闹洞房，看热闹。

第二天的早饭以北方人最爱吃的荞面饸饹招待所有客人。

这天是正式结婚的日子。一是举行结婚典礼"站大小"，二是正式安排入席主家认亲。

顾名思义，"站大小"就是举行典礼这天，二位新人站在一起，当着亲戚朋友乃至家门自己人让新娘子认识男方请来的客人长辈或同辈的大小称谓。例如公婆、舅舅、妗子、姑姑、姑父、姨姨等亲戚，同时在站大小时通过主持人或者说喜事人此时酬谢媒人，酬谢送亲客人。

当然这站大小免不了新人给公婆、亲朋一一敬酒，通过主持人依次点名，先二位公婆，爷爷奶奶若在世先敬他们。新郎新娘必须

---

① 格柳理：亦作"各留"，细长的物体不直，歪理。

高高地叫一声大大、妈妈喝酒。人们将这叫声称为改口。意思是在没过门时，女方即使多次来到男方家，也只是恭维地叫公婆为叔叔、姨姨，甚至好多女的到了男方家什么也不叫，以此显示女方的尊贵，这就是南部乡镇女方的尊严，男方不得不认命。这站大小新娘是非得叫大大妈妈不可，不然同辈人饶不了新娘，二位老人也不会喝这杯喜酒。新娘叫声一出，老人们高兴至极，喝了酒，还要每人从怀里掏出百八十块钱放在盘子里。聪慧明智的女人这一声叫出，以后大大妈妈经常叫声不断，二位老人肯定会心情舒畅，认为家里娶回来一个好媳妇。

公婆酒敬了，老两口一饮而尽。再依次按辈分给其他亲戚敬酒，这些长辈也要给三五元至二三十元不等，人们将这钱叫"站大小"的见面礼。

二十世纪六七十年代的结婚"站大小"和现代的结婚典礼的差别在于没有一张结婚照，没有个音乐伴奏，更不存在有什么歌手，只有几声炮竹噼里啪啦的响声和站大小同辈人或同学逼新郎新娘逗玩取乐的朗朗笑声。

二弟的典礼仪式主持人是林林哥，说喜的人当然是王昌则。典礼在我家院子里的窑洞前举行，中间为主席照，那里放了两张学生用的课桌，上面铺一块红布，并放个大盘子，盘子里放三个大酒盅，一双红竹筷子，以示吉祥如意、成双成对，酒盘的右侧放两瓶太白酒。桌子的左侧放一颗猪头，并在另一个盘子里堆放了几十个白中稍黑的白面并掺了部分梁谷米面的馍馍。

随着三声竹炮和两串鞭炮的响声一过，主持人开始讲话了。

"今天是王卡林和乔雨英正式结婚的日子，我代表新郎新娘及其家人对前来祝贺的亲朋好友表示衷心的感谢，并预祝二位新人恩恩爱爱，白头偕老。今天的站大小有以下几个内容：首先请两位新人和新郎的大大妈妈上台，二是谢媒人，三是谢送亲人员，四是两位新人给高堂大人和各位亲戚敬酒，也就是认亲。现在由王昌则对高堂大人、媒人和送亲人员，主家的微薄之礼——猪头、馍馍说一段喜词，大家欢迎！"村子里来看这热闹场面的，以及所有亲戚朋友共百人有余，人们拍起了双手。三弟凤林和其他弟兄给每人递了一支宝成烟，并每人分发给水果糖一颗。

二位新人在同辈的簇拥下，看似不十分高兴地走上了主席台，随即父亲和母亲笑容满面上了台，坐在了主席照正中的小凳子上。

王昌则一边笑着，一边也站在主席台靠父亲坐的地方。"说得不好，请大家谅解。"

公婆都是贤良人，四乡六亲都夸颂。

前世修路好福气，才有今天好日子。

一定高升主家富，两家和好一起发。

三阳开泰乐开花，四季发财享荣华。

五福临门喜事多，六亲欢畅多高兴。

七巧仙女进家门，八仙题诗作画屏。

九重天上神赐福，十全十美笑盈盈……

说喜结束了，开始第四项，认亲敬酒。在主持人念道下，首先给父亲和母亲，尔后媒人、姑姑姑父、姨姨姨父等，依次敬酒并尊称。父母亲端着敬来的一杯酒，听着儿媳妇大大妈妈的叫声，高兴极了，随即每人掏出三十元，递在了媳妇手中，参加敬酒的所有人一元、两元、三元、五元不等放在酒盘中。

典礼就这样朴素简单。马上十二点了，要安排中午的筵席，这顿饭在当时农村算是最高档次的坐席——八大碗。

何谓八大碗？农村过去结婚有八大碗、六大碗之分。即红烧猪肉、羊肉、粉鸡、肉丸子、海参汤、鱿鱼汤、猪排骨、炸整鸡。这八碗肉类食品，用过去的八寸大瓷碗放在一张桌子上，八个人围坐一张桌子，端上八大碗。若安排六大碗筵席，那就在这八种内减少两种。

中午坐席不仅仅是这八大碗，还备有八种凉菜和热菜供客人喝酒划拳、唱酒曲时品尝。人们也叫这些菜为下酒菜。父亲还怕请来的客人吃不好，又外加素烩三鲜一盆，炒米捞饭和馒头若干。

绝大多数人的心目中，这两天能让来宾吃好喝好，就放心了，这件事也就办好看了，在山头上的名望声誉又进一步。

中午坐席安排亲戚入座了，林林哥吆喝男女方亲戚朋友到门口，依照预先和女方主事人协商的入座名单，新郎新娘双方的亲戚一对一，按照辈分大小全部安排就座入席，比头天晚饭时安排得详细认真，实在无法一对一安排的只能两家亲戚以八个人一张桌围坐一起入席。为了防止安排不当，有失礼的地方，全体亲朋好友坐定后，王昌则又开始说喜了。

人们在笑声中拍着双手称赞说喜的人结合实际说得实在。八种菜很快端上了桌子。

第四十四章

做事做事总有不是 歪理正理何必挂齿

喝酒猜拳的热闹声中，给了我一点儿喘息的机会，我端着酒杯，拿着一盒宝成烟，到门外的简易厨房给请来的厨师敬了三杯酒，并放下烟。独自一人在院子溜达到圪塄①上，突然看到雨英的叔佬圪蹴②在大门外左侧的墙拐角处一把鼻涕一把泪地哭着。当时，我有点儿惊奇，心想难道发生了什么事？我问："叔叔，你怎么了？是哪里不舒服吗？"他不回答我的问话。我又双手拉住他的胳膊，让他回去吃饭，喝酒，他就是不愿意起来，拉起来他又圪蹴下。反复几次圪蹴几次，只是流泪，一句话也不说。我猜测可能是安排入席时不让他上掌炕，安在了窗炕，接受不了冷落，或是其他方面有失礼的地方出现。

他不回去，我只能回家叫女方的主事人了，让他出来打劝了解一下，彼此坦诚沟通，我给道上几句歉也无妨。我从内心觉得事情会很快解决，疙瘩也会解开，可又一想还是先告诉我们的主事人林林哥比较妥当些。

我俩劝说，拉他回去，可他像一个哑巴，既不说缘由也不正面回答我们的问话，只是沉着脸，原地圪蹴着，一副哭相，一言不发。

---

① 圪塄：畔，低崖，小崖曰圪塄。

② 圪蹴：也作圪踞，蹲下。

女方的主事人比我大一辈，年龄大约五十岁，他人很精干聪明。我回家用手势比画一下，他从掌炕上下来，我附在他耳边低低地说了一下情况。

主事人出去了，叔佬见到他家的主事人不知是激动还是伤心，眼泪又流出来。

问他为什么这样，他站起来，避开我和林林哥，走了不足十米远，停住脚步，声音很低向主事人不知嘟嘟囔囔什么。我和林林哥已经猜到了七八分，是我们安排人失礼了。

我很快回家端了酒盘，倒满了三盅酒，三步并作两步走在二人面前，给二人赔不是。

"俗话说：做事做事总有不是。不交亲是两家，交了亲是一家，一家人不说两家话。今天安排人因地方窄扁，确实无法按照你们那里的礼节，一一安排入座，将您佬挤兑在了窗炕入席，这确是我们的不对，请叔叔大人不记小人过，喝了这三杯酒，回去红火吃饭。"我一边说一边将酒端在了他面前，他一副似接不接的样子，还是一言不发。可主事叔叔接起了酒杯并说："放心，没事的，咱们已是一家人，什么也不能计较了。"这位叔叔也只能接过酒杯一饮而尽。

随即他们一起回去各就各位入席喝酒取乐。

亲朋们热热闹闹。酒足饭饱后，筵席逐渐散去，桌子上剩下了好多肉类等，家人们在忙碌地收拾，归类，打包，储藏，清洗碗筷。

女方主事人提出时间不早了，准备尽快启程回家。

可因路途遥远，我们准备让亲戚们再留住一晚，主事人婉言谢绝。家人忙碌中又尽快打包好给女方应带的一切礼品。同时女方提出带女婿的要求，我们也依从了，并提出请亲家来做客，他们也答应了。

带女婿就是结婚典礼结束后，女方的主事人当日要向男方提出请新郎新娘回娘家住一晚，备用的饮食同前两天请来的所有亲戚一模一样。第二天中午饭后，新郎再代替父母亲请上岳父一起回到男方家。这就是"带女婿""请亲家"。当然亲家来了招待用餐也和男方家这两天的饭食不差上下，这种礼尚往来是古往今来的一种礼节，细细品味不无道理。

主事人又在大门的出口处安好桌子，并搬出一箱太白酒，桌子上放了一个直径一尺的大洋瓷盘，上面放了三个大酒盅，每个酒盅足足可盛半斤酒，主事人打开两瓶太白酒，分别倒满了三个酒杯。男女双方的亲戚都站在大门里面，准备欢送送亲的所有人和新郎新娘一路平平安安，早回到家中。人们将这一礼节叫"拦门盅"。

说喜的王昌则又用他那三寸不烂之舌开始说道。"拦门盅、顶门棍"喜词说完了，人们拍手叫好。女方的亲戚都被拦在院子里，走一个必须端一下酒盅，少则品尝一下，多则喝半盅或一饮而尽。当然这次敬酒男方必须把住门口，劝酒的预防有人溜出去，场面好不热闹。

三十多人一一敬酒完毕，只有三四个年轻人每人喝了一大杯，其他人有喝半杯的，多数只是品味一下，走了个形式。

其中四五个人走得慢一点儿，又只顾聊天，离大部队约二三十米远近，这几个人圪蹴在石畔的地圪塄上。我眺望远处几个人，感到有点儿惊奇，一个个眼泪汪汪的，这又是怎么了？

我和林林哥很快过去问个究竟。按古人的规定，结婚典礼叫红颜喜事，人们为图一生一世的吉利，这天的筵席上绝不能有捣烂大小家具碗碟酒盅的事情出现，更不能有参加喜事的在酒席宴前宴后哭泣，一旦有这种情况，预示着这桩婚姻不尽完美，要么夫妻不合，要么相克公婆。

以前我参加朋友的婚礼，酒桌上的酒盅被客人不小心用衣服袖子扫在炕上打破了，主人家悄悄地将破酒盅捡了去，生怕被其他人看见，然后给灶神爷和门外的土神爷上香烧表，磕头祷告，请求关照。

对于女方亲戚个别人两次哭哭啼啼，我真的生气万分。交了亲，作为儿女亲家，可以说和一家人没有多大区别。可为了不失客人的面子，我还是忍住。只是淡淡地问主事人一句："叔叔，上午那个叔哭泣，现在又这么多人流泪，究竟王家怎么对不住各位亲戚，请您指教指教。"

叔叔为了顾及双方的面子，只是推搡着让我们俩回去，不必计较。

可我还是不甘心将这谜团搁在心上。我迫不及待地说："如果因为中午安排人入席的事情哭泣，感觉我们王家看不起你们，那礼数也太多了吧！俗话说'走胡地须胡礼'，我们这里一般红颜喜事不怎么详细安排人的，只安排几个直系亲戚，其他人紧挨着对坐在一起，吃好喝好，这事情就办好了。我知道你们南面人礼多，那扁理怪理我们这里人确实不懂。事实是你们的同辈来了两三人。这里地方扁窄，只能有一个人进入主要的席位，王家也只能有一个当叔叔的进入主席，你们两三个人进入主席，我们也要有同样的人进入，这不乱套？假设你来上七八个叔叔，都要进入主席位置，这人究竟怎么安排？你们想想。俗话说：酒席宴前争高低，可能你们当着众人的面不好意思争这高低，只能在背地里流泪发泄？甚至还想搞个什么举动？"

二弟走在这些人前面，没有发现这一幕，当他知道后，更是火冒三丈，想过来争个高低，被林林哥和其他亲戚及时打劝住。

为了息事宁人，我又走在中午哭泣的那位叔叔面前："叔叔，没有安排您入席是我的不对。我给您赔礼道歉，对不起您，请你大人不记小人过，好吗？"

那主事的叔叔，相当开通聪明，他一边推拉着我回家忙活去，一边说："是我们乔家的人不对，回去我好好教训，你也不必计较。"

"戚散主人安"，二弟的婚事没有醉汉的打闹，没有出现锅碗瓢盆破碎，饭菜味道、档次绝佳，博得了亲朋好友的一片赞许。

第二天新郎新娘回来，可仅仅过了一周，他们就打了一架。雨英正在准备晚饭，两口子聊天，又不禁说起那天安排入席偏偏漏了她叔佬入掌炕的事。二弟听后气不打一处来，当即责备南面人人穷礼数多，掌炕安排不下，窗炕就不能吃饭了？这种毫不在意甚至责备的语气顿时点燃了她的怒火，说话哽咽起来。"你们一家子都有理，反正我们是最没理的。"二弟见不得女人家哭哭啼啼，动不动就掉眼泪，没好气地让她别哭了。可她哭得更大声。二弟火了，便抄起炕边的鸡毛掸子扔过去，刚好砸中了她的脑袋。雨英也不是省油的灯，满肚子火正没处使，放下菜刀就冲了过来，与卡林扭打起来。两人的力气居然不相上下。好在被父母发现，制止了二弟，不然蜜月的两口子肯定会头破血流。

可母亲根本不允许这种打骂现象在下一代身上出现，她已经受够了父亲的打骂。于是不问青红皂白，破口大骂二弟："你这丧门神，你认为雨英现在是你老婆，你想打就打，想骂就骂？她是我们老两口用犁拣出来，用锄刨出来，用米换回来的黄金疙瘩聚宝盆，为了这宝我和你大受了多少苦和累，你再打骂她，我就和你拼命。"

母亲的责骂，父亲的严厉教训，还算管用，二弟低头了，并给二位老人承认错误，再不发生类似的事。

好几年过去，我回味母亲的话不无道理，村里人说二弟的婆姨是米换的，很切合实际，可这黄金疙瘩聚宝盆也确实如此。

刚刚过门的雨英和她的大嫂一样，每天和二位老人辛劳在贫瘠的黄土地上，撒籽、抓粪、锄地、秋收、扬场，样样俱细，任劳任怨，尊重父母，博得了村里人的好评。

两妯娌既没有读过一天书，写不了八字，也不会在人前花言巧语。有事自己干，有话装心中，从不向任何人表白，以自己的吃苦耐劳换取别人对她们的信任。随着改革开放的逐步深入，卡林木匠生意越来越红火，并于二十世纪八十年代中期在神木城郊孟家沟村买了地皮，自建房屋两间，总计花费不到一万元。同时，全家人的户口也迁出了祖辈数代居住的枣树圪村。七八十年代，农村一家人最常见的挤在三四间土坯房中。改革开放仅仅几年，二弟便抓住机遇，一举买下了神木城内的地皮，盖起了自己的小洋楼，住得明亮又干净，里里外外装修得体体面面，一时间羡煞众人。

他成了计划生育三不管的人物。生了四个男孩，其中一个过继别人；一个女孩。二弟从哪方面而言，都是我们弟兄三人中自由恋爱、自由结婚的首选人物，可他的婚姻还是被父母包办了。

三十多年来，我们谈了好多次婚姻的不幸。我在他面前只能好言相劝，这是我们的命啊！

这三十多年，特别是十年之前，二弟夫妻经常打打闹闹，争争吵吵，我和妻子参与劝架说服也有数十次。我妻子在人前背地里总是埋怨二弟的不对，说二弟跟父亲一样，那坏脾气起来，不是打就是骂。我非常反对她的说法，也许是一母同胞的缘故，或是同病相怜的因由。我常常心里默默想：她要是我的妻子，早就不存在这桩婚事了。

可二弟维系了，因为她生下了四龙一凤。二弟是我们三兄弟中最不幸而又最幸运的人。

改革开放万象更新 弟兄齐心进城创业

三弟的婚姻又是父母勤劳用米换来的。

三弟凤林年龄和我相差六岁，和二弟相差四岁，给了父母亲喘息的机会。可仅仅三四年，三弟就已二十出头，父亲又在忙碌地四处打听，想找个门当户对的儿媳妇。

通过我的岳父介绍，距离他家不到十里的贺渠村有个女孩年方二十。

从介绍认识到结婚虽没有二弟的婚事那样繁杂，可彩礼钱比二弟高出了很多。

当然，随着改革开放的深入，人们生活水平逐步提高。神木城越变越大，人口越来越多。改革开放初期，神木县城老城的面积不大，周围仅五百零七步，过去叫四里三。到1986年，经陕西省人民政府批准，神木城区规划为13.97平方公里。从前，家家户户将吃饭当作头等大事，吃上圆白菜梆也满足得不得了。自从改革开放后，人们的温饱问题在短短几年内就解决了。每家每户有了结余的粮食，收入也在增长，几年内各个乡镇诞生了不少万元户，相应的是男女谈婚论嫁的彩礼钱也在普遍提高。

父亲虽没有攒下多少钱，可粮食满仓，足足有十多石。

秋收刚结束，村里的碾子又开始不停地转动。父亲赶着那头老黄牛，拉着一车车炒米，各种豆类，在寒风袭人的冬天，又转悠在神木城古街老巷。

足足一个多月的辛劳，凑足了两千多元钱。

结婚的日子同样由阴阳先生择定黄道吉日，结婚酒席同二弟以及我的差不了多少，程序也不相上下，可请来的客人安排入席比二弟的简单多了。人们将这种安排叫简单"博落"。

三弟的婚礼同样由林林哥主持。女方家的憨厚大方，以及南中北乡镇礼节的差异，使我们打消了顾虑。

三兄弟的终身大事均由父母包办，我的妻子是用猪换的，二弟和三弟的妻子是用米换的，这猪这米蕴含着他们多少辛酸、多少血汗，当儿子的心知肚明，多年来村里人也经常回味谈论。

三弟成家后不到五年，和二弟一样在城郊的六里碑买地皮六间，修三间，卖三间，赚的钱足够他修三间的所有费用。

当年我和二弟一样也搬到了神木，家里只有我妻子、三个不足十岁的孩子、老两口和妹子先娃。

我们兄弟三个已成家立业，父母本应是放下包袱享受改革开放带来的红利，可以说饺子粉汤每天去吃也足够了。可老两口同原来没有两样，起鸡叫睡半夜，喂着母猪和那头老黄牛，种植三十多坰土地，没有逍遥自在地过一天舒心日子。

二弟不仅在神木有了固定的房子，同时生意也逐年做得大了，给妻子开了粮油门市，自己又养了一辆中型客车，日夜奔波在神木、榆林、靖边以及银川更远的地方。他自己操劳的同时，没有忘记老两口还在那穷山僻壤同自然搏斗，用生命奋斗。

我工作在外地，离家近八十里路程，交通不便，一月两月回家一次也很难，于是将妻儿带到了瓦罗。妹子先娃也出嫁了，家中只有老两口相依为命。

这种情况下，二弟同我商议，将父母亲接回神木县城，给他开发公司粮油门市帮忙。

　　父母亲眼见年龄越来越大，他们两人艰难地维持着数十垧土地的耕种。我假期的时候，和妻子一起回去帮助他们春耕秋收。说心里话，我们学校虽有二十多名教师，大几百学生，可我一个人、一面炕、一张办公桌，孤独一个人，不是个办法，只能让妻子离开枣树圪，带着孩子同住在一起。她在校外租了一间门市，开起了小卖部，来补贴家用。

　　父亲搬到神木城前四五年，二弟瞅中机会，觉得跑客运是一件赚钱营生，便放弃了他的老本行木匠活，准备考驾照买客车。父亲知道后，对他的行为很不理解，好端端的木匠活说放就放了，多少年来积攒的木匠手艺就这样白白浪费哪能行。于是，他们在家大吵一架，相互吹胡子瞪眼，一个看不惯另一个的做法和想法。二弟买车缺钱，向我张了嘴，可我那点儿微薄的工资，供养我们四五口人已经捉襟见肘，根本拿不出多余的钱去支援他。没办法，他只能把希望寄托在父亲身上。父亲却死活不同意借给他，又拿起木棍要收拾他。

　　二弟很倔强，他的脾性简直跟父亲一个模子刻出来的，认准的目标十头牛也拉不回来。

　　"大，这车我是买定了，你不支持也得支持。"二弟说了狠话。

　　"你愿意买就去买，你休想从我这里拿走一分钱。"父亲不示弱。

　　"我不管，你今儿不给钱，我就不走了。"二弟开始耍赖皮。

　　"你随便，老子还怕你。"他拿起衣服，甩开膀子出门去了。

　　二弟坐在炕沿上，鼓着腮帮子喘气。父亲的脾气他也不是不知道，这么多年来他从来不怕来硬的，碰见硬的他就像老牛见到红布一样，撒开腿儿顶上去，根本不会回头转弯。

　　母亲无奈地叹口气说："卡林，你也别着急，你大是替你担心，他会想通的。你先回去，我去帮你说说。过几天你再回来，到时我把钱一并给你。"

二弟看着母亲苍老的面容，不禁流下热泪。他霍然发现母亲老了很多，鬓角多了许多白发，眼角的周围也深了，她的身体瘦弱，稍微用力几乎能握断她的骨头。

"我知道了。"二弟不敢再多说，害怕他的眼泪会决堤，头也不回摔门走了。

半夜，父亲回来了。他黝黑的脸上依然可以看见怒火未消。母亲点着煤油灯，正在缝补他的破烂衣服，门外的猪圈里，那只老母猪哼哼地叫个不停。

"你说咋办吧？"母亲开门见山问他。

他点起旱烟，长长地叹口气："能怎么办？卡林要是铁了心开车，咱们只能支持了呗。"

"那你白天跟他好好说不行，非要搞得鸡飞狗跳才满意。"母亲不满地说。

"我是考虑，咱们年纪大了，种这么多地有点儿吃不消，明年开春咱们到神木城去吧，离孩子们也近些，可以经常见见他们，卡林的粮油门市也需要人照应。"他缓缓说道。

离开枣树圪，这是一个艰难的抉择，父亲一定经过深思熟虑了。包产到户后，我们家按照人口分到五十多垧耕地，起先有我妻子和妹子的帮助，勉强能种完收下。妻子跟随我走了，她在我学校旁边开了杂货店。妹子也出嫁了。剩下父亲母亲老两口耕种五十多垧耕地，铁打的人也扛不住。有二十多垧贫瘠的耕地，他们放弃了，任由杂草丛生。可还有二十多垧肥沃的耕地，他们舍不得任由杂草祸害。老两口的压力可想而知……累断了骨头压弯了腰，禁不住繁重的农活儿了。家中还喂养牛猪鸡等家畜家禽，把这些喂养得当也不是一件易事。过去，父母亲凭着年轻身强体壮，可以熬下艰辛的劳作，现如今一把老骨头再也扛不住，经过一天的劳作，晚上腰酸背疼根本无法入睡。可第二天还得天不亮起来，喂猪喂牛，拉着牛扛着锄头出工，日复一日在田间地头劳动，不见有什么改变。

其实，父亲心里早有了答案。"荒年"粮食难求，大米白面可比黄金都吃香，那个年代里，黄金都不一定能买来续命的粮食。卡林跑班车，粮油门市给自己，由他们来照应，可以减轻儿女们的压力。

就这样，我们兄妹得知父母同意到神木城居住的消息，从四面八方赶回来，帮助老两口搬家。村里人羡慕极了，都出来送行，父亲人老心不老，敢拼敢闯的性格从来没变，半截入土的人还要离开故土，到人生地不熟的神木城里去闯荡，去拼搏，可比年轻人还要有志气。

至此，父母亲离开了黄土地，离开了生养他俩的地方。

第四十六章

门店售粮原始记账　十年艰辛清福才享

随着时间的推移，父亲成了生意场上的行家，他不仅会讨价还价，还会在批发米面粮油中好中挑好，也懂得了顾客是上帝这一营销理念。只要老弱病残妇人来买面，他要亲自推上平板车，有时甚至扛在肩上送到家中。经主人家的指点给整整齐齐堆放在合适的地方。两三年来，在父亲的帮助下，卡林的生意越做越红火，客源越来越多。

为了不影响弟兄，特别是妯娌间的关系，卡林将门市无偿转给了老两口经营，让雨英和他一起跑客车。父亲不仅要忙碌地给客人送米送面，还要给顾客结算各种粮油的收付款项。两位老人写不出一个八字，可他们天生聪慧，口算掰手指头，比顾客算得还快，还精准。

我在农村乡镇搞教育工作，每隔两周回县城一次，有时要间隔四周才能回家同家人团圆。无论多迟，我都要到粮油门市看看父母亲。老两口吃住在不足三十平方米的铁皮粮油门市中，冬季中间放一个洋炉子，微微冒点火光，进出顾客多，寒风还是畅通无阻地冲进来，冻得人瑟瑟发抖。这恶劣情况丝毫不影响父亲做买卖，他给客人算账之快，令我非常惊讶。客户买一袋米、两袋面、四斤油、五斤挂面，不到一分钟他就算明白，算得又快又准。我问："大大，你是怎么算的？"他说："我掰指头和脑子算同时进行，将挂面和油的零钱算出来，再和大米白面的整钱合一起就算出来了。他们给我一百或者二百，让我找剩余钱，我算得更快更准，不会被他们占便宜。"我似懂非懂地向父亲嗯着。

我又问："那你一天卖的米面，赚了多少钱，心中有数吗？"

母亲接着话头说："有啊，算不清挣多挣少，我们一夜睡不着。"

"我卖一袋面取利一元就在铁皮上画一条竖道，一次卖粮油挣了三块钱，我画三条竖道，挣了五块钱，我画个圈，挣了十块钱，我画个方框，今天挣了二十五块钱，我就画两个方框一个圈。两三天挣够一百块钱，我就把这一百块藏到一个地方，日积月累一年下来，我就知道今年挣了多少钱。"父详细地向我解释。

我诧异了，这就是父母亲的记账方式，原始而古老，愚昧又聪慧。我生平第一次听到这样的结算方式。

母亲接着说："买米面的一走，我就督促你大，算算挣了几块几毛，这几毛又另放下，我们买菜，买豆腐，甚至买肉吃。每天买粮的人多，就几毛也结余的不少，足够我们两口吃。客人一走，算好挣的钱，我就让你大在铁皮房下面画上道道、圆圈圈或者方框框，一分一厘不差。"

"那不画满整个铁皮房？"我惊奇地问，一边前后左右看完了房子的各个角落。在足足可装二百斤胡麻油的铁桶拐角处，隐约画着不知多少竖道、圆圈圈和方框。

"一天跟一天，凑足十块钱就擦掉了。"母亲说。

"我数了一下竖道和圆圈圈之和，今天已挣下十六块钱。"我端着洋瓷碗，碗里盛着母亲做的香喷喷的猪肉烩酸菜米饭。

"不只这十六块，攒够十块钱，我们就擦掉了。"父亲边吃饭，边拿起湿布擦掉了十一条竖道道，并画下方框和竖道。

父亲紧接着对母亲说："你吃了饭把那十块钱再给咱保存了。"

母亲不等吃完饭，及时打开门市里唯一存放钱和贵重物品的办公桌抽屉，将十块钱锁了进去。我不能继续追问父母了，问多了生怕老两口起疑心，商业秘密是经商者惯有的本领。

老两口在铁皮房粮油门市度过了近十个春夏秋冬，生活比老家枣树圪村高出百倍。几十年前，饺子粉汤这些让我们望而却步的高档饭菜，如今父母已觉得无滋无味。虽说辛劳还在继续，可总比在老家日夜艰辛地耕种土地、喂养牲畜轻松许多。

改革开放后，人们的生活水平不断提高，城镇规模建设与日俱进。租赁的粮油门市房屋位于拆迁范围，父亲才不得不停止营业，去享清福。

第四十七章

弟妹辍学长兄心结　媒人斡旋小妹结婚

兄妹四人中，母亲最疼爱的是妹子先娃。她出生于1965年，比我小九岁。她四五岁的时候，还吮吸母亲的乳汁。母亲离开家，到外婆那儿短暂住了五天，妹妹由我们照看。母亲回家后，妹子再也没有叫唤要吃奶，可母亲对她的体贴比以前更强烈了。她是家里的掌上明珠。每天稀饭留给她的最稠，衣服给她缝制的布料最好，而且花样百出。她和三弟的年龄相差不到三岁，两个一起玩耍胡闹的时候，挨打受气的总是三弟。就是村子里"打平伙"分回来的羊肉，妹子吃得最多。母亲的偏心，一段时期我很不理解，可随着时间的推移，年龄的增长，我想母亲的做法很正常。儿女四个，她年龄最小，又是母亲经常念叨，左盼右盼想要的一个女孩子，妹子可不就是父母亲老了以后，有个七病八痛最心疼老两口的。她又体贴，又会照顾人，是老两口的依靠，也是老两口孤独时走亲戚的支柱。况且天下父母体贴最小的孩子，这是人之伦理道德，因此母亲给她吃好的，穿新的，甚至于偏向她，这正常不过了。

妹子读小学时，学习成绩较好，奖状贴满了墙壁，经常受到老师的夸奖。我上初中，她刚入小学。二弟和三弟帮助她学习，照料她的生活。父母亲不识一个字，又每天忙农活儿，忙家务，没什么时间去教导妹子，照顾妹子，多数时候她一个人学习玩耍。

二弟、三弟分别进入高、初中后，家里只有老两口和妹子三个人，好多家务活儿落在了妹子一个人身上，喂母猪，喂鸡，打扫家里院落，做中午饭和晚饭等。十二三岁，她就成为家中不可缺少的一分子，若没有妹子的帮助，父母劳动回来，既要做饭又要喂猪，一切都要靠老两口。

我高中毕业当老师，二弟即将高中毕业，三弟进入初中。父亲的想法不同于村里其他人，他打定主意不让三个儿子回家务农，老大已教学，成为一名园丁。老二干什么呢？他到邻村吴庄去找几十年和他往来比较可以的张开怀，他是远近很有名气的木匠。张叔一口答应接收二弟为徒弟。从此，二弟开始了木工生涯，以至三弟也被他感染。

三个儿子远走高飞，妹子就被家这紧箍咒锁绑住，五年级还没念完就被迫辍学。

我作为家中的老大，文化水平又是最高的一个。本应在两个弟兄、妹子的问题上，同父亲协商，走公社、转县城、找朋友、托熟人，给二弟找个更合适的工作，可我没有开导父亲，只是托我的上级，在距离枣树圪垯村近四十里的呼家寨初级中学，给二弟暂时找了一份做饭的活儿。三弟读高中的时候，仅仅因为父亲不给他一块钱，他就赌气停止了学业。时至今日，我回想往事，不禁懊恼不已，也因为当时自己年轻，对人世间的道理没想清楚，也万万没想到社会进步会如此之快，超乎了预期。

那时刚刚改革开放，包产到组到户的钟声敲响，即使不走读书这条路，也可以有不错的生活。我远离家，通讯不便，当得知三弟辍学时，早就木已成舟，我只能默默地认可了父亲的决定。

对于两个弟弟和妹子，我至今感到遗憾和愧疚。如果我当时能拿出当大哥的姿态，拿出一部分的工资去资助他们读书，父亲肯定会遵从我的意见，也许这个大家庭不会是今天这个样子。

1975 年我高中毕业，次年正月初开始教书，每月工资十六元。

当时农村还是大集体，工资有时年终也兑付不了一分钱。我买点洗漱用品还要跟父亲要一两块钱，资助弟妹当时来说是无能为力的，客观条件制约了我的行为。

父母的辛苦，当儿女的应该分忧。当时我总是想，母亲受了几十年人间苦，好不容易将我们拉扯长大，自己腿上有残疾毛病，家里外的活儿也帮不了大忙，二弟也有了固定的木匠活，当个手艺人也不容易的，每月可赚几十甚至几百元，三弟不读书也无所谓，起码能助家里一臂之力呀！至于不让妹子读书，条件也确实不允许呀。兄弟们都出门了，老两口的饭让谁去做，家务活儿让谁干，绝不可让老两口劳动一上午，中午回家一边干家务一边做饭，所以只能委屈妹子，让她辍学回家！

离开校门不足两年，妹子不到十六七岁的时候，上门提亲的有好几家，最终父母看准了龚家峁村一户人家的儿子王社平。有一天，正好我们弟兄三个都在家，也许是父亲有意安排的。媒人、社平和他父亲，都来到我们家，这在农村的风俗中叫见面提亲。社平、二弟、三弟不止见过一次面，他们两个一直在他家周围的村子里干木匠活，对这个家庭以及这个人还比较了解。我第一次和他们父子俩见面，还算有点儿好感。

社平的年龄是十七岁，比妹子大一岁。他长得高大结实，是个标准的农家汉子，生得也还标致，比起妹子那瘦小的身体，长得壮实多了。

父母为妹子的婚事，单独和我谈过两三次。当时，我不同意这么早、这么快就给妹子订婚，再过四五年上了二十岁也不迟呀。

可父亲有他的理由，男大当婚，女大当嫁。早点儿给先娃找个人家，老两口也少操一份心。一旦再过几年，先娃年纪大了，可能不由得我们几个做主，谁知道会找个狼还是虎？随着年龄的增长，找不下个合适的怎么办，我们不能像个别人家，养活老女子呀。

双方的媒人名叫王满摇，是枣树峁村里一个格外有名的正直人。他比父亲小七八岁，以辈分来说，他就更小了，是父亲的重孙。可多少年来，两人关系相处较好，他又是生产队领导的助手。满摇的妻子是社平的叔伯姐姐，我那时虽然年轻，可村子里男女老少对我比较尊重。因为当时我是村子里唯一一个文化水平高的。他们总想在我口中了解一些国内外大是大非的问题，甚至他们将家中、村子里、周围村庄发生的一些事和我攀谈，想听一听我对这些问题的看法和想法，满摇更能和我谈得来说得合。

他跟我也谈到先娃的婚事，并一针见血地指出："论条件，人家那是既有水地，也有旱地，一个儿子两个妹妹，三孔窑洞。论长相，两人基本相配，甚至高过你妹子。论生活水平，城川的吃什么，穿什么你最清楚呀！他们家上至祖宗，下至社平的父母，门庭干净，为人忠厚诚实。论文化，社平现在在读初中，你妹子已经不上学了。"

他一一对比，加之我们多次谈古论今很默契，我只回答了一句话："那就由大和妈决定吧。"那时我遇事不果断，没有主见，默默认可了他们说的一切，就将妹子辍学和婚姻，由父母决定，听之任之。

可社平开始对这门亲事其实是反对的。

他大舅当时给枣树峁村一户人家修窑洞，圈窑打石头，干活的时候意外听说了我父亲正在打听女婿。他大舅得知后，便把他有个侄子年龄正合适告知了那户人家，互相盘问了一下，发现门当户对，便回到村里找姐姐和姐夫商量，早点儿把社平的终身大事定下来了。

社平还在读初中，那时他不喜欢上学，一进入课堂就脑袋疼，对学习有种排斥感。可他爹不让他辍学呀，坚持让他读下去。一天，社平蛮不情愿去外村读书。可村里人回来后，告诉他父亲社平光着肚皮正躺在水壕里晒太阳，根本没有去念书。他父亲听见气得嘴唇打战，挽了几根柳条跑了过去。远远他就看见，社平头枕书包，一只手遮着眼睛，躺得展展地睡觉。他呼哧呼哧喘着气，跑到社平身边，抡起柳条朝他的大腿抽下去。社平疼得刷地跳起来，揉着大腿，刚想要发飙，看见他大怒目圆睁，举起柳条要抽他屁股。他吓得撒腿就跑。"你站住，今个你跑了，就不要进我家的门。我没有你这个儿子。"他父亲没追，捡起书包朝他吼道。社平不敢跑，乖乖回到他身边。他父亲把书包扔给他，朝前面走去。他跟在后面，一路来到学校。同学们见他的模样，知道他又被揍了，个个指着他笑起来。他父亲跟老师攀谈，希望老师可以帮忙管教不争气的儿子，将来能有一个好的出路。

也是出于这一层的考虑，他决定给社平订门亲事，即使搁置几年也能让他收收心。社平放学回家后，他们正在商量什么让媒人先打探下口风。社平很反感，他才读初中，将来有大把的日子，赌气不跟他们拉话。"社平，你也不小了，该订门亲事。"大舅劝他。"现在有个合适的女子，离这儿不远，今年十六岁，他家以前是财主，现在也有许多存粮。""什么财主不财主，都是该打倒的对象。我还准备念书，不想找对象。""看把你能的，你说了算还是我说了算，看你不争气的样子我就一肚子气，小心我揍你。我已经跟满摇你姑父说了，他去提亲。人家也愿意，咱们父子立刻去人家家里，见见那个女孩。"社平的意见已经不重要了。

于是，经过媒人从中斡旋，很快订了上门的日子。1983年的一天，社平父子清早出发，沿着弯弯曲曲的山路，爬过沟沟壑壑，终于来到我们村家里。我和父母、兄弟一家人都在，父亲提前让我们都回来，这是个非常重要的时刻。先娃害羞地准备午饭，从始至终没敢正眼看社平一眼。倒是社平认真打量了我的妹子。他看到妹子干活非常利索，就是身材瘦弱，个头不高，这点与他大蛮像的。社平怀疑不给先娃好好吃饭，或者是平日里干活儿苦重，胳膊细得还没有他三根手指粗。

不久，十六岁的妹子，由父母包办，订了这门婚事。订婚不久，社平也辍学了，跟着二弟卡林学了木匠手艺，又过三年，先娃十九岁，在媒人的多次撮合下就结了婚。婚后两口子恩爱有加，小日子过得还算不错，育有两个儿子，第三个夭折了。

第四十八章

小妹学车父兄阻拦 命运无常害苦一家

　　1980年以后，随着神府煤田的开发，以煤炭为主的能源工业、电力工业和交通运输业占据主导地位。1987年以后，神木先后创办了榆家梁、哈拉沟、神树塔等一批矿井，组建了县煤炭开发经营总公司。1949年以来，直至神府煤田开发，神木县一直是国家级贫困县，财政支出多靠国家补贴。随着神府煤田的开发，县财政收入大幅增加，1987年到1991年5年内平均增长率为40.2%。到1999年，神木财政收入达到10437万元，成为陕北首个亿元县。

　　正是这个黄金十年，造就我们这个大家庭蒸蒸日上，生活条件得到质的飞跃。我教了多年书，也得到学校领导和教师们的认可，被县教育局提拔为瓦罗乡九年制学校教务主任。二弟将可载十六人的小面包车卖掉，又新买了一辆可载三十多人的大宇通客车，由原来规定大柳塔—神木—榆林的线路，变成了大柳塔—神木—榆林—靖边—银川。生意红红火火，每天车上乘客满座。三弟还是干老本行，有了一定的积蓄。妹子已是两个孩子的母亲。

　　随着改革开放的深入，二弟跑靖边县宇通大客车不到三个月，经过考察感觉靖边县的经济发展虽不及神木县快速，可城市建设正在迅速发展，越来越多农村人口涌入靖边县城，城里跑出租的车辆很少，为什么不让亲戚朋友也来此地发展，赚一杯羹呢？思来想去，二弟将此情况向妹夫和妹子先娃谈了，想让他们买个出租车，去靖边县城发展。

那时，他们夫妻俩听从我的开导、劝告，为了孩子将来有更好的教育，更好的发展，带着两个孩子离开了农村，到神木城里租房打工生活。两个孩子暂时借读神木第四小学，作为插班生，他们每人每年要出三百块钱的借读费。这是一笔不小的开支。两口子虽然感觉经济有点儿紧张，但还是为了孩子有个好的教育，省吃俭用，在县城勉强维持生计。

1996年，妹夫社平辛辛苦苦干了近十年木匠活儿，因嗜酒如命，注重哥们义气，手里攒不住钱，导致夫妻两人经常因喝酒的问题吵架。他喜好热闹，木匠活儿干完后，在主人家的窑洞里饮酒唱酒曲，为人不善算计，老是被人哄骗，不过他豁达，认为一切不足为虑。妹子学车开出租车他赞成，但不情愿丢掉学成的手艺。两口子经过再三斟酌，决定由先娃学习驾驶技术，待证件到手，两口子一起去靖边。他继续干木匠活儿，在靖边县城为千家万户装饰房屋，妹子一人跑车赚钱。

驾驶技术培训报名刚几天，我从农村回到神木城的家中，我们刚搬入租住房不到三个月。三个孩子和我们两口子挤在一孔窑洞里，生活也够艰苦。那天妹妹也来了，她脸色黝黑，身体瘦弱，像一个久病未愈的人。我当时很心疼地问道："你脸色怎黑成这样，身体瘦得皮包骨头，是不是有病啊？"

"大哥，我的身体几年来就这样，至于脸黑，最近学开小车技术，天天在太阳底下晒着，黑很正常，更没有病。"妹子解释说。

"你学开小车，是准备干什么？"我疑惑不解地问。

"准备学完拿到驾驶证后，买个便宜点儿的出租车，去靖边县城，我跑车赚钱，社平还是干木匠活儿。"妹子这样回答。

我惊呆了，一个身材不足一米六，瘦弱的女子，竟然准备去外地开小车赚钱。太自不量力了吧！可怎么阻止她呢？嫁出去的女儿，泼出去的水，已是三十岁出头的人了，由他们去吧。可又一想，孩子是任何一个家庭的希望，两个孩子聪明伶俐，他们走了这两个孩子怎么办？我就又问她："那两个孩子谁照应，他们要上学呀。"

"孩子由奶奶照看，我们去那里安个家。听二哥说，那里出租车生意很好，赚上几年钱回来，再给孩子在城里修两间房，只是现在钱还有点儿……"不等妹子说完，我就打断了她的话。

"拿起镜子照照你自己，是不是开出租车的人。长的没有车高，骨瘦如柴，开车既要有好的体质，还要有勇于吃苦的精神，一趟三五块赚钱，每天要在车上坐十多个小时，你能吃下这苦头吗？至于你买车钱不够，最近我们也买房了，没有结余。即使有钱，我也不可能借给你。你既为孩子着想，就在家照顾他们，将两个孩子抚养成人，就是你最大的贡献。听我的话，你不要学车了，你不是开车的料儿。"我毫不掩饰说。其实，当时我也真没有钱，一大家子指望我的那点儿工资，还刚搬到城里，又是一大笔开销，只能严厉地拒绝。妹子也确实不是开出租车的料儿，又瘦又小，还有两个孩子刚刚上小学，如何离得开？

先娃在地下来回踱步。她可能着急了，思索我的一席话。看她瘦弱的身子，我突然感觉眼睛湿润了。不过，也许我的一番话使她有了一点儿感触，脑中反复掂量，低着头不停地走。一会儿又说道："三千元学费也交了，学了几天，人家不会给退的。"

"三千元算个啥，以后我给你补上。你让社平进来，我给他说下，他没有本事挣钱，让你去受这罪，是不是个男人。"

先娃可能知道让社平进来，我会严厉地批评他，因此就说："他在外面干活儿，最近不回来。"

为此事妻子当时也劝妹子，不要学开车，太受罪了。她既不否定我们的观点，也不肯定地给我们回答，只是笑脸相对，以疑惑而迷茫的眼光不时看着我们。大约不到二十天驾驶证拿到了手中，可这段时间妹子也许不理解我严厉的责备，或是又怕和我见了面受批评，我给她认准的目标泼冷水，就再也没有见过我一面。

妹子出事后，亲戚们聊起妹子的过往，一个善良的母亲形象跃然眼前。我们的眼泪不受控制地流出来。

有一天，妹子练车回去晚了，爬楼梯走到六楼才发现她的两个儿子正坐在楼梯里写作业。见她回来，高兴地跳起来，让她赶紧开门，他们都快冻坏了。她问你们的钥匙呢？老大说他忘记带钥匙了。对门邻居听见女主人回来，也打开门寒暄。她家也有小孩子，刚才让他们进来等，吃点儿饭，他们死活不肯进去。妹子说："娃娃认生，胆子小，不敢进去。"说着，她打开了门，两兄弟进门，跑进厨房打开水龙头就要喝水。妹子吆喝他们等等，从暖壶里倒出滚水。他们两个端着杯子，吹口气便小口喝，妹子想着两个年幼的孩子即将离开母亲，忍不住掉眼泪。事已至此，只能硬着头皮走下去。两个孩子交给他们奶奶，她没有办法，即使有再多的不舍和担心，他们所做的一切都是为了两兄弟将来可以有更好的生活。晚上洗澡的时候，妹子在浴缸中放满热水，温度正好，喊他们两个来洗澡。他们脱得赤条条笑着跑进来，一个翻身扎了进去。这时，她犯难了，不知道她的选择对不对，能不能适应跑面包壳子的生活，不过为了他们以后能有更好的生活，受点儿罪也就忍了。

买车需要四万块钱，当年这是一笔不小的费用。我作为她的大哥明确表态，拒绝借钱给她。老父亲的态度也是一样，本来手中有一定的积攒，也没有给一分钱。她只能催促社平去凑钱。社平木匠生意攒不下钱，就回家找叔叔。叔叔家里就他一个儿子，两个妹妹也都出嫁。叔叔架不住劝说，况且儿子敢闯敢拼，有什么理由不支持。便开始东拼西凑，终于凑够了买面包车的钱。妹子也拿到了驾照，两口子风风光光把车开进了农村。这可是村里第一辆小轿车，鲜红的外壳一下子吸引了所有人的目光，都称赞夫妻两人好眼光好本事，必将有一个好前程。

但是，上天安排的命运岂是凡人可以预料的。

第四十九章

不甘平淡边陲淘金 不顾安危魂归故乡

妹子买下车后，近两个月一直在神木，可我们再没有见过面。可短短几个月后，噩耗突然传来。

那是1996年初冬，北风呼啸，狂风大作。虽刚进入冬天不久，可这寒冷不同于往年的这个季节。风的号叫声，狂风拍打窗玻璃声使人神志恍惚，心生不安。午自习的铃声刚刚敲响，办公室的电话响了，我急忙拿起电话。对方问："是不是栏杆堡中心小学？"

"是呀，你是哪位？"

"麻烦叫一下王万刚（作者工作后自取名，"王栓林"只在亲戚朋友间称呼）。"

"我就是，有什么事吗？"

"我是神木县公安局，你妹子王先娃在靖边开小车出事，伤情严重，请你今天速到靖边县公安局。"对方的电话挂了。

我惊呆了。这不是好的预兆。车肇事，伤情严重，为什么不让到医院，而是到县公安局？

我忐忑不安，一下子六神无主，当时我是小学校长，跟其他校领导交代了一下，带着仅存的一点儿理智叫了一辆车，用不到四十分钟时间回到家中。我一头栽倒在沙发上号啕大哭。妻子正忙活，急忙跑过来问我怎么回事，我嘶哑着嗓子向妻子说了几句。她马上给二弟、三弟打了电话。二弟今天出车回来早，他们两口子立刻来到我家。弟兄三个商量了几句，又急忙租车回老家寻了林林、文林哥以及万德、万忠哥。不一会儿社平父亲和自己家门几个人，也急忙来到了我家。

众人聚在一起，空气却异常沉闷，似乎隐隐中都知道发生了不祥的事。悲伤中，大家商量决定，包三辆小车马上出发。那时到靖边没有高速公路，要绕道走绥德、清涧县。经过近六个小时的颠簸，晚上十点多钟才赶到靖边县城。

公安局下班了，没有了解到情况。但通过妹夫社平及他的朋友，知道妹子驾车发生交通事故，肇事嫌疑人逃逸。我们十多个人挤在宾馆里脸色阴沉，无所适从。二弟哭丧着脸说："先娃是被我害到这个地步，若我不跑靖边，不说这里的生意好，钱好赚，不会有今天的结局。我看社平多少年来搞装修，也赚不下多少钱，就给指了这条路呀，他们俩包括家人也都同意，万万没想到这是条死路、绝路啊！"说着说着，二弟又号啕大哭起来。大家你一言我一语安慰他。

等到二弟情绪稍微平复些，社平和他的朋友们说了事故发生前的一些情况。

"早上七点起床，天还没有大明，先娃收拾好家里的铺盖炕地，两口子吃了早点，先娃身上带了三十多元零钱备用，准备给客人找钱用。这天黎明前，气温就已下降，窗外风声、电线和其他杂物的响声混杂在一起，吵得人无法睡觉。当我准备出院发动车时，门一开一股寒气扑面而来。我又转身跟先娃说，'风太大太冷太冻了，重换一下衣服吧！'两个人换好衣服，上了车。因天气太冷，过了好一会儿车才发动。这天的风沙之大，是今冬的第一次。当时我坐在车上，只能模模糊糊地看到前方四五十米远的地方。再远就漆黑一片，什么也看不清了。先娃将我送到干活儿的地方，我下车时，还给她说天气不好，就在城里转一会儿回家吧。她点点头开车走了。

"大约是中午一点左右，出租车运营公司老板，他是我一个朋友，他急忙来到我装修房的地方，说'你妻子开车出事了'。我们俩和另外几个朋友，开着车向靖边城西收费站方向出发，过了收费站，大约走了两千米左右，在笔直的国道左侧车停下来，离路旁不到三米远的沙地里，我们的车前轮胎深深地陷进了沙地里，后轮胎离地面足足有十公分高。当时，公安局已维护好现场，不让我们到车跟前，更见不上先娃的面。"说着说着他的声音哽咽了。

这是条国道，大车小车川流不息，一辆接着一辆，先娃几点出事的，办案人员没有透露。只是中午十一点多，周围村子放羊的一位老头儿远远看到沙地里陷进去一辆小车，头扎地里，尾部向上翘得老高，好长一会儿，既没有人出来，也没有人过问，老头儿疑惑不解地走到了车跟前，伸着头向玻璃窗里面一看，先娃在主驾驶座位和副驾驶位间横躺着，车内鲜血流下了很多。

老人不停地招手，终于一位好心的大车司机刹车停了下来。老人慌慌张张地向司机说了情况。这位好心的司机随即拿出手机给事故中队打了电话。

事故中队马上到达事故现场，一看人早已逝去，就及时向公安局报告了情况。几辆警车很快到了这里，将现场围得严严实实。当我们上去时，可能就已经中午一点了，六七个警察在那里拍照，记录，仔细查看着车内的一切，并维护现场秩序。

社平和他的两个朋友你一言我一语，叙述事件的经过，分析事故可能发生的原因。

已是半夜一点多了，经过一天的劳累，我们都已筋疲力尽，社平安排弟兄们休息了。我和二弟住一间屋子，两个人一夜未眠。二弟一会儿呻吟，一会儿儿叹气，辗转反侧。我翻来覆去回忆着妹夫社平和他的朋友所谈的一切。

风早已停了，夜死一般宁静。妹子的容貌不停地在我眼前闪现。可我的心已碎了，老天为什么这样不公平。将这无情的灾难降落在一个弱女子身上？街上行人窸窸窣窣的脚步声和微乎其微的说话声融合在一起，将我昏睡的神经拨动。我隐约看到妹子形销骨立的身躯，默默站在我面前，泪眼婆娑。我猛地坐起来，睁大眼睛，昏暝的晨曦透过窗户，我的跟前一片空白，什么也没有。

第二天，我们一行人于早晨八点赶到了案发现场，一路上我左顾右盼，心情急切，想看现场究竟有什么不为人知的隐秘。出了收费站，307 国道宽阔笔直，没有一个弯。一眼望不到边的毛乌素沙漠地带，一眼望不到头的国道，像一条黑色的带子镶嵌在平地上，离开收费站不到十分钟我们就到达了现场。公安人员在现场维护严密，只准家属一人进入看看魂归西天的妹子。我被带了进去，不到三米远的地方，他们不允许再靠近了。我看到了妹子的脸色煞白，无一点儿血色，双眼紧闭着，静静地躺在那一眼望不到边的沙漠之中，像个活生生的人睡着了。

我痛哭流涕，一声声地叫着她的名字，但妹子一动不动。不到两分钟时间，我被警察一次次地催促离开现场。

回到公安局，由公安局长主持召开了见面会。会上，警察通报了交通事故。经过调查，公安局的同志认为是先娃正常行驶，有大货车借道超车，先娃为了躲避迎面而来的货车，情急之下向左打死了方向盘，发生剐蹭，一下子冲出国道，陷入泥沙中。由于强大的惯性作用，她的头和身体撞到了方向盘和车窗玻璃，头部出血，内脏破裂，因得不到及时救治而身亡。当天天气恶劣，风沙遮天蔽日，阻挡了收费站的监控拍摄，导致那段时间的过境车辆排查困难。

我作为家属代表之一，简单说了几句："非常感谢局长及全体人员，在不到二十四小时时间内做了大量艰苦而细致的工作。从目前的情况来看，肇事司机是个什么人，他的体貌特征怎样，还是个未知数。我作为死者的大哥，代表全体家属，希望你们不辞辛苦，尽快捉拿凶手，给我妹的灵魂一个安慰。我们家属会在案件侦破过程中密切配合，需用资金支持，请局领导尽管说明，哪怕倾家荡产也在所不惜。至于和家属的联系，由我弟王卡林和你们随时接触，他开客车每天往返于靖边和神木。"

　　会议结束时，局领导又对我们进行了一番安慰，并说死者可随时交于我们，运回家乡。二弟、三弟及社平在靖边城内买了最好的棺材和最好的衣服。两天后，我们在悲痛绝望中回到了神木。

唯恐母亲伤心断肠 只能隐瞒嗟叹生苦

　　妹妹已魂归西天，尸归故里。可给父母亲怎样交代，这是摆在我们面前最棘手的问题。白发人送黑发人，那痛苦、那后果，当儿子的不敢想象。当年父母亲已六十高龄，特别是母亲，她的掌上明珠，最心疼可爱的女儿，突然死于非命，这晴天霹雳能接受了吗？从古至今也有不少这样的例子。我们弟兄几个，包括家门的弟兄姐妹及亲属均想不出个好办法。

　　十多个人围坐在一起，人人沉默，静静思索。

　　我谈了自己的看法。"我大可以今天就告诉，我妈妈能哄几年就哄几年。因为我大几十年经历了多次折磨，他十五岁父亲死了，1948年童养媳和我的老大①饿死了。辛勤耕耘，受尽磨难折腾，有一定的心理素质和承受能力，经得起这次打击。给他说了，即使悲伤痛苦，意外情况不会发生。妈虽历经磨难，但女人的心是细致的，先娃是妈心头的一块肉，肉被割了，她能不心痛吗，能不昏厥吗？"说着，我的眼泪不住地往外流，在场的亲戚弟兄们也流出了悲伤的泪水。

　　二弟接着我的话说："我同意大哥的说法，大今天就告诉他，妈能瞒几年就瞒几年吧！关键是怎么给说，让谁去说。"

――――――――

　　① 老大，即大伯父。

林林、万德、万忠、王鑫、文林、虎虎等几个哥哥和三弟凤林以及表哥争气、王锁都谈了他们的看法，有两三个叔伯哥哥提出可以先告诉大，也能告诉妈。可我总觉得母亲年事已高，身体虚弱，不便告知，就肯定了他们的说法，先告诉父亲，但同时觉得心里不踏实，最终决定不告知母亲，先瞒着她。

文林、万忠哥提出，让他们几兄弟去给大说，我们三兄弟就不要参与了。我同意了他们的说法。

尸体运抵妹夫社平家中，叔叔一家人放声大哭起来，眼泪如注地落下，旁人无不动容。第二天上午，由三个哥哥将情况告知了父亲。他伤心至极，一边流泪一边向我们谈了先娃从学开车到买车的情况。

"女儿学开车告诉了我，我当时就火冒三丈，坚决反对。可嫁出去的女儿泼出去的水，人家社平及其家人同意，我有什么办法阻止呀。为买车先娃和我张口借了几次钱，我手中本来还有点儿结余，当老人的，儿女做正经事应该支持，可开车这营生，我们老两口已经被卡林折腾得筋疲力尽，每天不能按时回来，见不到儿子，老两口心急如焚，是不是又发生磕碰了？你三妈等到时间还不见卡林的面，催促我和她去开发公司路口坐下等啊，等啊！儿子回来了，我们才心安。那年，卡林开车在大柳塔附近翻了车，过两天才告诉我们两口子，我去大柳塔医院看了。卡林头上扎着纱布，虽在医院里忙碌着，可看到几个被碰的人躺在病床上，我心乱如麻，眼泪不停地往外流。老天有眼，咱们没做坏事呀！我看到他们我的心才安了下来，回家也给你三妈一个好交代。你三妈和我每天下午吃了饭去十字路口，看着那一辆接着一辆过去的客车，只要卡林的车按时回来了，老两口吊在半空的心才掉下来。如果今天回来迟，哪怕等两个小时、三个小时，也没有回家的心思。有时情况特殊，人家包车了或者车坏了，一两天不回家，老两口快要急疯了。你三妈就大骂栓林、凤林，骂其他孙子，说他们不说实话，是不是又发生像大柳塔那次的车祸了。他们忙着将手机拿来，你三妈亲自和卡林说几句话，心才安了下来。为了卡林两口子每天提心吊胆，再出个先娃也学开车买车，外面去挣钱，我们会同意吗？会给钱让她买车吗？听说买那车花了四万多元，我一个人也能给她买得起，可我一分钱也没有借给她。既然事情已经发生，是天杀我啊！"父亲又号啕大哭，几个哥哥你一言我一语安慰他。

父亲长长地吸了一口气，心想人已经死了，伤心也解决不了问题，只能面对现实。他擦了擦眼泪说："那你们带我去龚家峁村吧，活不见人，死应见尸呀。"他的眼角又含满泪水。

"只是现在不告诉你三妈，以后知道了会急死的。一年半载可能哄得过去，可什么事还有不透风的墙？一旦被知道，这后果我也说不清楚。"父亲又哭了。

第五十一章

亲友而至悲伤流涕 相互体谅事态平息

　　灵车缓缓驶向农村，蜿蜒的土路沿着窟野河一直往南延伸，凹凸不平的路面，颠簸不已，使车辆摇晃不止，棺木虽然固定了，仍旧免不了摇晃。没想到，两口子高高兴兴开车赚钱去，先娃受尽苦楚却扔下两个年幼的孩童撒手人寰。村里人得知消息，纷纷站在大门口抹眼泪。这谁能想得到，谁能想到会发生这种事。他们过罢正月十五才离开，那时候两个儿子还追在车后跟他们道别。没过个把月，就发生如此悲痛的事件。

　　灵棚已经搭好。他们没回来前，已经电话通知了。孩子的姑父去神木第六小学接两个孩子回家，他们眼神懵懂，还在为可以不上课感到兴奋。可回到黄庄租住的家中，大儿子敏锐地发现气氛异常。家里挤满亲戚，人人脸上挂满愁容，大姑在厨房边哭边做饭，都在诉说着某某因车祸死亡。他听见不知名的人，又开心了些。草草吃罢午饭，他们打车回到农村老家。

　　孩子的奶奶，先娃的婆婆坐在副驾座位，一直默不作声，汽车从弯弯曲曲的土路驶出，可以望见远处的窑洞，她再也忍不住，号啕大哭起来。两个孩子被突如其来的哭声吓了一跳，逐渐明白了，抿着嘴也开始流眼泪。他们看见灵堂，许多人架着火塔烤火。到了家门口，婶子号着下了车，趴在地上一声高过一声，嘴里不住念叨着，披头散发趴在泥土里痛哭流涕，众人蜂拥过来，一边抹眼泪一边扶她起来。她只管大大妈妈哭个不停，似乎要将满肚子苦水哭个干净。两个孩子被吓傻了。他们跑进搁草料的窑洞里不肯出来，无论谁来乖哄拉扯，他们就是不肯出来，藏在草料堆里默不作声。那里有草料的香气，没有灯光，天色逐渐暗下来。他们觉得有了安全感。"你们害怕不？你妈没了，你们要出去哭你妈，不能坐在这里一动不动，你们这样你妈是听不到的。快，赶紧出来，痛哭一场，人家可都看着呢！"他们眼泪无声地流下，众人催促又严肃悲伤的面孔，令他们不敢出去，外面惊天动地的哭声还在继续，一会儿平静，一会儿起伏。

这时候，父亲由几个哥哥带着，坐车来到妹夫社平家中。人们扶着父亲，打开棺盖，一眼看到已逝去的女儿，顿时放声大哭。

这哭声惊天动地，这哭声心肝俱裂。一个年仅三十岁的女人，两个孩子还不懂事，就被无情的车祸夺去生命。父亲被人左搀右扶，坐到后窑洞炕的中间，他如同一座雕塑一动不动，眼睛上下凝视了窑洞的所在部位，突然间高叫一声："让社平的大、妈进来。"

社平的父亲和母亲拖着疲惫的身体，眼泪汪汪，一前一后进入了窑洞，地下坐的几个人陆续站了起来，为老两口让座。老两口婉言谢绝，并向他们问候。

社平的母亲说："老天不长眼，怎么将这厄运降临在咱们头上。"话还没有说完，她泪如雨下，泣不成声。

父亲没有被她的哭声而感染，反而脸绷得很紧，眼睛炯炯有神，以长者的口气，严肃铿锵地问叔叔和婶婶："改革开放十多年了，你们只有一个儿子，三孔石窑洞，不愁吃不愁穿，有余钱有余粮，为什么要让自己的儿媳妇外出开车挣钱，一个弱女子，不分白天还是黑夜在靖边县城奔波，甚至陌生的荒野沙滩中，你们老两口就这么放心？神木女司机被杀案发生过几起，难道你们不知道吗？是利益冲昏了头脑，还是没把我女儿当你儿媳妇看待？你们好狠心啊！"

一连串的问话还没有结束，父亲又哭出声来。

几个哥哥又在劝慰父亲。

婶子掉着眼泪说："我们也阻止过，可是儿子大了，先娃也不听我们规劝，铸成了今天的大错。"她的泪水不停地淌着，每句话每个字都哽哽咽咽。

"你们要是不答应帮他们夫妻照看两个儿子，不答应借钱给他们买车，会不会有今天的祸事？"父亲言语铿锵，态度坚决地说。

"早知今日，哪怕我们死也不会让他们外出。"

我担心父亲一句句严厉责问，以及那粗暴的脾气，造成不可收场的残局，就打断婶子的话，慢慢吞吞地说："叔叔婶子，你们的身体不太好，不要过度地伤心，人已死了，悲痛解决不了问题。刚才婶子说到哪怕我们死也不会让他们外出，这话中有话，先娃到你家十多年了，和社平的相处，对待你们两位老人怎样？"

社平的父亲接着说："孩儿你不要胡思乱想，十多年来，先娃无论对待我们，还是对待社平都挺好的。你婶子的意思是，如果能预料到会出现这局面，死也要拽住他们，不让外出，不让学车，至于亲家你刚才问那几句，也很在理，当时我们太糊涂，没有考虑这结果，更没有和你们坐在一起，商量商量能不能让先娃学车，能不能让他们外出赚钱。假如坐在一起，众人规劝他们，也许不会有今天这结局。"

屋子里从炕上到地下坐着十多个人，还有几个站在拐角处。人们有的抽着烟，有的叼着水烟锅在不停地吸着，浓浓的烟雾罩满了窑洞，使人无法喘气。

我知道父亲的脾气，生怕他粗暴的脾性再次爆发吼声，就接住叔叔的话题说："我认为大问的话很有意思，叔叔婶子所说的我们也相信。这件事的发生，用一句话可以概括：钱冲昏我们的头脑，钱害得我们家破人亡。从古至今，从君王到平民，因利欲熏心，使江山丢失，国破家亡，妻离子散的例子数不胜数，你们若不答应帮助照看孩子，不答应……"

我的话还没有说完，屋内紧张的气氛就已缓和了许多，可半路上杀出个程咬金，从前窑洞进来一个年龄不到三十岁，身材高大却瘦弱的青年，他的脸色铁青，脚跟还没有站稳，就打断我的话说："两位老人已经气得够呛了，你们不应该这么教训了吧！"

本来作为死者的娘家大大和哥哥，亲骨肉已逝，这塌天的事件已经摆在面前，我们啰嗦几句，死者的家人应该诚恳接受，也就罢了，我们不想追究任何人的责任。

可这青年人的一句话，激怒了哥哥王林林，他原来挨着父亲坐着，忽然从炕上站了起来，伸出右手指着那人说："怎么，我弟栓林说的不对吗？错在哪里？你们当老人的为儿媳做不了主，我们作为娘家人，而且是大大、哥哥，就不可以发泄一下心中的悲伤吗？"林林哥脸色变得非常难看，本来有口吃的他，气得嘴唇黑里透红，且半张着，不停地抖动。

我两个弟弟以及其他几个哥哥也同时站了起来，看这阵势，斗殴是在所难免，处理不当可能要发生砸门窗，捣箱柜，侵害米、面、粮等严重事件发生。

社平家门的人，拉走了这年轻人。

社平的叔伯姐夫与父母同时进入窑洞，叔伯姐夫好长时间一言未发，坐在小板凳上叼着一个足有一尺长的旱烟锅吧嗒吧嗒不停地抽着，抽完一锅将烟灰拍打在地上，又从旱烟袋里掏出来填上继续抽着。他内心深处和所有人一样，悲痛且思绪万千。他大约四十二三岁，结实的身体，看似腼腆而憨厚，像个牛皮灯笼，照里不照外。

此时的他不得不说话："林林哥，和几位哥哥、弟弟以及其他亲戚，大家都坐下，听我说几句。"他左手提着旱烟锅，右手示意，弟兄们陆陆续续坐了下来。

"刚才这年轻人是社平的叔伯弟兄,他的话激起大家的愤怒,情有可原。俗话说好娘家不为女做主,这是指一个女人嫁出去后,无论夫妻还是婆媳发生争执,正经懂理的娘家,只是教训自己的女儿。可女儿一旦有病仙逝,或者因事遇难,作为娘家为逝去的人争争理、辱骂、斥责非常正常,甚至打砸事件,也时有发生。我已四十多岁,听人讲过、亲眼见过的事例也不少。叔叔、兄弟刚才训问的,说的话都很有道理。发生这不幸的事件,责任全在社平和两位老人。本来一个儿子,女儿都已出嫁,老两口还年轻,没这个必要让先娃学车,去外地赚钱。事已至此,倒下的水无法揽起。钱使人忘记了一切,钱是催命鬼。大家都息怒,我代表两位老人,给叔叔兄弟和其他亲戚道歉。"说着他向父亲,深深地鞠躬。

二弟过去拽住了他的上衣,不让他向其他各位施礼道歉了。

二弟说:"事情走到今天这地步,咱谁也不要怪罪,要怪就怪我吧。如果我不开车每天往返于靖边,不给他们说靖边出租车好赚钱,也不会发生这件事。"说着,他的声音嘶哑了,泪水不停地流下来。

本来不抽烟的二弟,点了一支烟抽了起来,他想用这烟压压自己悲痛的心情,解解自己的烦闷,接连抽了两口,二弟又说:"娘家人争高论低是叔叔婶子你们预料之中的事,不管我大还是我大哥,说对说错你们诚恳接受吧!我们要过问的是先娃的后事是如何安排的。况且先娃给你们生下了两个不懂事的孙子,还要靠老两口拉扯长大成人。至于社平,不出三年又有女人陪伴,冤屈了短命的妹妹,经常受苦受累甚至受气的是两位老人。"

第五十二章

因忌盗墓放弃厚葬 外甥年幼谁来照顾

　　社平的叔伯哥哥作为主事人，接着说："上面你们父子几个说的都很对，我代表社平的大、妈对该事件后事安排详细说一下。"

　　窑洞里从炕上到地下，坐的站的足足有十八九人，我们家男女就在十个以上。人们听了主家对妹子的穿戴、安葬时间、这几天的吃喝等安排均默不作声。

　　我妻子气愤地只说了一句话："吃什么我不考虑，先娃的穿戴是不是有点儿太简单了。本来先娃这身上穿的，棺材里铺的，都是二弟和三弟负责，他们弟兄三人从靖边买的最上等的寿衣，这些都是他们给可怜的妹子买的，你们家再什么也不买，显得我妹子有点儿太卑微。"

　　主家看出了我们的心思，就补充说："其实给先娃从里到外，冬夏的衣服都准备好了，十多年来她孝敬公婆，在这个家任劳任怨，省吃俭用。她的不幸遭遇也是为了两个儿子，为了这个家。现在死了，说不上是厚葬，但也要对得起你们娘家人，有什么要求大家尽管提出来，我们尽量满足你们的要求。"

　　在座的弟兄中间有人提出，整猪整羊大祭，并请和尚、老道坐禅念经三天，以此解脱逝去的人在天之灵的一切烦恼。

　　我拒绝了他们过分的要求。人死了，一切均是徒劳，起不到任何作用。可又觉得一母同胞的妹子死得太冤枉，太寒酸。就将二弟和三弟以及兰畔、雨英、先俊叫出门外，我以老大的身份，商量给

234

妹子买金项链和金戒指，价格在三千元左右。两个弟弟和妯娌们都同意，并及时让二弟和三个妯娌一起去县城共花了三千二百元买了回来，戴在妹子身上。

一切安排就绪，我的心平静了许多，孩童时候三个弟兄和妹子形影相随。当懂事了，我们读了初中高中，有了家室，有稳定的工作和固定的收入，妹子一个人和父母相依为命。那时，我总认为妹子是无知，不懂事的，没有和妹妹单独谈过一小时话，可她也许是受到了母亲的言传身教，很会说话。仅有一次，那年她十七岁，我在中学教学。星期六下午回家来，妹子一个人在家。我和她攀谈了有四十分钟，妹妹的记忆力和语言的连贯、严谨、流利深深地打动了我，我为有这样的妹子感到高兴和骄傲。

为了买车同我筹钱，她没有拿到一分钱，还被我狠狠地辱骂了一通。可车买下来了，她可能恨大哥吝啬，恨大哥不帮扶她。事已至此，她在九泉之下，还会恨我吗？我想是不会的。

金项链、戒指已戴在妹子身上，也许这也是一种安慰吧！我将此事告诉了父亲。父亲的脸上略带喜悦，眼睛也亮了一点儿。他半躺半仰的身子坐了起来，只说了一句，你们是亲兄妹，由你们置办吧。说完又躺在了炕中间。

社平的两个儿子，我的亲外甥，穿着白色的孝服，由前窑跑进了后窑洞，两个由地下跑到了炕上，继而到了父亲跟前，老大高叫着馳爷。他马上坐了起来，握住老大老二的手，含着泪水问他们俩："知道你妈妈去了哪里吗？""我妈去很远的地方为我们挣钱去了。"小孩子这句话，惹得父亲又哭出声。我听到他的哭声，心一酸，眼泪哗哗地流出来。

不一会儿，主事人社平的姐夫（前面因言语冲突，换了主事人）端着酒，又进入后窑，以赔不是的礼节，让父亲和我们弟兄几个均喝一杯，我们婉言谢绝了，并以善意的眼光望着他。

他慢慢腾腾地说："叔叔，栓林兄弟和其他各位亲戚、弟兄们，先娃后事的处置上，你们弟兄三个和各位亲戚以及家门自己的人给了我们原谅、理解和支持。在此，我代表主家感谢大家。有件事我想和大家商量一下，俗话说人死如泥，活着的人为了悼念死者，给自己一个安慰，不惜一切给逝去的人置买陪葬品，以寻找心灵的平衡，并让逝去的人在天上尽情地享受。可古往今来，盗墓贼只要探知一点儿蛛丝马迹，就想尽一切办法挖掘坟墓，窃取财宝，造成死者和活着的人不得安宁。你们弟兄三个给先娃买金首饰，我们感恩不尽，但考虑到上述事件的发生，权衡利弊，项链不戴比较合适。"

这一席话说得明显超出众人的预料，我们以惊诧的目光相互对视，盗墓贼人人听说过，没想到会这儿提出来。

看着大家没有一个答复，我只能说："一个多月前，我们栏杆堡学校的几个教师刚吃了下午饭，一起去两座山头看了成百上千个汉代战将与兵士的墓坑，那些墓坑都被盗墓贼挖掘了，一排排一行行整齐地排列。据说，这些盗墓贼窃取了好多金银珠宝，声势大，参与人数众多，收获众说纷纭，人们无法想象。我们弟兄三人给先娃这虽不值几个钱，但在这些人眼中，也算收获不少。我觉得你们想得比较周到，大和在座的弟兄们，你们觉得怎样？"

大家你一言我一语，都说主家考虑得周到。

父亲接着也说了一句："人死了，埋进去什么也不起作用了。"

至今，这条项链还在我家保存，每年妻子均要拿出来几次。当我看到它，仿佛妹子站在面前，那流利的言语，那灿烂的笑脸，一一闪现。

妹子以最简单的方式，在人们一片哭泣声中安葬了。可后续的问题是父亲和我们三弟兄的心病，怎样才能将母亲一年接一年地哄下去，俗话说，"还有三年不漏的陈醋吗？"妹子的死何时真相大白，公安局能否破此案，能否给死者安息，给生者安慰？

妹子年仅三十岁，离开父母亲到靖边不到四十天，就这样不声不响地与我们永别了。

出殡后当晚，外人都走尽了，只剩下家门里自己人。社平母亲侧身躺在炕中央，腰下盖着一张破旧的花被子。男人们都在闷头吸烟，妇女们则是时不时啜泣。"先让孩子们到里屋睡觉吧，非常迟了，他们还小，不要落下什么毛病。"社平妹子对众人说。他们进里屋去了，我的叔叔靠着墙壁一言不发。两个女儿紧挨着炉子，社平则是一个人窝在沙发里。连日来的操劳和悲痛，令一家人筋疲力尽。社平母亲醒来了，她的脸颊和眼窝深陷，平白多出了许多白头发。先娃的意外去世，给了她沉重的打击。她看着儿女们，想说点什么，可发出的声音只有痛苦的哼哼声，她尽量控制嗓音，以免说话的时候颤抖和发出悲音，可因为忍耐她的下巴和脸颊抖动得厉害。"社平，社平！"她叫醒儿子，"回炕上睡吧，你是家里的主心骨，将来养活这个家还要靠你了，可不敢把身体熬坏了。"他听见了，挪动了一下蜷缩的身体，换了个姿势。"不用管我，你们去睡吧。""你可不敢这样，两个孩子还在念书，将来要靠你往出供了。"他并不回答。

叔叔有点儿忍不住说："好好听你娘说，你们哭着吵着要买车，现在人财两空，倒欠了一屁股债，你蜷在这里能还清几万元的借款了？""叔叔，你不要怪社平，谁也不想这样，两个孩子他能供多少供多少，我们俩妹夫会支援他的。"妹夫说。

"明天我带两个孩子进城，以后我照顾他们，不用你们管，你们喂养你们的羊。"社平说。"你照顾，你咋照顾呀，饭不会做，衣服不会给穿，一天到晚喝得醉嘛咕咚。"他娘一点儿不给他留面子。"你不要说气话，你安心赚钱就行了，孩子的事，我和你娘商量下，不行就让她进城租个房子吧，这里我一个人也能照应下。"社平的父亲缓缓说。

第五十三章

瞒母两载骨肉卒知　痛不欲生誓要问清

一个月、两个月过去了，母亲想女儿的心思一天比一天强烈。我们当儿女的，唯恐欺瞒老人的谎言会破灭。

我每次星期天学校休假回家，首先要去看看二位老人，仔细观察他们的神态，探探他们的口风。我二弟和三弟在城里做工，比我去的次数更多，隔三岔五地去看看老两口，并给他们买点营养品、肉类等。

一见面母亲什么也不说，就一句话："先娃走了差两天两个月了，还不回来看看。""栓林，先娃去靖边到今天已三个月零九天了，马上要过年了，能回来更好，回不来给打个电话也好啊！"我们一群人只能静静地听着，安抚老母亲的情绪，寻找各种理由推脱。但是，我们说着说着不由得哽咽起来，唯恐老人起疑心赶紧躲到外面去了。

一次次去见父母，母亲一次次想见女儿，想听听女儿的声音，我们弟兄三个像哄小孩似的，欺瞒着她。"那儿贫穷没有通信设备，和您没办法通话。""回来见您车就停下了，耽误赚钱，损失很大。"母亲一次次被我们弟兄三个哄骗。

二弟的车继续奔驰于神木—榆林—靖边，他踏破了靖边公安局大门，可一切都是徒劳，没有一点儿音信。我又通过陕西日报编辑部、陕西新闻出版处负责人，督促榆林报社负责人利用新闻媒体等各种途径对此案发出强烈呼声，请求公安机关尽快侦破此案，但一切都是徒劳。一天天一年年过去了，死者的灵魂不得安宁，生者的遗憾已成终生。

母亲日日夜夜思念着先娃，她多次唠叨让我能给个圆满的解释，可好多问话说不清道不明，我心知肚明，被母亲的唠叨搞得心烦意乱，老两口为此又吵了起来。

母亲根本不示弱，拉起笸箩逗眼转①。母亲回忆起三四十年来父亲一次次对她的打骂，她为了这个家，都忍了。现在儿孙满堂，母亲绝不示弱，不怕老汉了。母亲这号啕，那掉泪，这又哀叹。

父亲只能任她唠叨，有时号啕大哭，有时掉着眼泪，有时唉声叹气。可这骇人听闻的秘密，刀扎心上的痛，他是不可能告诉母亲的，他和我们三个弟兄的想法一样，准备瞒母亲十年八年，甚至时间更长，等母亲病危临终前才告诉她，妹子是怎样离开人世的。

我们弟兄三个用这样的诡计，现在回忆起来也有点儿后悔，甚至是无知幼稚，殊不知活不见人死应见尸这是人之伦理的常情。儿女是父母心上的肉，当老人们听到女儿死了，会气得死去活来，古往今来被气死的是有，但我们不告诉母亲，一旦走漏风声，被母亲察觉，气上加气，后果更不堪设想。我们弟兄包括父亲谁也没有想到这后果。

父母亲常去县城开发公司十字路口消遣解忧，这里是他们等待二弟出车回来的地方。那儿有时车辆穿梭较多，男女老少往来频繁。人们三个一簇五个一堆闲聊，小的老的认识不少。

1998年5月的一天中午，天气暖和，树木成荫，阳光有时显眼刺人，有时被乌黑夹白的云朵吞没。父母亲吃过午饭在开发公司十字路口处坐了一阵子，刚准备回家睡一会儿，不远处隐约传来了

---

① 笸箩（读 pǒ luo），过去农村盛杂物的器具，长条形，多用柳条编制而成。因大簸箩，盛东西既多又杂，所以用这句话来形容人讲话多而杂，没有重点。

两个和父母亲年龄不相上下女人的嘀咕声。"那就是前几年在这儿开粮油门市的老王两口子,女儿去靖边跑出租车出事故死了。"

母亲视力模糊,可耳朵一点儿不聋,听得真真切切。这一晴天霹雳传到母亲耳朵里,震裂了她的心,突如其来的消息差点儿让母亲昏倒在地,她瞪大眼睛责问父亲,究竟怎么回事,他还在以谎言搪塞。

"你听错了,神木在靖边跑车的女人很多,不是说咱先娃呀!"

"可人家说'开粮油门市的老王'你怎么解释呀?"

母亲寸步不让,必须问个水落石出,她的脸如白纸,没一点儿血丝,腿已发软,离家不到百米的路也难以走完。父亲扶着她,总算进入家门口。

噩耗被街道上的多嘴婆说漏了,母亲听力很好,思维敏捷。她已经到了撕心裂肺的地步。父亲经历过磨难,挺过了近两年的艰难历程,而母亲得到消息,经受不了意外的打击。

她放开嗓音,号啕大哭,脑袋行将爆炸,口口声声怒吼着:"栓林哪儿去了,我要见他,为什么要欺骗我?为什么?这是为什么呀?"她气晕过去了。当她醒来后,不停地叫嚷,笑着,号哭着,任何人都说服不了她,一口一句:"我要见栓林!""见不上活着的人,连死骨头也不让我见?"她哭着,浑身发抖,嘴唇哆嗦,并用手指着父亲说:"让他们弟兄三个来,我要问个明白。"父亲只能依从她,他支撑着病软的身体从门外走了。

母亲瘫软在一张红里透黑的破旧沙发上,回忆着先娃从小至今的一切。一个千针万线、千辛万苦拉扯大的女儿,出嫁后会孝敬体贴公婆的女儿,每月两三次,甚至只要有一点儿空闲时间就要跑来看看他们老两口。她出去赚钱了,钱即使是人的命根子,跑车生意再好,也能搭乘自己亲哥哥的宇通客车回来看看她。女儿不是绝情的人,也不是不懂人情世故的女儿呀!

她虽背井离乡，为两个儿子读书上大学、娶媳妇、城里买房操劳，但也不至于丢下两个不懂人事、只会调皮捣蛋的儿子，丢下骨瘦如柴的母亲，快两年了，不回来看一眼，不回来抱抱两个儿子，亲亲她的亲生骨肉，只有死神的力量才能阻止女儿与老两口相见，与两个小儿子的拥抱。母亲越想越感觉不对劲。

一个小时后，三弟凤林被父亲从上班的六里畔学校叫来了，他还想用爱的谎言欺瞒母亲，可她不会再被哄骗了，死神已经带走了女儿，这是千真万确的事实。母亲对此已没有任何怀疑了，她让三弟老老实实说，究竟是怎么回事，为什么要哄骗她？为什么她亲手拉扯大的女儿生不能见人，死不可见尸，连女儿的最后一面也不让她见呀！

母亲一会儿老泪纵横，一会儿号啕大哭，三弟被母亲一句句质问，搞得无言以对。他看到母亲这个样子，回忆起妹子被害的惨状，也落泪了。可又不敢单独将真实情况告诉母亲，谁知道告诉了会是什么结果，他不敢想象。他推脱学校有要紧事急需处理，结束了马上就回来，想了个缓兵之计，等待我们回来。三个臭皮匠，赛过诸葛亮，是告诉母亲还是继续哄骗，兰畔、先俊也急急忙忙地来了，雨英和二弟在靖边返回神木的路上，俩妯娌正给母亲开导解释，说那些人道听途说，胡说八道。

母亲依从了三弟的请求，但前提是让他马上叫回我和卡林，忙完了工作尽快来见她，不然就一头撞死在墙上给我们看。三弟答应了母亲的要求，妻子和先俊为父母亲熬了一锅小米汤，可母亲不喝一口，躺在沙发上一动不动。

第五十四章

告知真相家人拥泣　白发老人却忆心悲

家人将电话打到学校，说明了情况，我及时启程，回到了县城。一个多小时后，我推开父母居住的那扇门。

我看到母亲打圆结的一头银发散乱，似一簇乱麻披在肩上，挂在面颊，眼泪还在眼中打转，嘴唇不停地抖动着，但不说一句话。她躺在那张半新不旧的沙发上，眼睛直直地望着。那张瘦骨嶙峋的脸，发疯似的神情，使我的眼泪马上流出来了。我竭尽全力咬住嘴唇，多亏母亲背对着我，加之她多年以来眼睛近视，看不到我的眼泪。

我没有和母亲搭一句话，而是将父亲和兰畔、先俊叫到门外，了解了一下真相被得知的经过，并问父亲怎么办比较合适。他说："事已至此，再不可隐瞒了，实话实说吧！"

二弟跑车今天回来得最早，也许是母亲知道真相的消息传到了他的耳朵，或许是已有了预感。三弟也来了，我们三个也同意父亲的说法。

弟兄三个和父亲达成了一致意见后，决定由我向母亲说明这个噩耗，以及为什么不告诉她的原因。

我从炕沿上溜下来，顺手拿了个小板凳，坐在母亲身旁，握着她那还和三十多年前一样，长满老茧、干瘦如柴的手，口气温和而愧疚地对母亲说："妈，我回来了，都是你这大儿子的过错，要打要骂你现在就开始吧。"

母亲坐了起来，将我的手握得更紧了，她没有打骂，而是用责备的口气说："究竟怎么回事？我已听得清清楚楚，你们从大到小直到现在还想哄骗我。什么车碾人了，公安局关禁闭了，和我没办法见面。说了好多让人难以相信的话，你作为大儿子，还想继续哄我吗？你说呀！"

母亲一头杵在我的怀里，又在号啕大哭。

我一边掉眼泪，一边说："妈，你身体不好，我们怕你知道了受不了这个打击。你有个三长两短让大和我们弟兄三个怎么过日子呀！"我的声音嘶哑哽咽。

二弟随即也坐在了母亲身边，一家人都哭泣，他的哭声更高，哽哽咽咽地说："妈，都是我的不对，我不跑靖边客车，先娃也不会出事，你打我骂我，我都接受。"

母亲看到一家人哭成一团，二弟更是伤心至极。她没有一句责备的话，更舍不得打我们一巴掌。她擦了眼泪，声音嘶哑地说："你们都想错了，世上有病死的人，哪有哭死气死的呀！活不见人，难道人没了还不让我见一面啊？你们的做法太让我无法接受了，太让我失望了。"

我接住了妈的话头，大概说了一下妹妹出事的经过，并用温和的口气说："妈，先娃出事后，我们最担心的是你，看你身体瘦成这个样子，又经常有毛病，怕你接受不了这种打击。为了你，不仅我们父子四个和三个儿媳妇，就是争气哥、家门自己的所有人都商量过。我大是个大男人，又经过好多磨难。你能健健康康长命百岁是我大和我们的福气。我们知道先娃是你的心头肉。你有了三个儿，怀先娃的时候，和我大、村里人经常说养个女儿多好，还是老天睁眼，真又给了你一个女儿。你们千辛万苦拉扯大了四个孩子，你如愿以偿都有了，可以享受幸福生活了。可这是天意，命中注定要让我们有这一难，白发人送黑发人，是人生最大的悲哀。但老天赐给我们人间最残酷的悲痛，我们只能接受，只能认命。"

二弟、三弟以及三个妯娌你一言我一语，都在开导母亲。几个上学的大孙子也陆续来到了这里。看到几个孙子在地下顽皮地嬉闹，她的脸色恢复了正常，好像身上也有劲了。从脸部表情来看，好像没有发生过这场劫难。只是母亲一会儿问先娃出事时吃了什么，穿的什么，一会儿问公安局什么时候能破案，有时问得我们无言以对。

天快黑了，三妯娌做好了饭，一大家一起聚餐。我妻子给母亲端了一碗小米汤，她闻都不闻，咽不下去。

半晌母亲没说一句话，也许她在想着，女儿弥留之际肯定也做过拼死挣扎。她怎么会不见我最后一面就魂归九泉？至少她应该和我道别一下，请我好生珍重，颐养天年。她更应该托个梦，请求我原谅她，恕她不尽女儿的孝道，未能如她所愿，将来我病了，一定要每天守在我的床边，为我端屎倒尿，洗脚按摩，和哥嫂们一起尽这孝道。残害女儿的人心狠手辣，为什么用这如此狠毒的手段呢？女儿死不瞑目，就是变成鬼，到了阴曹地府也要请求阎王为她报仇申冤，女儿搏斗了，反抗了，女儿气若游丝，无法坚持，灵魂随一阵风飘出了躯体，离开了无边无际的毛乌素沙漠地带，飘过了汉代卫守边关的墩梁，翻过了秦朝的城墙。女儿想尽一切办法，肯定想给我托个梦，让我好好注意身体，小心着凉生病。她与我今生不能再见面了，只能来生为我当牛做马，报答养育之恩。可一年多，日日夜夜过去了，女儿一次也没有站在我面前。呀！梦也没有，人更看不上一眼，难道你就这样走了，不管妈妈了吗？

母亲静静地想了好长时间，一言不发，眼泪又掉了出来。难道真的是命了？我就这样不声不响地认了吗？老伴我要原谅，因为买车跑出租他就坚决反对，手头有钱不肯借分文，他就怕开车出事，为女儿学车老两口也发生过几次争执。三个儿子有的同意买车，也有的反对，儿子栓林也只能忍让啊！他们是我的骨肉，三个儿子的心和我一样，如刀搅，似针刺，痛苦不已。唯独不可忍让的是社平和他母亲，我必须和他们见面，问个究竟。

天已黑了，伸手不见五指。只有小灯泡发出微弱的光亮，照亮了这间小屋，透过玻璃向外发出了<u>丝丝</u>光亮，给这黑暗增添了一点儿亮白。孩子们还在院子里玩耍嬉戏，母亲知道时间已经不早了，她坐了起来，催促他们都回家吧，孩子们明天还上学，不要影响他们。她又嗓门拉得高高地说："明天我要见社平以及老两口，向他们问个究竟。"父亲半天没有说一句话，这时他开口说道："不要去见了，安葬先娃时被我们也说惨了，再说他们也和咱一样，够痛苦的。"

母亲当时没有言语，二弟、三弟想陪伴老两口在此一晚，被拒绝了。由于工作关系，我和父母告别，第二天早上就返农村了。

第五十五章

三年祭日慈母痛哭 一帧照片含义深切

我虽到了工作单位，可母亲那年老体弱的形象，那撕心裂肺的号泣声，那言辞锋利不减当年的铿锵问询，时时刻刻在眼前闪现，耳畔回响，使我食欲锐减，睡觉无眠。

老师们的问候话我心不在焉，随口而出，牛头不对马嘴。他们感觉我像变了个人似的。我只能将我母亲知道了妹子被害的事情，她痛苦不堪的神情、号啕大哭的声音，总在脑中缠绕的情况告诉了领导和同事们。他们给我出主意想办法，祈求母亲平安，不要做出过激的行为。

我不能只顾学校，只考虑工作了。我每天下午放学去十字路口等班车或者客运小车的到来，回到神木第一时间去看母亲，安慰一下老人，有时和二弟三弟相遇了，有时只有老两口在家，还有时遇上王在平的母亲，她时常在炕楞边陪伴着母亲。

老母亲的神态一天比一天好转稳定，可身子骨又瘦弱很多了。每天不出门，不走动，我们弟兄三个就是来看望什么话也不说。眼睛有时清醒发光，有时直直地盯着房顶，像个呆子一样，魂不守舍。很长时间她的嘴里在不停地念叨着女儿，只要聊女儿的事，母亲的神情就恢复正常了，并且问的一些话使人难以回答。若说其他事情，她一句也不想回答，犹如哑了一般。

有一天下午六点多，父亲因事外出了，母亲一个人在炕上，她自言自语地说："先娃，你在哪里，让妈看你一眼好吗？就一眼。妈妈好想你，你没有死，你快来呀！妈只见你一面，甚至在这儿站上眨眼的工夫，我的心里就踏实了。你就这么狠心，丢下妈妈不管了？一年多了，你连个梦也不托，在梦中你也可以告诉我一声是谁害了你，我要将这个人碎尸万段。让你给我托个梦，你听见没有？"

"妈，听见了！"我两步走到妈的面前，随口这么说了一句，她哭得更伤心了，我边劝慰边擦了挂在她脸上的泪水。妈又说："栓林，你给我找个僻静的地方，让我痛痛快快地哭一天吧，我的肚子快要爆炸了，不知道号能不能解我的痛苦，我真快要急疯了。这个家我不能放开嗓子哭，对门、邻居这么多人家，我不能连累他们啊！你看这短命的女儿，没了到今天已过去一年零九个多月，没有给我托一个梦，快绝死我了。"这么个小小的要求，按理说我应该满足，让母亲将心中的痛用哭诉，以号啕表达，发泄出去。但我不能满足母亲的要求，天气刚开春不久，冰雪还没有完全融化。初春的时候天像脱缰的野马一样，无拘无束，随时会北风呼啸，冷风凛冽，寒气袭人。母亲身体素质一向较差，出去容易，我可以拖着她那瘦弱的手，一步一拐找个僻静之地，让母亲痛哭一场，让她好好发泄，以此表达心中的压抑、悲哀、渺茫、失望。可习惯养成自然，一次出去，不愁有二次三次。

女儿是母亲身上的肉，肉丢了，她能经过一次哭诉就解放心灵之创伤么？根本不可能。因此，我不得不打劝母亲，费尽心思，绞尽脑汁找了种种借口，母亲总算同意了我的说法，在我面前再没有提起外出号啕发泄的事情。

转眼到了妹子去世三周年日子，这天母亲记得比我们更清楚，她向我们提出，三周年那天她一定要去坟上走一趟，这个要求我们同意了。

这天到了，天气不像三年前出事的那天，狂风大作已到伸手不见五指的地步，而是晴朗无云，虽是十月尽头小雪已去大雪将来临的季节，但犹如深秋刚到，太阳照在人脸上，感觉一股暖流流进人心里，没有一丝凉意。

我们弟兄三个及妻儿，同父亲、母亲、争气哥以及社平一家老小，部分亲属共计三十来人，从龚家峁村家中出发，走了不到二里地，来到一处乱石嶙峋、满目荒芜、杂草丛生、没有一丝生命气息的荒野草地，又爬了一座比较陡立的黄土高山，远远望见安葬妹子的那块倾斜而又宽阔的坟地，人们由杂七杂八的谈论一下子变得鸦雀无声，不到几分钟时间就到坟地了，几个年轻人开始忙碌着在墓堆前摆放各种祭品，点纸钱烧着，以求妹子在另一个世界不愁吃不愁穿有钱花。

此时的母亲已坐在坟畔上，大约距离墓堆约三米远的地方喊天叫地，哭声不断，随之而应的是我妻子以及二弟三弟之妻的哭声。我们弟兄三个和父亲被母亲哭声所触动，含着泪水，坐在墓旁回忆着妹子生前一桩桩一件件耐人寻味的往事。三个妯娌的哭声在人们的劝慰声中停了。可母亲开口："老天爷呀，你为什么不长眼呀，我盼星星盼月亮好不容易生了个心肝宝贝女儿，半路上被人坑害，我告天无门，呼地无应。老天爷呀，你知道白发人送黑发人心里的痛吗？老妈妈呀！为什么黄天不长眼呀！不让我这个老婆子去死，而你却让着狼心狗肺、惨无人道的畜生害死我女儿呀！先娃，你在哪里，来看妈妈一眼吧，就一眼，求求你了！你把妈带上去吧，妈和你一起去见阎王爷，这个世道为什么这么不公平，我的先娃呀！你命好苦！"

众人都被母亲哭天喊地的声音搞得泪流满面，三个妯娌边哭边劝着母亲，拉拽着母亲的手、衣襟，为母亲擦着泪水，在众人的劝导下，她的哭声总算停了。

随着时间的推移，母亲的心灵平静了许多，身体在老年丧女的苦境中逐步解脱了出来。

可凶手一直没有找到，这不仅是我们弟兄三个，也是老两口心中的一块病。记得有一次母亲问我："栓林，先娃被这小人害死已经四年过去了，公家查无对证，连个报仇雪恨的机会也没有了，你们以后千万要注意，不要被小人所害。先娃出事了，已经让我无法承受了，卡林开车每天我们老两口提心吊胆，你让我和你大最担心的是怕你被小人欺骗，骚扰。"

母亲一边不停地唠叨着，一边帮父亲熬了半铁锅鸡蛋油茶。我躺在炕上，品味着母亲说的字字句句，不无道理。我拖着疲惫带病的身体坐了起来，母亲将大碗香喷喷的鸡蛋油茶端在了我的面前。我边喝边想，人老成精，母亲给我的指导太多，她不止养育了我，供我长大成人成家成材，还教给我很多做人的道理。母亲，你是伟大的、可亲的、可敬的。

这年，我的小女儿为她的奶奶拍了一张特写照片，她是西安美术学院毕业的，拍照技术还凑合。那是一张惊人的黑白照片，母亲头发花白，满脸皱纹，穿着一件二十世纪五六十年代长大襟粗布且看似半新不旧的衣服，粗糙的胳膊支撑在大腿上侧，长满老茧的手掌紧托着下巴，两眼定定地注视着前方，好像有重重心事深深埋在心底。是啊，女儿离世多年。侧逆光强化了她那皱纹的深度，甚至将点点的老人斑也照了出来。当时我看惯了大红大绿的彩色照片，初见女儿给奶奶没费多少工夫拍摄的这张照片，很不习惯，甚至觉得丑陋，女儿将我可爱的母亲诋毁了。可奇怪的是这张照片在我脑海中印刻多年，母亲那苍老的眼神中充满了平静与思念，还有期待和向往。我对当年多次审视这张照片的错觉予以否定，何丑之有？这是一种特殊的美。我的一生就事物的美丑有过无数次的评断转换，但几分钟之内如雷电击般地将丑转化为美，就仅仅这一次。

第五十六章

叔叔婶婶品性纯良　供孙读书进城十载

我妹夫王社平的父亲出生在 1948 年，他的妻子比他小三岁。叔叔的年龄和我的父亲年龄相比差了一轮半。叔叔和婶婶从小订下娃娃亲，到了适婚的年龄，叔叔牵着一头毛驴，仡佬扯①里夹着一碗油糕粉汤和一瓶太白酒，就把婶婶娶回来。

他们村子在山沟沟里，从河川到村里要翻越两个山头。全村有一百来口人，以王姓、杨姓和杜姓为主。他们可能是从山西大槐树过来的，但细细考究起来，就不知道祖先在何处了。他们兄弟二人住一院，一家子人各住一孔窑洞，北边有两间片檐房，用来喂养牛羊等大牲畜，西边有两间石砌房，用来喂养肉猪和鸡鸭。

叔叔育有一儿两女，他兄弟育有两儿一女。山沟沟里生存条件都类似，整天受的牛马罪，到头来还要靠天吃饭。他年少的时候，他父亲很支持他读书识字，但是农活儿重呀，少了一个劳动力恐怕要饿死。他只有秋收结束农闲后，又赶上了国家的好政策，才断断续续读了四年书，总算是能写会算，在十里八村少有。因为这份本事，先后当了会计、村主任。

叔叔和我父亲一样，充满了干劲。但是他不爱说话，有事都藏在心里，脾气非常温和，从来不动手动脚打骂他人。正是这样的性

① 仡佬扯：指腋部，胳肢窝。

格，当国家出来政策举村迁往窟野河畔，他在任期里力排众议，响应国家的号召，带领全体村民离开了山窝窝，整体搬迁到河川，修通了云水渠，才有了现在的光景，有了可以耕种的水地，成为别人羡慕的对象。我父亲选中这户人家，也就是看中了亲家的拼搏劲。两家是门当户对。

妹子先娃的丧事办完后，过了头七，一家人收拾心情投入生活中。叔叔愁眉不展，还要分出精神去伺候牲口。婶子整天以泪洗面。两个孙子已经睡着了，他们老两口坐在一起商量。"这可咋办呀？我一个人怕是照应不了，孩子们下周要开始念书。"她说，"我难过得一口饭也吃不进去，咋有心思照应两个小的？"

"照应不了也得照应，你就把饭做好就行，又不用你出去赚钱。"叔叔说。他盖着被子，胳膊裸露出来，烟嘴满了就在炕楞上敲几下。他吸了一口旱烟。"你赶紧想想办法，你一个这么受可不行，光靠种地养羊能还清借的钱了？""行了，睡觉吧，我跟社平商量一下再说。"他们关了灯。可是，他们都睡不着，两个孩子发出轻微的鼾声。很难想象，一切仿佛梦境一般。过罢年十五妹子先娃去靖边的时候，还抱着两个孩子亲了一顿，微笑着口口声声向孩子们保证：要给他们赚大钱！妹夫社平劝她快点儿，不然要爬夜路了。他们回想起那些场景，黑暗中眼泪不禁滑落在枕巾上。直到现在他们都不敢相信，一个活生生有说有笑的人，怎么说没就没了呢。

次日，叔叔天还未亮就起身，备好草料，给猪拌好猪食倒进猪圈。婶子做好了稀饭，热了馍馍。他坐下来狼吞虎咽吃完，出门打开羊圈放羊去了。两个孩子还在睡梦中。他们还小，对于这突如其来的厄运丝毫没有防备，也不知道他们将来面临的生活是什么样的。

过了几天，社平做木匠活回来，他变了一个人，消瘦许多，比起以前更喜欢喝酒了。他们父子二人坐在前窑，喝着散酒。"事情已经这样了，逃避不是办法，况且还有两个孩子，该为他们谋划。"叔叔语重心长说。妹夫社平说："大，两个孩子我就交给你了，我一天到晚到处跑，没个固定时间，照应不了他们。"他猛灌了一口白酒，呛得流出泪来。他大大见他颓废的模样，眼睛湿润了，但叔叔强忍着哭意说："也好，你好好赚钱，这次钱没捞到，丢了一条人命，还倒欠一屁股债，是要好好赚钱，才能对得起先娃。"社平没有说话，自顾自倒满一杯酒喝了个底朝天。"咱们简单算下欠了多少钱，该怎么还，多久能还清。"他大又说道。"你不用管，我自己会还，你就好好放好你的羊，其他的你不用操心。"他们又喝了几杯，再没有多余的话了。

　　叔叔用牛车将孩子和婶子送进城里，然后婶子和两个孩子乘坐公交车回到租住的家中。婶子已经单独照应两个孩子有几个月，多多少少积累点儿经验。可是，她一个农村女人，从前只知道耕地喂养牲口，一下子来到城市里，哪哪都不习惯。买菜算不了账，走得远了认不得路，一个人孤零零呆坐家中，看着眼前熟悉又陌生的环境，眼泪一天到晚止不住地流。两个孩子比较内向，很少哭着嚷着要妈妈，他们受了委屈就躲进被窝，盖住脑袋悄悄地抽泣。孩子们有高兴的时候，可看见他们喜笑颜开，她心里很不是滋味，想起苦命的儿媳妇，又开始抹眼泪，还要顺带教训他们："你们浪甚了？"两个孩子一听见她的问话，就不再表现出高兴的样子了。她看见他们委屈的样子，她也很自责，但是她控制不住呀，心里实在是憋气。她是跨不过这道坎了。

　　时间久了，叔叔发觉这样下去也不是办法，让她一个大字不识的农村妇女独自待在城里，连个说话的人也没有，而且买车借的债眼看要还，几家亲戚已经上门催促，生怕会赖掉账。于是，他痛下决心，开春后不再种地，卖掉了大小牲口，到神木城打工赚钱，供养两个孩子读书。这时，叔叔已是快五十岁的人了，被迫离开生活了大半辈子的土地。

　　这样，他们爷孙四人开始了近十年漫长的城市生活，直到两个孙子考上大学，叔叔婶婶才又回到生养他们的农村。

第五十七章

年过半百卖力打工　省吃俭用功德显彰

　　1999年初，叔叔放下农村的家业，来到神木城，陪在婶婶和两个孙子身边。起先，他不知道该干什么。此时，神木城正在进入高速发展时期，优质的煤炭资源源源不断地被开采出来，人们的生活水平呈现几何级增长。他串遍大街小巷，发现送货卸货的营生可以干，便买了一辆人力三轮车，骑着它到处揽营生，装卸货、运输、搬家，他样样都干。先娃去世前，他们交了半年的房租，又快到交房租的时候，房东来催了几次。婶子说再等等，她儿子回来会交的。可是，房子租金太贵，他们交不起。房租到期后，一直拖着，房东到家来翻箱倒柜，把衣服、灶具和一些杂七杂八的东西都扔到客厅。"给句准话，什么时候能交清房租？"她对婶子说。"等我儿子回来，我身上一个子儿都没有。"她回答。"再交不上，赶紧收拾东西走人，不然我就叫人来扔了。"房主态度生硬，寸步不让。"没有办法，赚不到钱，哪里住得起这么大间屋子，有一间遮风挡雨的屋子就该知足了。我们这几口人，有一张大炕就够了。"婶子说。

　　叔叔婶婶搬家的时候，房东正好来催租。一进门就是丧门的嘴脸："你们这些农村穷鬼，竟然想偷偷摸摸地溜，当初我好心把房子租给你们，真是好心当成驴肝肺。你们那时说得可好听了，现在拖欠房租想逃走。怪不得，我姐说农村来的全是穷鬼懒鬼，都是偷鸡摸狗的。"他们一家人听了这些不堪入耳的话，一个个面红耳赤。

叔叔站出来说:"主人家,我们不是骗人的小人,更不会偷偷地溜走,你这不是正好赶上我们搬家。我们就是再穷,拖欠你多少房租,砸锅卖铁也会送到你手里,你完全可以宽心,昧良心的事我们不干。"她见是个上了年纪的男人说话,也就不再计较。"拖欠的房租今天必须补上,谁放心你们搬走,我再去哪里寻你们?"众人当即七拼八凑将千把块钱给了她。她也没再刁难,督促他们收拾,检查了家具有无损坏并交接清楚,目送他们一家离开后锁上了门。

他们临时搬到铧山路一间南房中,这里房租一年五千块。

每天早晨,婶子早早起床,先给两个孙子做早饭,一袋方便面掰成两半,倒进热水泡开,喊他们起床吃完后相跟上去念书。有时候是喝油茶,打两颗鸡蛋,稀稀的两碗,冒着热气。他们吸溜着喝完。

叔叔的早饭更容易了,昨天的剩饭剩菜热一下,再加两个馒头。吃完就蹬上他的三轮车出发了。这顿早饭要顶他工作一天的,中午他舍不得在外买着吃,也舍不得丢掉做营生的时间,只能饿着肚子勉强支撑到晚上。没有活儿他就早早回来,可以吃口热饭。要是碰巧有活儿,寒冬腊月也要十来点才能回来,一回家先喝两碗水。

他们租住的南房大约有十五平方米,东南方向是一盘大炕,炕旁边他们又支了一张床。炕的西边是灶台,冬天的时候在炕头架起洋炉子取暖做饭。进门右手边放着一个柜子,柜子上放着一台老旧的电视机,旁边挨着两张书桌,这是兄弟二人学习的地方。每天他们回来吃过饭,就坐在书桌前写家庭作业。叔叔坐在炕楞前抽旱烟,灶台上冒着热气,饭香不一会儿便飘起来。七点钟,他们要准时收看新闻联播,叔叔是忠实粉丝,只要回来得早必须按时收看。然后,看中央一套的两集电视剧。等电视剧结束,电视也就关了。两兄弟继续看书写字,婶子后来坐不住,又找了倒线线的活,给织毯的人打工,把乱麻一样的纺线捋顺,绕成小球状。每斤五毛钱,高难度复杂的七毛。

我的两个外甥看书写字的时候，婶子就坐在身后吱吱呀呀纺线。屋里仅有的一点儿空间被她的纺车和毛线占据，摆满整个地面，连插脚的地方都找不到。这一家子被贫困缠绕，三个大人都投入赚钱的行列，仍然感到喘不过气来，欠下的外债实在太多了。他们都上炕睡觉了，她还在捣鼓。遇到特别难缠的，一时气不顺，就开始乱骂，把他们从睡梦中吵醒。叔叔就很生气："三更半夜不睡觉，瞎折腾什么？赶紧把这些纺车扔了吧。"婶子听见也不吭声，过了一会儿才说："一天连一斤纺线也没有顺出来，这纺车是跟我过不去，没有一件顺心的事。"她开始抱怨，纺织车吱吱呀呀响，似乎转动得快了些。"睡吧，孩子们明天还要早起念书，你明天一个人好好使劲儿。"好说歹说下，她终于不再较劲了，洗了手和脸，泡了脚就铺开床铺睡觉了。此时已是半夜一点钟。

婶子纺线的收入只能补贴日常家用。"老人家，这是十二块钱，你点点！"当她把六十斤抖落整齐的毛线背到织毯老板家中，老板娘当面付清了工资。"这次我想背一百斤回去，我干活麻利，也许一个星期能干完。家里条件困难，我给两个苦命的孙子挣些零花钱。"织毯老板说："可以，不过老人家你能背动这么重的毛线吗？你家离这里有三四里地的样子，别出了事，我可承担不起。""大姑娘你放心，我才五十多岁，身子硬着呢。当初在老家农村干活儿，我能背动三袋子玉米棒子。"她笑眯眯对老板娘说。他们说着，手也不慢，一会儿工夫，拾掇起一堆毛线。老板用力提到一根橡木上，对她说："从这里上肩容易些。"她就背着一百斤重的毛线朝家走去。她的身材矮小，背着高耸的一堆毛线，她的身子被淹没了。她记性不好，到陌生的地方绕一圈就找不到回去的路，一段路她要走走停停，选中显眼的目标走下去。不过，这段路她走熟了，只要不绕路，可以顺利到家。

老两口为了两个孙子省吃俭用，不敢浪费一分一毫。电视机用自带的天线接收信号，勉强可以看中央一套。后来，天线不管用了，电视画面布满雪花，还有刺耳的杂音。婶子听别人说，接一根线扎进接有线电视的线里，可以接收到很多台。她便找来一根线，攀上屋顶朝不知谁家的有线电视线里扎进去。孙子们回来搜台，果然出现许多不曾出现的电视台，而且画面清晰，没有杂音。他们一家很高兴，尤其是两个孙子，兴奋得拍手叫好，舍不得关掉电视，写作业的时候都让电视开着。但是好景不长，没过两天，那户人家找上门来，说了许多难听的话，还将那根线扯扔了。原来，他们扎烂那根线，那户人家电视画面出现问题，他们到处排查，终于发现有人在偷他们家电视信号。经过这件事，他们也不再奢求，只观看中央一套的电视节目。

他们租住的主家正房是二层小楼房，一楼正对婶子租的南房，是一间巨大的客厅，东面墙上挂着一台硕大的彩色电视机。主家是年轻两口子，有两个与他们孙子年龄相仿的孩子。那些孩子坐地板上看动画片的时候，我的外甥站在门后偷偷地观看，那精致的画面成为他们有关羡慕的记忆。

在这里住了没多久，叔叔婶婶又搬到神木第二中学跟前的一间西窑洞里。这间窑洞的面积比那间南房大些，距离两个孩子上学近了许多。院里非常杂乱，租户有六七家，都是农村进来务工的农民，多数是陪伴儿女读书的，为了让孩子奔个好前程。

院子里有两棵硕大的梨树，挂满了脆梨，一进入院子就闻到一股甜香。他们一家人的美好记忆都挂在两棵梨树上，夏凉的时候出门随手摘两颗，够他们开心一整天，那脆梨的味道比甘露还要香甜。那里他们爷孙四人住了半年，然后搬到了黄庄路的一孔东窑洞，在这里他们一起度过了剩余的三四年时光，直到两个孩子高中毕业。

婶子一直有胃病，是年轻的时候落下的病根，每到冬季便老是干呕，吃不下饭。我妹子出了事后，婶婶的精神很萎靡，一提起苦命的人眼泪便流下来，导致她的身体健康每况愈下。搬到黄庄路后，情况更加糟糕。这时候，叔叔的侄子恰好开始传道，每周定期来到他家宣扬上帝的好处。他们老两口便开始信教。儿媳的意外去世成了他们的心病，他们希望通过信教消解内心的愧疚，治愈他们内心的巨大创伤。

也就是这个时候，叔叔不满足于骑人力三轮车了，他年龄大了，繁重的体力活儿他已经逐渐吃不消，劳动一天晚上睡下后翻来覆去疼得睡不着。他决定买一辆燃油三轮车，可他不会骑。他的小舅子跟着他一起买了三轮车，骑三轮车到了覆盖桥的深沟里，那里刚修通路，车辆稀少。在那里，他跟着小舅子学骑燃油三轮车。叔叔自己顺着马路骑行了几圈，便学会了，拉着小舅子回到家中。婶子见他骑着燃油三轮车回来，心里很高兴又很害怕，他技术不行，怕他出去出事。"不会骑就家待着，妇道人家害哈①甚了。"叔叔对她说了一句。"姐放心，姐夫骑着稳着了，多跑几次就熟练了，这个三轮车好骑的。"她弟弟帮着姐夫说话。就这样，叔叔开始骑燃油三轮车的生涯。以前人力三轮车活动范围有限，只能在城里大街小巷揽工，这下他找营生的范围更加广泛。从前不敢接的重活儿远活儿，他也敢接了。西沟、锦界、永兴、大保当等地都有他的身影。跑动的范围远了，眼界开阔了，他开始收钢铁等废品生意。有一次他买了一辆报废货车，好不容易拉到废品站，整块的铁一次性打包称重卖了，车辆的零部件他却全部收集起来，运到农村拆卸零件，支起火堆焚烧，把里面的铜线单独卖。这一次的买卖赚了上千元，尝过甜头，叔叔不再卖力气卸货赚钱，转而开始收废品。

叔叔穿一件破大褂，胸口、袖口和领子已经油污得发黑，裤子松松垮垮耷拉在胯边，一副讨吃子模样。我外甥和婶子三人见叔叔

---

① 害哈：指不懂、不明白。

这个样子，一下子没认出来。婶子认出来后，眼泪又忍不住哗啦啦流出来。

"你哭什么哭，快给我倒些水，冷热掺起来，我先洗洗。"这时，他们才发现不单单是他的衣服，他的鼻子、眉毛、额头、耳朵和头发都布满细小的煤屑，整个人跟从煤堆里滚出来似的。"哎，真是造孽呀，临死了，活生生受这份罪。你这么把年纪了，何必干小伙子谋生的营生，我们就算饿死，身体可禁受不起这么折腾了。"她哭哭啼啼的，声音低沉，时断时续。贫困可以把人压迫到什么程度，那是一种入地无门的绝望。"你少说点儿吧，孩子还在跟前，不要吓坏他们。"她不再哭泣了。"你们两个要争气，爷爷天寒地冻做这些营生，就是为了供你们上大学，你们一定要争气，不然就跟我还有你爸一样活受罪，受不尽的牛马罪。"外甥把爷爷的教诲牢牢记下了。"行了，快把衣服脱了，洗也洗不干净，看你把好好的衣服糟蹋成什么样了。"婶子对他说。

第五十八章

血浓于水隔辈更亲　姑姑疼爱叫声"妈姑"

　　妹子先娃去世后，我的妹夫社平每到逢年过节都会带着两个儿子去看望岳父岳母。他们父子三人提着牛奶饼干等礼品，来到粮油门市看望二老。父亲让他们坐一会儿，他去照顾买米面油的顾客。他们三人围住洋炉子烤火，看着父亲熟练地招呼客人。有顾客要求把一袋面送到家里，父亲就和妹夫交代一下，让他帮忙守一会儿门市，父亲过一阵就回来。母亲此刻在家还没有出来，只有父亲一个人伺应。他终于回来了，头上、眉毛、衣服上全是白面。他拍了拍，又拿起冰凉的毛巾擦了一把脸，说道："社平，先娃人没了，你不认我们没关系，但你要多走动呀，我们看见这两个娃就像看见我们女儿了。"说着，父亲眼泪流出来。他用手抹了眼泪，扭头看向外面的车水马龙。

　　妹夫说："我一天到晚到处跑，居无定所的，哪里有营生去哪里。我会叮嘱大小子的，让他有时间就带着弟弟来看你们。"父亲看了一眼两个孩子说："他们还小，不懂事，我们还能活多久，就是苦了我那可怜的女儿。"社平听着这话，不自觉沉默了，他搓着两只手："发生这样的事情，谁也不愿意，我也很难过，不敢面对两个孩子，都是因为我才会沦落到这般田地。"父亲看了看他，嘴巴哆哆嗦嗦没再说话。过了一会儿，父亲说："走吧，回家去吃顿饭。"他起身关了铁皮门，朝巷子里走去。他们父子三人提上礼品，

260

紧随其后。

没走多远，就到了我父母租住的地方，是一间南房，火已经升起来了，洋炉子烧得通红。父亲拿出刚买不久的猪肉，切成大拇指般大小下入锅中，然后加入各种调料煮熟，给他们每人舀了一碗，油滋滋的味道令两个孩子至今难忘。他们不喜欢吃肥肉，只把瘦肉吃了精光。

父亲又把碗中的肉倒入锅中，下入刚切好的蔬菜，倒入半锅水做成臊子。然后，另起锅煮熟面条，给他们每人一碗肉臊子面，那滋味别提多香了。吃饱喝足，又到了他们分别的时刻。我年迈的父亲摩挲着两个孩子的脸，眼泪又不争气地流下来。两个孩子已经懂得了眼泪的意义，他们也明白了一首歌曲的意义：世上只有妈妈好，有妈的孩子像个宝。他们也流下眼泪，但是这能改变什么呢！

"社平，你要照顾好这两个孩子，他们也是苦命的，人生几十载，活成这样也算遭罪了。你早晚还要娶妻的，我们也不勉强，只希望你不要让这两个孩子受罪。"父亲略含哭腔说，母亲早已泣不成声。"他们由我大大和妈照应着，不会受一点儿委屈。""你大和你妈我是放心的，他们就你一个儿子，也不会有人眼红。你大为人正直直率，从来不占人的小便宜，我对他很敬重。你要多学习他的优点。"妹夫说："这是肯定的。"眼看时间已经不早了，他们便起身告别，父亲叮嘱他们要多来几次。社平都应承下来。

以后的日子，社平因木匠营生在外地居多，便由两个孩子去看望他们的馳爷馳婆。从粮油门市，再到我家的窑洞，再到我宾馆后院内的平房，走动的次数虽有限，但是每次都能有先肉后面的待遇。后来，父亲生病无法再做饭，他们也就没有口福了。但是，他们不能忘怀的，就是馳爷馳婆的眼泪，那悲伤的模样镌刻在他们的心中。每次见到两位老人泪眼婆娑，他们就不禁自问是不是做错了，才惹得两个老人悲伤落泪。

外甥从懵懂无知，到逐渐开始憎恨"世上只有妈妈好"这句歌词，每当听到这首歌，他们就巴不得上去把播放器踩烂，可一切都无济于事，因为这是一首口耳相传的歌曲，孩子们个个都会唱。唯独他们，听都不想听见，听见就感觉有千万只蚂蚁在心里爬，难受至极。

社平很少有时间陪伴两个儿子，把他们交给我的叔叔婶婶。他十分放心，安心外出做木匠营生。每次回到城里，跟哥们弟兄喝得七七八八的时候，总喜欢到叔叔婶婶那里去，见见他的父母亲，还有他的两个宝贝儿子。每次到家，他们都睡下了，他会伸出冰冷的手抚摸他们热乎乎的身体，看他们从被窝翻起身。婶子总是让他不要作怪，要亲孩儿就好好地亲，老是折磨他们做什么。不过，他就喜欢用这样的方式表达他的心意。他钻进他们的被窝，睡在他俩中间，两人都瘦得干猴似的。但是，这是属于他们父子三人的幸福时刻，他喜欢向他们描绘未来，保证赚大钱，让他们不要过得这么辛苦。

2003年，社平不再做木匠生意了，这么多年辛苦装修千万家，给别人添了彩，自己却攒不下半毛钱。他和朋友在东兴街旧粮站合作开起了装修门市，从以前的做门窗衣柜转行做设计和整屋装修。婶子闲下来的时候，会带着两个孙子到门市上逛。门市正对着东兴街，后面有个偌大的院子，买卖水果粮油。妹夫吃住都在门市，前半部分作为经营场所，后半部分架了阁楼，休息的时候顺着楼梯爬上去。

此时，神木经济已经开始腾飞，煤炭市场热闹非凡，人人挤破脑袋想要分得一杯羹。社平因为没有资金，从信用社贷不了款，但从不眼红别人一夜暴富。他为人踏实，要靠自己的努力去赚钱，而不是做这些投机取巧的勾当。

婶子最高兴的日子就是两个孙子放寒暑假，她终于能离开监狱般的城市生活，重新回到农村下地劳动。那时，他们基本上不耕种了，主要住在大女儿家，帮助大女儿春播秋收。大女儿家门里门外是一片大果园，梨树、苹果、枣树应有尽有，大门口还有一棵高大茂盛的玉黄树。它长在水沟旁边，不远处又有旱厕，长得枝繁叶茂，秋天挂满金灿灿的果实。外甥的大姑对两个孩子照顾有加，几乎整个寒暑假在她家度过，除了力所能及下地劳动，就是跟姑舅兄弟们到处玩耍，他们亲切地称呼大姑为"妈姑"，连她的两个儿子也这样叫。

第五十九章

弃家回城醒悟万众　沉睡煤海似金如银

改革开放之初，神木县如同其他贫困县一样，靠那黄土高原十年九旱的土地生活，一张犁一头牛，整日整夜累地头，吞糠咽菜，忍饥挨饿，贫瘠的土地寄托着他们生的希望。随着改革开放的逐步深入，城市迅速发展，打工赚钱的机会增多，报酬要比种地丰厚千百倍，于是好多有闯劲的或者供子女上学的人家舍弃了祖祖辈辈生息的土窑洞，离开了黄土高坡，进城打工做生意，只要肯吃苦手脚勤快，日子过得就算称不上小康，可也算得上红红火火。

改革开放的十年间，神木县煤炭通过在省市工作的老一辈革命家竭力推荐，引起了党和国家对神木这块土地前所未有的重视。通过地质勘探，中外专家多次考察研判，沉睡了几十万年的神木煤被认定为亚洲最好的煤。它以储存量大、含硫量低、无烟、无瓦斯、发热量高、埋藏浅、易开采等多项优点，独领风骚，领居中国乃至亚洲各国前列。1987 年 6 月，由贺谋德、戴绍诚带领的 72 名"创业者"从陕西韩城煤矿出发来到神木，在乌兰木伦河畔安营扎寨。从此，全国四面八方的建设者，纷纷来到神府矿区，参加煤田开发建设。同年，神府矿区开发计划的第一个大型现代化矿区——大柳塔煤矿，正式由韩城矿务局、华能精煤公司和榆林地区合股开办筹建。

一时神木成为举世瞩目、天南海北人们向往的地方。央企、国企、民企等以煤炭而生的企业在神木这块神秘的地方遍布于大柳塔、店塔、永兴、锦界、大保当等乡镇。

不到十年的时间里，近四百个大中小型煤矿产生于北六县乃至西沟、锦界、大保当等乡镇，一时间风起云涌。煤炭价格也从2001年不到三十五元涨到2010年的近七百元，二十年间翻了二十倍之多，其中翻天覆地的变化可想而知。

神木人醒悟了，从前只知道攒钱攒钱，攒下来放在银行吃利息，如今好多家庭卖粮攒下的少则一两万，多则四五万，打工赚下的几万元，通过亲友的引荐，通通投入了煤矿，一年下来少则翻一倍，多则三五倍。煤矿产生的巨额效益，股民拿到了无法想象的分红，引发了房地产和其他行业的蓬勃发展。

我在瓦罗中学工作时，校长乔增亮是神木镇东山瓦厂村人，位于神木县城郊区，他在村里卖地得到分红一万五千元。2000年，他将这笔钱投入了煤矿，两年后我再去他家，其妻薛秀芳对我说："万刚，你老婆在瓦罗开门市两年多了，生意还不错，我家在煤矿入了一万五千元，给你分上五千元的股份，一来解决了今年我家中急用钱的困难，二来也是给你一份保障。现在每吨煤二三十元，说不定哪一天煤炭价格涨了，这股就吃香了。"

当时，一个乡也没有三五个万元户，可对我来说，因开门市卖百货，挤出五千元，也不算什么大问题。我既不肯定也不否定地回答："也行。"当时我是这样说了，可总觉得妻子没日没夜地操劳，攒这笔钱不容易，一下子投进煤矿，还是有风险。一旦煤矿倒闭这钱就打水漂了，跟谁要去？况且这是妻子的辛苦钱，损失了对不住她，因此这钱没有给她拿。到了2006年，一万五千的股份翻了五十倍，乔校长拿到了七十五万元现金。钱从何处而来？煤价暴涨，销量之大，钱源源不断地回到矿上。煤老板们依据当年的煤价，再按该矿的储量和年开采量，每天的出煤量，国税、地税，更换开采设备等一系列费用进行了详细的核算，得出了该煤矿目前的价位。依据此价值，面向亲友或社会招股，也可称之为扩股。原本近七八百万的煤矿升值扩吸至三四个亿。钱不怎么紧用的，能看出国家经济形势发展起势的，又将这股份不取现或少拿部分现金，剩余的持了股份。

乔校长拿到了这一笔巨款，当时一夜暴富。沉甸甸的现金如同做梦一般，单靠他们辛苦的工作，一辈子也赚不到这么多钱。以后每年他仅持有一万五千元股份，看到后续每年产生一两倍的分红，他后悔了。"当年不该拿这七十五万呀！"这是他们两口子多次对我说的。

类似于这个煤矿的股民多得不计其数。人们想入煤矿股要求爷爷告奶奶，找熟人托关系。四大银行、农村信用合作社每天挤满了贷款的人群，多则上千万几百万，少则几十万三五万不等。他们将贷出来的钱投入了煤矿股，一年下来，少则翻一倍，多则三五倍。那两三年间发生的事情，许多不知情的人无法相信，也不敢相信。随着煤炭交易价格的暴涨，煤老板的诚信、良心发生了转变，股民分红越来越少，甚至不给分红。有的大股东吸收亲朋好友数千万，股份挂在自己名下，暗箱操作股份价格，丧尽天良盘剥小股民，导致股民们怨声载道，有苦无处诉。煤矿的乱象是神木人的耻辱，给神木经济的发展，人的诚信评价体系增添了极不光彩的一页。

第六十章

服从分配调任专干　家庭工作献言献策

　　2001年冬，神木县政府教育局决定将永兴中学、永兴中心小学合并，成立了永兴九年制学校。我作为永兴中心小学校长，被调到中鸡镇教育办任教育专干。1998年以前，每个乡镇下成立学区，学区校长由教育局任命。1998年下半年开始，学区更名为教育办，教办主任由乡镇长兼任，副主任由原学区校长担任，组成人员有教育专干、扫盲专干和会计。教育局长亲口对我说暂时在中鸡镇待一年半载，正式进入领导调整期另行安排。我服从组织分配，于次年正月到教育办上班。

　　中鸡镇地处陕蒙交界地带，位于神木县城北71千米处，东与大柳塔镇隔河相望，交通方便，地理位置优越。看着一望无际的沙漠黄土地带，其地下有着丰富的资源，煤炭储藏量大。随着神府煤田开发，中鸡镇丰富的煤炭资源也被逐渐开采利用。

　　中鸡镇以西同尔林兔交接，我国第一大沙漠淡水湖红碱淖距离中鸡镇政府仅有8000多米。从中鸡乘车去大柳塔，仅有30千米的路程。拉煤的车辆像一条绿色地带的黑带，一路飘荡使人眼花缭乱，目不暇接。数个煤矿几乎均在路边，设备还比较简陋，多辆车杂乱无章地停在煤场中等待装煤，显示出当年的中鸡煤炭还没有引起人们的重视。中鸡镇以北和内蒙古的伊金霍洛旗阿镇紧紧相连，著名的成吉思汗陵就在眼前。中鸡镇的东南靠近了煤海之镇店塔，南面与陕北能源重化工基地锦界相距约 60 千米。中鸡绿树成荫，一马平川。这里的人诚实憨厚，大方又不拘小节，人情味浓，淳朴善良，有勇有谋。

夏季是人们在烈日炎炎、汗流浃背中度过的季节。而中鸡这个地方，夏季的风清凉爽快，就是站在烈日下，风尘不动之时，也感觉不到烈日的炙烤，没有汗水溢渗出来。

中鸡是人们避暑的最好所在。赚了钱到此地买个小庭院，带上妻子孙子在此小住数日，欣赏这里人美、物美、环境美，去红碱淖品尝鲜活的大鲤鱼，观赏那里的珍奇异鸟，坐上游艇去对岸品尝内蒙古人的奶茶，淡淡的风味，去成吉思汗陵兜上一圈，去倾听了解历史上的英雄人物叱咤风云的故事，真让人心胸开阔。

也许是热爱这块土地的缘故，不到半年，我就和这里的好多人结成朋友，视为知己。我同教育办的几个工作人员打得火热，能聊在一起。我向来对工作认真负责，兢兢业业。任职期间，我跑遍了中鸡镇四十多所中小学，同各校教师认真了解教育教学工作以及生活方面存在的问题，每所学校观摩各类课程三到五节不等，观摩课、座谈会笔记不到一年整整做了两本。

近二十个年头，我在领导岗位上，积累了微薄的经验，又有中学数理化皆通的特长，从座谈、讲评课到了解一些实际问题，从不浮夸，一针见血。也许是我年龄偏长，当了多年领导，也许知道我是工作狂的原因，他们不仅同我畅谈教育教学工作中存在的问题，还将家庭琐事中的一些不和谐给我讲出，寻求帮助。

中鸡教育办优越于全县其他任何一个乡镇教育办，这是公认的事实。好多教育办同乡镇或中学、中心小学挤在一个院子里，教育办的职能无法充分发挥出来。中鸡教育办有一个独立的大院，六间正房，一个装修摆设较为豪华整洁的会议室。有五个工作人员，一名厨师。院落大而宽敞，分上下两院，近千平方米的四合院中，垂柳成荫，上院地面平坦，一行行红砖有序整齐，中间有约三十平方米的花池，种有数十种花草，每到夏秋季节，花香四溢，加上垂柳散发的风香，给人以清爽新鲜的快感。下院平坦如镜，篮球架矗立以供临近单位的工作人员、村民娱乐消遣。

教育办作为全镇教育教学工作的行政机关，由县教育局领导并接受镇政府的监督，它主管着全镇近两百名教师、两千三百多名学生的教育教学工作，以及教师工资、晋级、检查、督导、奖罚等工作。一个乡镇的教育教学工作水平的高与低，教育办起着举足轻重的作用。

当年七月，因工作需要我们将中心小学教师苏兴飞调入教育办，主管打印、档案工作。他年龄比我小四五岁，中心小学相距教育办不足五十米。我们俩相识以后，经常聊家庭、子女、工作的事情。他身材矮小，一米五稍多，白净的脸庞，一头黑发，脑袋的顶部几乎没有头发。古人说聪明绝顶，用在他身上恰如其分。

苏兴飞一有空余时间就到我的办公室，同我无拘无束地谈天说地。他家距离中鸡不足十里，他骑着摩托车带我到家中吃饭消遣，陪我到农村学校检查教学工作，相互了解，相互启发，我们成了要好的朋友。

可改革开放二十年有余，南六县的好多家庭涌入了县城，买房置地，神木县城的人口、郊区的楼房在逐年增长，县城面积扩大了数倍，人口增加了二十多万。中鸡土地辽阔，人口众多，可没有多少人买房进城，和县城突飞猛进的发展极不协调。他们安于眼前的一亩三分地，丝毫不了解外面的世界正在发生日新月异的变化。

我想尽办法开导过教办主任王务学，以及其他三个人，开导过中学、中心小学、五处完小的校长。我们谈论教育教学工作结束后，众人围坐一起拉家常，我总要提醒大家有经济实力尽快去城内买房，否则有一天是会后悔的。有的听了我的话到县城买房置地，大多数人认为中鸡山清水秀，离不开多年养育他们的这片土地。"跑在前头的总要占便宜的，后面跟上不至于吃亏，落在最后就赶不上趟了。买房要趁早，神木正在快速发展，将来房价肯定会高得离谱。"我说。

苏兴飞被我打动了，了解了县城周边房价地价，又实地调查，最终于当年冬上在城区水轮村以不到三万元的价格买了四间地皮，修了两间连同地下室共三层，又卖了剩余的两间地皮，从修建到卖地没有花一文钱，还赚了数千元。

人与人之间的情感信赖依托，是通过多次往来建立起来的，异性如此，同性一样。

第六十一章

总书记视察锦界苏醒 承诺"三通"火爆异常

2002 年 3 月 26 日至 29 日，时任中共中央总书记江泽民来榆视察时指示：榆林资源这么丰富，一定要开发好。期间视察锦界开发区时，媒体铺天盖地地报道，神秘而沉睡的锦界计划在十年内厂矿企业遍地林立，人口要急速增长五到十万。视察结束后几年，神木县政府累计出资 13 亿元，建设了市政道路、绿化、供水、供电及社会公用事业等基础设施，锦界工业区在大漠中拔地而起。一时间，锦界火了，看中的、盲目的国营、民营企业蜂拥而至。锦界位于瑶镇乡贫瘠的、几乎无人居住、一望无际的毛乌素沙漠地带，一时间连瑶镇乡政府也搬迁至锦界，医院、大中小学及相关机构均迁至这块全国人民向往的国家能源化工基地。

2002 年深秋，我在一次全县在职人员免费体检中，发现得了一种难以治愈的疾病，需要每天服用药品，且要少动脑筋多休息，这就给我的工作带来影响。为了治病和锻炼两不误，我同当时教育局领导请假，并且说明在治病养病的同时，不会闲着，还要搞点儿第二产业，做点儿小本生意。局领导当场表态说，好吧，我知道你很会做生意，好好地干吧，相信你能成功。

我先住进了神木县医院，后又到西安进行了为期两个月的治疗，身体有了明显恢复。此时，兴飞和其他朋友隔三岔五给我打电话，鼓励我坚强起来，战胜病魔。

锦界作为国家能源重化工基地，大开发的钟声，促使我对此地有了新的认识、新的打算。锦界的开发，引起了房地产的火爆。乡政府公开拍卖的、村委会出面向外销售的国有、集体土地被整片整块开始以每亩数千元、数万元不等的价格出售了。乡政府公开拍卖的国有土地向社会广泛承诺提供"三通"，即通水、通电、通路。

锦界被上级相关部门分为大区、小区、工业园区三块。以东西畅通约5000米的百米大街为界，以南为工业园区，以北为大、小区。又以锦大路为界，形成了百米大街与锦大路丁字形的格局。以西为大区，属于开发区管委会管辖。以东由乡政府管辖。据了解，通过专家和相关部门评估设计，将小区又划分为一到九区。每个区域又有三个标的，每个标的的土地在百亩以上。

那时，我激情满满，想为锦界的发展添砖加瓦。我同其他淘金人深深迷恋上了这片神奇而古老的土地，再加上当时县委书记在电视上热情洋溢的演讲，更触动了我们投资人的欲望和热情。

我踏遍了一望无际的沙漠地带，成了锦界镇枣稍沟、桑树渠、青草界村等村的常客。功夫不负有心人，当年四月，在锦界乡政府面向社会公开拍卖国有土地会议上，某地煤老板竞得了一个标约百亩土地。我通过友人约见了该老板，并做了详尽的开发计划，承诺通过首付款、定金等方式，以适中的价格将该标段控股。

我的第一桶金就从这儿淘起，人生也从这里有了转机。搞房地产的，准备在锦界干出一番事业的民营企业家、个体工商业者，各个行业的老板们，投资人如潮水般涌入锦界。宾馆爆满，一旦登记稍慢，只能乘车回到神木，大小酒店住满了人，老板、服务员忙得不可开交，不亦乐乎。

投资人看准了锦界，我对这块宝地的认识，期望值比任何人都高。

我作为七区三标开发的引领人，又在次年春同朋友一起竞得了一区二标的约两百亩土地，两个标的乡政府的承诺兑现了，四周街道宽敞，混凝土路基夯实坚固。一区作为首先开发的对象，进入了修建期，考虑到销售及锦界发展远景，我们依据实际情况修了临街锦大路和以南的临街商产三层，居住区首期修建近百套六层单元楼。

第六十二章

瞄准认清谋创要勇　怕狼畏虎一事无成

　　我之前在中鸡教育办工作，与中鸡乡政府领导关系甚密，2005年春天，领导打电话告诉我，中鸡有煤老板的煤矿扩股了，有兴趣参股就马上带钱上来，并告诉我这个煤矿的基本情况。我没有迟疑，一口答应入股五十万。我把这个消息告诉了妻子，同她商量。她也见到近些年煤矿的火爆，表示支持我的决定。同时，她小心谨慎地说："入股是可以，你去了再好好了解一下情况，不要被人骗了。"

　　于是，第二天一早，我把现金装进一个黑色的旅行袋中，出门叫出租车来到中鸡乡政府，和朋友见了面，再次详细了解情况，可是我却迟疑了。朋友说："万刚，入股谁也不敢肯定能赚多少钱，说不定煤炭价格下降了，你入进去的钱可能就赔了。"我兴致勃勃，费了很大劲从神木城赶到中鸡，此行的目的就是为了入股煤矿。现在朋友的一席话，无疑给我泼了一盆冷水。"煤矿如此火爆，价格一直在涨，难道会突然倒闭了不成？"朋友笑了笑说："市场谁也说不准，不确定因素很多，你要是有疑惑再考虑一下。"

　　我举棋不定，难以狠下决心。心想，这笔钱来之不易，万一打水漂了后悔莫及。我从乡政府出来，走了不到两分钟，来到了农村信用合作社门口，看见从门里到门外挤满了人，绝大多数人手中拿着现金，有的拿着存折本转账支付，正在给这个煤矿的财务账户打钱，有部分人是打探消息，拿不定主意。

我挤进了人群，听人们七嘴八舌谈论着这家煤矿的前途，很少有悲观的声音。有的说这个矿肯定会赚大钱，只要有现钱就马上转入。还有的说，谁也搞不清楚以后煤炭价格会怎样，赔的可能性也有，不过跟前的人都投煤矿赚了大钱，实在忍不住了。我左右摇摆，听不出个什么结果，拼命挤到了存款大厅，这里人头攒动，保安奋力维护秩序，避免公共财产因拥挤造成破坏。终于挪到柜台窗口前，这里距离工作人员不到一米，只见窗口里面地上堆满了大约直径三米、高一米的锥形现金堆，两台验钞机哗啦啦地点钞，忙都忙不过来。工作人员只能整捆现金丢进堆里，然后给股民开存款凭证。

当时我看傻眼了，根本想象不出来这堆钱究竟有多少，也不知用存折转账了多少，更不清楚这几天的参股风潮煤老板能拿回多少现金。我思绪万千，浮想联翩，人们入股的疯狂痴迷，使我感到深深地不安。

我又到了朋友办公室，还是犹豫不决。朋友见我的模样，劝我当机立断，省得错过赚钱的好时机。"万刚，你今天来了，我才跟你说，我从前的老部下老朋友我都通知了，有钱众人赚。有的当时就转账过来，让我全权负责。我既然告诉你，不会让你亏在我这里。"我感谢了朋友的好意，思索再三又带着五十万现金回到了县城。过了不到一年，我和朋友见面后，他对我说那个煤矿卖了，卖得很便宜，翻了一倍，要是讲讲价，能卖一倍还多。当时我眼睛睁得大大的，不知该怎么回答，只有讪笑说："自己没有赚钱命呀。"

刘世亮和我在永兴中心小学工作过，后来又和我一起开投资公司。2002年，他托人在永兴某煤矿入三千元的股份，到2008年时，他分到了九万元现金，翻了三十倍。这种以小博大赚钱的情况，涉及神木大小煤矿，翻几倍或数十倍价值的煤炭股是常有的，很少听说某人入股煤矿亏钱了。由于煤炭价格的快速增长，产销两旺，股民手中钱多了，腰包硬了，引发了房地产价格的强势增长，因煤而生的电力、化工产业链也应运而生。

　　昨天还是一贫如洗，一夜之间暴富的家庭比比皆是，数不胜数。

　　由此，我联想到近四十年前，苹果创始人韦恩将他那份 10%的股份以 800 美元卖给了乔布斯，到了 2010 年这部分股权价值是 260 亿美元。

　　股份是无形的资产，它可以像一堆废铜烂铁，值不了多少钱，甚至多年无人问津，三年五年，甚至十年二十年放在那里，可一旦升值，其价值无法想象。

第六十三章

比上不足比下有余　端正心态理清头绪

我作为神木热心于煤矿和房地产生意中的一员，从 2003 年元月跳出教育界的那天起，就将身心从教育转到了房地产之中。当年的神木经济虽有了大的发展，买一个中小型煤矿也就是几百万元。我在教育界辛苦工作已二十多年，手中却连两三千元也拿不出。做生意从何谈起，通过朋友的帮忙，同神木兴诚信用合作社借款十万元。仅仅这点儿钱，而且是向银行借贷，只可赚不能赔呀！煤矿入股，还是小打小闹。买房卖房，以这十万元只能作为抵押，买下过半月十天卖了，赚上三五万，一年下来挣二三十万元，也不枉请假出来呀！

当时我六神无主，神情恍惚。后来我将眼光瞄准了锦界这块广阔无边的土地。通过一起工作的朋友撮合，用十万元借款做了近千万的生意，短短一个月赚了近百万。

当年我和三弟凤林在神木一起租赁他人楼房，开办了一个小型招待所，虽然装修简陋，但是有二十多间房，几乎每天爆满。锦界镇政府正在公开拍卖土地，前来招待所同我协商合作开发锦界这块地的人络绎不绝。好多人通过实地考察了解，同政府领导咨询，拿着一二十万或者三五十万现金，同我签订了合作开发该地的协议书。

短短一个月，我赚了大钱，这给我的人生带来了巨大的转折。当年，近百万可买一个小型煤矿 10% 的股份。我没有就此罢休，坐享其成，而是将赚到的钱投入数个煤矿，又同银行贷了一百多万，投入焦化厂、酒店和锦界到神木的房地产中。我时刻铭记着古人流传下来的一句话：鸡蛋不要放在一个篮子里。

从 2004 年开始，我既同朋友合作开宾馆和酒店，又将主要的精力投入了锦界又一块地皮的合作开发之中。大小宾馆酒店合作，独资开设六七处。每年近百万块钱进入腰包。可我不满足现状，没有将钱日积月累逐年收攒，而是鬼使神差地东投投西放放，撒在了七八个煤矿和数个房地产开发项目中。

从请假跳槽经商到 2009 年，这六七年间，除宾馆酒店生意外，我再没有赚到更多的钱，但十万八万甚至三五十万的房地产生意收入时常进入腰包。

人的一生是短暂的，所以生活应更加有意义。作为一个饱尝过吞糠咽菜、经历过艰辛磨难几十年的人，我本应将荣誉金钱看成过眼云烟，生不带来死不带去。但偏偏生活中我又不能摆脱对荣誉和金钱的深深向往。当它们逐渐成为欲望的一种寄托的时候，人很自然就成为戴着虚伪面具的奴隶。一年宾馆酒店煤矿股，小打小闹房地产，就有百万入账，可我根本没有满足于现状，心中总有一股不服输、不甘落后于交往的煤老板、房地产老板的热情在沸腾。我暗下决心，人家能成为千万、亿万富翁，我为什么不能？

在教育界那么多亲朋好友中，人们吹捧我，尊重我，敬仰羡慕我，我自思自责，和那些千万亿万富翁们比较，越比越感觉自己渺小，越比越感觉自己是个无用的人，和他们坐在酒桌前，坐在宾馆里，人家尽情地喝酒猜拳，谈笑风生，尽享酒桌上的美味佳肴，议论着有钱可使鬼推磨，有钱就有了一切。而我时常沉默寡言，总觉得低人一等，想说的话装在肚子里，想谈的自认为精彩有趣的话藏在心中。我一言不发，静静地坐着，倾听着他们的吹牛拍马和肆意放荡。

改革开放使我拥有了一切。勤劳持家的妻子在瓦罗办门市卖百货，做豆腐，卖羊杂碎，打拼几年有了些积蓄，两个兄弟又添了一些钱财，为我这个五口之家连同父母，买下了两孔砖窑洞，在神木有了落脚地。我的两个兄弟已回神木做生意约二十多年了。他们的实力当时超出我不知多少倍，这两孔砖窑洞名义是老两口的，实则成为我的私有财产。车子也有了，虽不算是高档，但比那几万元的低档车还高了一点儿。金钱不时进入腰包，儿女均已成家，有了自己称心的一份工作，论年龄我已进入老年期，精力、病魔不允许我再干大的。我应尽快收敛，处理煤矿股，转让宾馆，理清房地产，去端正自己的心态，同老婆一起带着孙子游玩于街道、商场、广场，尽享天伦之乐。

可我没有，还在处心积虑地寻找赚钱的机会。

第六十四章

窑洞租赁月月收租 父亲情深长子动情

我们兄弟事业蒸蒸日上的时候，父母亲老两口已进入七十岁高龄。因拆迁关闭了粮油门市，之前租住的南房也退了。父母就居住在我那破旧的窑洞中，总是感觉清闲无味、平淡不甚开心。于是，他们老两口背着我们弟兄三个，每天去大街小巷捡收纸片、废铜烂铁。我们无意中发现后，全家动员轮番做工作，孙子孙女们也出面制止。大马路上容易发生事故不说，就是捡回来那些不干不净的东西，有个传染病可怎么办。老两口已经儿孙满堂，每家的生活早已进入小康，他们出去捡破烂，不管别人会不会议论什么，我们自己的良心也不安。

可父亲总是说："闲着没意思，有点儿事做，日子也过得快些。我们到街上出去转转捡捡，既能赚取我们老两口的米面钱，也能给环卫所帮个忙，及时清理人家扔掉的垃圾，街面上卫生干净了，废物利用么。"

我们才不听这些胡言乱语，经过多天好言规劝，父亲才停止了自认为赚钱的活儿，打消了做生意的想法，开始尽享清福。

父亲时常有个头晕胸闷的毛病，多次去医院检查都无大碍。我是个不孝的儿子，去北京看病本应带着父母走一走，看看全国人民向往的首都，顺便检查一下他们二老的身体。可那时我们弟兄三个根本没有想过让父母出去走走，以尽儿子的孝心。我住院闲时，出去在保健门市店为父亲买了两个不锈钢球。父亲每天握着不锈钢球在手心转动，预防老年人心脑血管病。太阳大半晌午时刻，周围老年人会在大门口聚在一起，回忆过去的艰苦岁月，吃不饱穿不暖，受不尽的牛马罪，畅谈改革开放的好处，说说笑笑，无聊时再叫几个老年人一起去玩纸牌游戏：梦壶①。日子过得逍遥自在有滋有味。

老两口住在窑洞里近八年时间，院子虽然不足百平方米，可有剩余一孔窑洞、一间简易正房和三间南房租赁给四户人家居住。

我和妻子从不过问每间房租赁价钱，这租赁费父亲从来不给我的妻子，都给了我，觉得给儿子心里踏实。因此，他经常一千、两千塞进我的腰包。我很纳闷，就问："大，总共四户人家能收几个钱呀，你怎么向他们收租赁费？"

"我一个月和他们收一次呀，怎么了？"他反问我。

我很不理解父亲的做法，全神木城农村进城打工租赁房屋的百分之九十的租赁费是一次性收取一年的，只有个别户是半年收一次，从来没听说过一月收一次的。

"大，这样做事你给自己找麻烦。你们年纪大了，记不清楚每家每户搬进来的准确时间，全神木城租赁房子的都是一次性收取，从没听说过一月收一次的，你何必要给自己添麻烦呀！"

"这个我也知道，可咱们也是农村进的。家家户户都是带着几斗粮，搬个铺盖，提着锅碗瓢盆，老婆孩子好几口人进城居住，我知道他们也很为难不容易，给他们减轻一下租房的压力。"大大这样回答。

母亲接着说："共四家人住，每家哪天搬来，我们记得一清二楚。"随即母亲一家家给我说了搬进来的准确时间。可我还是不放

---

① 梦壶：流行在陕西西北一带的一种四人牌类游戏，一共120张，使用长条形的纸牌，内容繁复，玩法多样，还能益智。

心，怕时间长了，老两口忘记日期，与租赁户产生纠纷等，便和邻居家借了一支笔，将一家一户的入住时间记在本子上。

母亲好像有点儿不放心，怕我私下跟人家重新提规定，乞求我："孩子，听妈的话，就按你大的办法收吧，可怜可怜他们行吗？"

我说："好，只要你们不嫌麻烦，想怎么收就怎么收吧。即使少给几块钱也无所谓，不要和人家争高低，和睦相处对你俩的身体也有好处呀！"

这时父母脸上露出了灿烂而慈祥的笑容。老两口的仁慈善良，能体谅农村人进城的不容易，不像我只为自身利益考虑。那时我还在永兴乡中心小学工作，我将父母所做的事所说的话在一次例会上谈了，很多教师都很诧异，老两口设身处地为农村进城务工人考虑。他们说："你父母的善心不仅是你学习的榜样，也是我们学习的榜样。"

是啊，父母这榜样的启示力量是无穷无尽的。荒年时，我们全家人省吃俭用，国家年年下发的供应粮，父亲总是要让出去一份给别人；寒风凛冽的夜晚将讨吃婆带回家里收留，并给棉衣棉服；要饭的男男女女、老老少少经常讨吃上门，父母总是要给舀上一小勺米，让他们高兴感恩而走，并经常教育我们说："儿女出在坟字上，讨吃婆身上能接福。你们要好好对待这些因贫穷而四处游荡的人。"

第六十五章

肥肉吃多祸害缠身　三雇保姆找茬儿辞人

2003 年春，我因经营宾馆搬到了惠泉路居住，三年后又搬到驼峰路电力宾馆。由于生意忙碌，加之路程较远，十天八天去看望父母一次，还要打的或者坐公交。

时间长了，父亲总是想见见我和孙子们，和三个孙子走在一起经常亲亲这个抱抱那个，高兴得合不拢嘴。从王渠村到南关我们开的宾馆足足有十里路，父亲从不坐公交，也不打的，他一步一步走到我家中，有时和我们一起吃一顿饭，和我拉拉家长里短的事，和孙子孙女拉拉话玩闹一番，又一步一步走回去。那一毛公交车钱，那五块打的费，对我来说小之又小，总感觉无所谓。可对父亲而言，他的想法不大一样，一毛钱可买一斤园菜，够老两口吃一顿菜捞饭，五块钱买七八两猪肉，老两口可改善一次生活。

父亲总是以这小钱可以办大事的节俭方式去说服我，让我哭笑不得，又无言以对。他八十岁那年八月，徒步走到我家，和我们一起吃了饭，吃罢聊了一会儿天。他说要去南关市场买一袋园菜。我让他回去在沙渠市场买，那里离家仅二里远，不要在这里买。他却说那里价钱贵，一袋子多掏三四块钱。我妻子和父亲一同去市场，掏钱给买了一袋园菜，整袋八十斤。他死活不让兰畔和他一起抬，两只手将一袋菜举到肩上，挺着腰杆走了三百多米，一步步走到公共车站台前。兰畔帮他上了公交车，到了下车的时候，他一个人搬

283

下这袋菜，又扛在了肩上，走完了离家近千米的路程。

这是父亲最后一次来我家，也是最后一次到市场买菜。八十岁的人，八十斤一袋园菜，从上车前肩扛到下车后又扛回家中。他为了节省三四块钱，挺着腰杆扛回家，也许是有了预兆，给我们乃至给孙子后代留个纪念吧！

不出一个月，一天上午，父母吃完早饭，母亲洗锅刷碗。父亲独自拿着坐毯，坐大门口晒太阳。深秋的天气，还不到下午，太阳也不是那么火辣辣地热。父亲坐了不到半个小时，他要起身回家，可身体的各个部位不由他指挥，胳膊动不了，嘴里说不出话。一动不动地坐在大门口，眼里噙着泪水，只能听天由命，任由命运来摆布了。

过路认识的人，看到他这个样子，问他不说话，掀他也不动，感觉情况不对，赶紧叫来母亲和租房的人。他们马上给二弟打电话，说明了危急情况。不到十分钟，三孙子效军开车来了，赶紧送父亲到神木县医院，经住院检查是由高血压引发的脑血栓。此后，一个月的治疗全靠二弟、三弟和三个妯娌的精心照料，日夜操劳。他们日夜守在病房，从家里搬去了锅碗瓢盆，为的就是可以让父亲吃上一口热乎饭。亲朋们络绎不绝前来看望父亲，他不时流出眼泪。

叔叔王满友得知我父亲病了，带着两个孙子专门到医院来看望。那天周末中午，刚吃完午饭，他们出现在病房门口，手里提着水果礼盒和牛奶饼干。外孙见了父亲，先后叫了声�爷。他听见叫声，睁开眼睛看着他们，嘴角抽动想说话，却说不出来，没一会儿的工夫，眼角流下两行热泪，扭过脸去不敢再看。两个外孙长大了，都顺利升学，父亲一见到他们就看到了女儿的影子，实在抑制不住那刻骨的悲伤。妯娌们见亲家来了，赶紧起身让座，让他们坐下，给孩子们拿来了橘子和苹果，大概讲清楚了得病的起因经过。

一个好端端的人突然得此病，我不死心，多次与主治医生交流，摸清发病的原因，好对症下药。医生说这是中老年人的常见病，源于大酒大肉，吃的东西脂肪太高。

我根据医生说的话，认为这已经是常识性的问题，只不过我们没有太在意。父亲最爱吃大鱼大肉。早在五年前粮油门市一关闭，父母住在窑洞里，二弟和三弟看望老两口最多，买肉也是二弟居多。我很少给老两口买猪肉，都由妻子去市场买，并再三叮嘱她，不准买有膘的白肉，全都是黑肉，就怕肥肉吃多了，容易得高血压、心脑血管病，同时我和妻子或者孩子去看望二老时，鸡肉买得最多。父亲有时候不理解我为什么这样做，看到我们全家都来了，急急忙忙跑出去自掏腰包买上十来斤混合肉，叫来其他两家的儿子孙子一起聚餐。瘦肉吃光了，肥肉攒下自己吃。一大家子吃饭，父母那高兴劲就别提了。父亲常说："我最担心的是你们弟兄三家有个不和谐的事件出现，你们要听大大的话，有什么解不开的疙瘩，要商商量量处理，不要闹得四分五裂。"

在儿女们心中，父亲不论炖猪肉还是羊肉，味道都香极了，吃法也是一绝。每次聚餐父亲吃肥肉最多，孙子们你一块我一块地挑到他碗里。我既羡慕他吃肉的量，又担心这肥肉吃多了对身体产生副作用，很容易得心脑血管疾病。可怎么改变父亲这饮食习惯呢？

更使我不理解的是父亲还有个爱喝酒的嗜好。每天不多喝，只限制一壶酒，不足三两。每天三顿饭，早晨油茶鸡蛋，或者牛奶饼干，简单吃点儿。中午或者下午其中的一顿饭没肉不吃，而且就吃肥肉。两个人的饭，少则二三两，多则足足半斤。父亲一边吃肉一边一盅一盅地把一壶酒喝完，可称作酒足饭饱，然后两手握着不锈钢球去大街上转悠。走走转转，帮助消化吃进去的酒肉。

那时，父亲爱吃肥肉。我很担心，却死活没有办法，只能给二弟说："你以后给大买肉，不要买肥肉，全部买成瘦的，这样对身体有好处。"

我说话的声音比较高，被父亲听到。他立即就对二弟高吼："你不要听他的，除非我死了。死不了，这肥肉非吃不行。"

"大，不是我不容你吃，吃进去是祸害，是慢性毒药，对身体没有好处。你现在也经常说有点儿发晕，虽然检查血压稍高，没什么大的影响，可时间久了，会严重的。你看我也不怎么给你买肉，即使兰畔买来的全都是瘦肉，没有肥肉。你好像理解不了我的做法，可我心里是为你的身体着想。"我认真说。

"我不管这些，快八十岁的人，黑肉吃起来不香，牙咬着感觉不舒服。就是现在死了，儿孙满堂，好吃的好喝的都吃遍了喝遍了，无所谓。在咱们这门里我的阳寿是最长的，其他没有活到七十岁的。我行了。"他这番话让我哭笑不得。

二弟接着说："大爱吃，就由他吧，我买成瘦肉，大又不高兴，还说咱们舍不得花钱，不想给他吃，他又要发火，自己跑市场去买，我也很为难。"

我心里暗想：也是呀，他的脾气我们是知道的，他要办的事任何人阻挡不了，也劝不了，只能这样，听天由命了。

自从那次住院结束，父亲好些时候不曾在街上走动，偶尔有事出来或者晒太阳，走路也不像过去那样急急忙忙，快步如飞。走起路来不十分稳当，经常拄着拐杖上厕所，也不再和老年人玩纸牌，很少与人说话。说话时舌头有点儿卷，声音很低，语速又慢。大多数时候在家里待着，做饭也不如过去利索。

在父亲病重三年前，我们弟兄三人眼见老两口年龄越来越大，做饭越来越困难，要生洋炉子，捣炭劈柴。为了让他们安心享清福，三年间我们先后雇了几次保姆，且给保姆的待遇非常高，只要求侍候两位老人周到细致。

老两口子总是问我们，给人家多少钱。我们将工资压缩了一半告诉他们，可母亲的细账算得让我们哭笑不得。她说："一个月一千块，每天三十三块钱还多，连同吃饭每天不下四十块，这四十块够我们两个吃多少天，这保姆不能雇，我们两个什么事也没有，每天坐下等人家做好饭吃，这造孽呀！"

父亲说："真的咱花这钱没有必要，我们老两口又不是动不了，做做饭，走动走动时间还过得快点，要雇保姆过两年再看情况定吧。"

但我们兄弟坚持要雇。我们都很忙，每天有自己的事情要干，做不到时时刻刻陪在他们身边，雇佣个人在身边照顾他们的起居饮食，我们在外打拼也就安心多了。老两口阻止不了我们，就想尽了办法，处处为难保姆，给人家出难题。不是说人家做饭多了，就是说人家饭不熟，太硬了，他们吃得不舒服。甚至说人家今天早了，明天又来迟了，时时找借口，处处设障碍。人家受不了父母的折磨，不得不自动走人。可走了一个又来一个，就这样一直持续下去，搞得我们也不知对保姆怎么说好。

父母几十年来，时时处处精打细算，一分钱也必须花在刀刃上，从来舍不得花掉那不应该花的钱。他们总感觉一米一粒来之不易，一分一厘挥霍不得，这种几十年如一日勤俭持家的品德，激励、指引着我们这个大家族的子孙不要忘记初心。

东汉荀悦《申鉴·政体》说"天下之本在家"，这与孟子"天下之本在国，国之本在家"，以及《大学》中"家齐而后国治，国治而后天下平"的思想一脉相承。在家庭中，如果父亲做事仗义正直，母亲仁慈善良，兄弟和睦相处、互相尊重，那么这个家庭必然会兴旺。尊老爱幼、母慈子孝、兄友弟恭、耕读传家、勤俭节约、知书达礼、遵纪守法是中华民族的传统美德，这些优秀的美德早已铭记于国人心中，融入国人的血脉，是中华优秀传统文化的重要支撑，也是我们当今家庭文明建设教育的宝贵精神财富。不论时间如何变迁，不论生活如何发生重大变化，我们都要重视家庭文明建设，注意家风的培养，弘扬正气，抵制不良习惯，将中华民族的传统美德发扬光大。

第六十六章

首张照片引发回忆　母亲唠叨事事俱细

　　我作为家中老大，自认为没有尽到老大的责任。也许多年在外工作，没吃过苦的缘故；也许是由于自己患病几十年，好像精气神被病魔缠绕掏空了似的，整天有气无力。我每天心里想去和父母唠叨，可又懒洋洋不想去，不想动身，不如躺在房间里舒服。

　　有时三五天，有时十天八天，有时半月甚至一月去一趟，老两口看我来了，那高兴劲儿就甭提了，不是吃便饭就是炖肉吃。

　　母亲最担心的是我的病，觉得来去一趟也不容易。我本来应该尽到长子的责任，去了帮父母做饭、捣炭、刮柴、打扫卫生、擦玻璃等，而不是仰在炕上，看着父母亲忙前忙后，我就是跟他们东家长西家短闲聊。可父母看到我疲惫的身体，什么活儿也不让我干。我就是想插手也会被母亲劝在一旁，生怕我会出事。我稍站一会儿，母亲很快将枕头放在炕楞边，让我上炕和他们一起聊天。可怜天下父母心！

　　在父母眼中，我成了他们的老人，他们反而成了我的儿女了。那个时候，我被疾病摧残了身体，被病痛削弱了意志。我躺在炕上，浑身酸痛，说话懒洋洋的。母亲虽已八十高龄，可无论回忆过去，还是谈论现在，她都滔滔不绝，像一位白发苍苍的演讲家。她坐在炕楞边，紧紧地握着我的手，生怕我像一只鸟飞走。母亲不停地唠叨，可没有一句重复的，没有一句顺序颠倒。多年来我非常佩服母亲超人的记忆力、超人的演讲能力和超人的精神力。

　　我已五十出头，可在老两口的眼里，还是个十岁八岁的孩童。不放心这个，不放心那个，就连坐公交、打的，还要叮嘱让我前后左右看，车停稳时再下车。他们唠唠叨叨，我听来却如同天籁，有时候我也会嫌他们过于啰嗦，可一说重话或者表现出来不耐烦，再看他们老两口受委屈的表情，便感到深深的内疚，就答应着鼓励他们继续说下去。

　　母亲年轻时脸色白净，上身经常穿着长大襟，黑里透蓝的老粗布衣服，下身是补丁落补丁的黑裤子。在我的记忆中，母亲几十年来穿的最多的是浅黑色的衣服。她身高约一米六，身体瘦弱，干活儿没有父亲的勇猛劲儿，可是仔细认真，无论大集体还是包产到户，母亲干什么活儿都是样样俱细。

　　我五岁那年秋天，村子里第一次来了组织照相的，父母、我和二弟四人照了一张照片，这是父母结婚生子以来的第一张照片。要不是改革开放生活条件好了，那第一次照相也可能是最后一次。那是一个重要的日子，母亲将平时舍不得穿的衣服全部从柜子里翻出来，一家四口用水洗干净头发和脸蛋。全村家家户户的人，大的拉扯小的都去了，要看看那把人样子能照下来的机器是什么玩意，要亲身体验一番，照个全家福，留下这辈子的纪念。

　　当时，全村人不约而同集中在六老汉的院子里，大大小小老老少少的人，一家接着一家。那时拍照没有闪光机器，只这么咔嚓一下，一家人的形象就永远定格成了照片。我们四人照了一张全家福，至今还保存在卡林家中。我五岁时长着一颗大脑袋，留着大寸头，一对大眼睛，神色深沉庄重，像有什么心事，一本正经任由照相师拍照。从照片看，二弟比我俊俏机灵，看上去是个调皮捣蛋的孩子。三十四五岁的父母虽不是那么帅气美丽，可也精神奕奕，是天生的一对。

母亲从八岁到二十三岁，由一个童养媳到年轻女子，整整十五个年头，她不仅在白家受人冷眼相待，而且受尽了牛马罪，吃的是猪狗食。白天她要为白家打扫家室、种地、收割，到晚上家人高兴了，母亲好有个落脚之地，不高兴只能露宿在外。也许是老天长眼，看到父母这两个苦命人，被其感动，让其路遇，结成连理。村里人说母亲是天上掉下来的林妹妹，可谓一点儿不假。直到母亲因病去世，她的节俭让人无法想象，甚至无法理解，艰苦的年代，塑造了母亲艰苦朴素的品格。

国民经济处于最困难的时期，买粮食要粮票，买布要布票，加之天气开春大旱，后续秋雨连绵，村里人逃亡的、乞讨的多达几十人。上级的供用，救济粮是杯水车薪，人们挖野菜、摘榆钱、剥树皮、打飞鸟充饥，设法度过灾荒。各种调味品也靠国家供用，这一年调味品几乎停供，只给少量的盐，其他调味品都没有。

马上过春节，家家户户三斤五斤猪羊肉，或者猪头肉、羊蹄子买来吃。这花椒大料是每个家庭过年炖肉的必备调味品。近一年的饭菜用不上这些，只是放点儿盐和少量的葱，就算调味。过年，炖肉没有花椒、大料，炖出来的肉腥味大。父亲准备走东家串西家借点儿调味品，可母亲从一个秘密之地拿出来满满一木头桶花椒面和一小瓷瓶大料粉，全家人惊奇了。父亲高兴地问她："你怎么攒下这么多呀？""这是我三年来积攒的，饱时要记饥时苦。吃什么也要有计划。"这就是我的母亲，小到攒调味品，大到攒钱、攒面、藏小麦、藏猪肉，危急了，困难了，饿肚皮了，母亲一罐罐、一袋袋、一瓮瓮地拿出来，端在家人面前。

由于母亲节俭持家，两口子认真计划，我们家的生活水平在全村还算数一数二的。多年来国家救济粮救济款，我家人口最多，劳力只有两个，可分得最少。几十年来，母亲养成了节约粮食的习惯，不能让一粒米、一勺饭浪费。

小时候，每年秋收结束后，临明鸡叫，就听到父母亲开始计划今年加工多少米，磨上推多少三面，拌入多少糠、多少谷油皮，每几天吃一顿糠窝窝头，每几天吃一顿黄米捞饭，每顿稀饭下多少米，要计划得清清楚楚，点毫不差。

母亲总要在两口子计划好的基础上再压缩。

多年来，老两口争吵打架，主要围绕一条主线——饭做得太稀，可照见月亮。三面中的糠太多，吃了使人蹲在厕所便不下，起不来。饭稀的主要原因是本身计划的下锅米少，再让母亲每天克扣一点儿，窝窝头搅拌的糠多，那肠道能不出问题才怪，自然大便不会顺畅。

为了填饱肚子，每年秋收结束，六口之家，必须腌制五大瓮白菜和蔓菁，这菜必须计划吃到次年五六月份。这季节苦菜从地里露出来，我们弟兄三个提上筐子去山上挖苦菜，填饱全家人的肚子。

我们全家受尽了饿的苦头，尝尽了饿的滋味，对吃饱肚子有过很多幻想，也创造并实现了好多梦想。现如今生活好了，多少个梦想在党的好政策的引领下实现了，可过去的苦能忘记吗？忘记就是背叛，背叛就会走向深渊。

第六十七章

死神逼父撑过新春 圈葬未定伏笔至深

自从父亲患脑血栓，相继发生脑部微量出血后，老人家一直行动不便，说话迟钝。虽每天右手拄着拐杖，左手握着健身钢球，在家大门口南北畅通无阻的大路上，来来回回常常走动锻炼，但死神步步向他逼近。我们已经考虑到父亲尽享天年的时间不多了。除暗自准备棺木、孝布等后事用品，还有一件要紧事需要我们兄弟三人考虑，那就是安葬老人是用砖石圈葬，还是采用土葬。

何为土葬？长辈去世后，一般会下葬到祖坟上，通过风水先生观测，按照已逝去的长晚辈排行，看迎期逝者的具体位置在哪个部位安葬，然后用铁锹、镢头挖下长约八尺、宽约三尺、深约六尺的土坑，然后将棺木置放土坑中，通过风水先生和村中有力气、懂安葬老人基本常识的人一起进入墓坑，放入提前准备好的镇物，然后侄男亲朋填土，堆成墓堆，墓堆顶部插上引魂幡，儿孙在老人去世后，拄丧棒按排行大小插在坟堆正中。

圈葬不同于土葬，过去用石头圈成像窑洞一样的形状，当然比窑洞小多了，可大男人进去也几乎能站立起来。现在很少有用石头圈的，全部是用烧制得非常坚硬的砖头，形状还像土窑洞那样子，能够宽松地放入两口以上棺木。即夫妻同葬一墓。我总觉得圈葬的大小由人决定，是否有标准，也没有考证。

砖石圈葬与土葬的不同点是圈葬用料多、费工时，当然花钱就更多了。目前，农村逝去的人很少用圈葬，当然同过去比较是多之又多。经济条件优越的人家均选用了圈葬。好多人总觉得老人辛苦一辈子，生前没有怎么享福，逝去后其尸体、灵魂不受压抑，有个活动的空间，圈葬可称为孝敬逝去人的标志。让亲戚朋友、左邻右舍感觉你是一个孝子。土葬是陕北人多选用的方式，相传有几千年的历史，这种埋葬逝者的方式，简单，方便，易行。这是从农村到城市均采用的方式。总之，我认为无论婚丧嫁娶还是穿衣吃饭、买车买房，一切要根据自己的实际情况去做，盲目施行，会给你的经济和生活造成严重后果。

我们弟兄三个对老两口的后事，基本定局砖石圈葬了。但提前让匠工完成这件事情，总觉得于心不忍，生怕打动祖坟会给病情已比较严重的父亲造成心理负担，而且不吉利。内心感觉提前给长辈圈葬，当儿子的有失对父母的尊重。殊不知几千年以来，众多皇帝及其皇亲国戚在他们掌握朝廷大权之后就开始为自己找坟地，花巨资圈葬，古代的帝王将相总想让自己长命百岁，可生老病死符合事物的发展乃至灭亡规律，我们为什么不可以提前呢？

弟兄三人考虑问题欠妥，给父亲的后事准备工作遇到困难埋下了伏笔。

二〇一〇年农历十一月廿八日，早晨快九点，天已大亮。按照往常，父亲已经起床，用那迟钝的手，虚弱的身体烧着洋炉，熬点儿热腾腾的鸡蛋油茶，老两口每人一碗，补补身体，然后拿着健身球，拄着拐棍去大门口宽敞无阻的大道上蹓步锻炼。在此之前，我们三弟兄让父亲自己决定和谁在一起，想和哪个儿子一起住，就和哪个住一起，三个儿媳妇也均孝敬老人如同自己的亲生父母一般。可父母总感觉会给我们带来诸多不便和麻烦，决意单独居住。因此，我们相继雇过三个保姆，三人的工资都是我们秘密同人家商量决定，每个人的待遇均比神木普通保姆的工资高几百元。这三个人，有的是被两位老人发现工资高而坚决不用，有的是嫌弃人家做饭太浪费东西。勤劳简朴的父母亲非自己做饭不可。

可今天这么迟了，父亲睡下还不起床。母亲连叫几声不予回答，掀他起来做饭。他睁着眼睛，呼吸有点儿轻重不均，不会说话，胳膊和腿一动不动。母亲觉得情况不太正常，急忙出门给隔壁住户打招呼，让他给儿子们打电话。不到十分钟，二弟开车来到门口，将父亲送到神木第二人民医院住院治疗。

经过专家的详细诊断，确诊父亲左肺衰竭，心律不齐，全身瘫痪。只能进行抢救性治疗，但不敢保证恢复正常，让我们做好最坏的打算。这样，在医院里连续抢救好几天，不但没有好转的迹象，而且病情一天比一天严重，主治医生告诉我们，让赶紧准备后事，他随时有心脏衰竭的危险。

这一情况我们都感觉有点儿意外，好端端的一个人，怎么一觉醒来就如同一个植物人一样。亲朋好友来到医院看望他，他一言不发，只是眼睛转着泪圈。父亲耳不聋，眼不瞎，心中明明白白，可张着一张嘴，发不出声音，用含泪的眼睛一圈又一圈地看着环绕病房的人。

为父亲是否转院治疗，我们弟兄三个商讨了两天。二弟准备尽快转到内蒙古自治区医院治疗，或者转北京或者西安。我总感觉不太合适，同主治医生、专家详谈，他们认为没有这个必要，让尽快出院。父亲的情况已经非常危急，转院只会加重病情，很有可能他虚弱的身体根本支撑不到目的地。

新年马上到了，我们商量决定让父亲在家中过最后一个节日。便勉强出院，将他安顿在二弟家中，并准备好棺木放在家中地下，以防不测。

年总算平安地过了，可父亲是在极度痛苦与悲哀中度过的。城内灯火通明，鞭炮声声，人们吃着比平常时日高档、精致的饭菜，喝着美酒，穿着最好的服装，走东家串西家，好一派热闹景象。亲戚来了，朋友来了，他们看望父亲，安慰他几句，可他只是眨眨眼睛，而后掉两颗痛苦又绝望的泪珠。父亲的这个春节只是以输液为主，喝一口稀饭，滴两滴牛奶度日。

正月初六，我高中老同学刘文斌来了，他在县医院上班，进行了最后的一次诊断。随后对我这样说：我观察诊脉老人家出不了三五天。他左肺已坏死，心律失常，该准备的就给准备吧！

正月初九，早上大约十点左右，三大家十多口人都聚集在二弟家吃团圆饭，也为了所有人在一起让父亲有宽慰感。二弟坐在床上，将父亲轻手轻脚扶着，让他半躺半仰着，给他嘴边轻轻地滴了两滴牛奶。突然，父亲头一歪，眼睛静静地合上，脉搏停止了跳动，心脏的跳动随之停止，吊瓶的滴答声也停了。此时是上午十点四十五分，哀号声此起彼伏。亲人的悲痛声将送父亲到另一个极乐世界。

天阴沉，风平静，飘落的点点雪花，突然间变成了淅淅沥沥的雨珠，好像也在为失去这位慈祥而伟大的父亲而哀号哭泣。

这天，这时刻，我的父亲与世长辞，享年八十三岁。

过去人们对"死"这一自然规律均极其回避，因为死亡毕竟是一种灾难，对死字均不直接说出，用别的方法代称，将天子的死曰驾崩，大夫的死曰卒等。庶民百姓中也讳言死，避忌死字，将人死亡称为卒、殁、去世、老了、走了等。人死亡后，安葬有严格的程序，传统的丧葬礼仪，规矩复杂。

第六十八章

隆重葬父礼仪俱全　孝感苍天落叶归根

　　父亲走了，他从生病住院，到离世不足一个半月。二弟和三弟以及三个儿媳妇每天陪伴在老人家身边，守在他的病榻前。而我这个不孝子，只是来到医院或是后期到二弟家中，每天陪父亲坐一会儿，了解一下病情，问问主治大夫有没有更好的治疗办法，更好的药物。有时，我看到父亲那一张病态、瘦骨嶙峋、皱纹如同一场疾风骤雨过后黄土高坡被山洪冲刷而出现一条条弯弯曲曲水渠的脸，我的心酸了，眼泪不停地在眼眶中打转，可有什么办法呢？死神是无情的，没有人能阻止它。父亲一去世，屋里挤满了人，大家放声号哭起来。妯娌们纷纷伏在床榻，用手抹眼泪，口口声声呼唤大大。我听着他们的哭号，眼泪一下子模糊了眼睛。母亲身体本就不好，听见众人的哭号，也发出低低的抽泣声。他们老两口相伴一生，她的痛苦可想而知。哀至则哭，我害怕她会伤心过度，落下病根，便来到母亲身边说："妈，你要想开点儿，你身子骨本就不好，万一你有个好歹，让我们可怎么办。"她没有回话，握住袖口擦干了眼泪，扭过头去不再看我。

　　丧事怎么办？我一时拿不定主意。当时我们弟兄的经济条件不错，可以为亡父操办一场大型、隆重的丧事。我询问母亲的意见，她一边擦眼泪，一边说："你们几个兄弟看着办吧，我不想让你大受委屈。你是长子，得扛起责任来，你大的事指望你了。"俗话说，一斗米可办丧事，一升米也办丧事。根据家庭经济情况办丧，多少钱办多大的丧事。

我们兄弟三人，为了确定为父亲送终的总管和主持人，通宵达旦地讨论。思来想去，有能力、有体力承担如此复杂送终礼节的族中人，都年龄偏大，恐怕体力难以支撑。我们同本家的长者商量。老人们听完我们的顾虑，认为考虑得周到，他们对我父亲的一生很了解，从少年到老年，走过的路弯弯曲曲，坎坎坷坷，受尽了牛马罪，吃尽了人间苦。如今我们三兄弟有了出息，可以在结交的朋友中选择有影响力的、有能力的人胜任。于是，经过众人的商议，决定由同我交往关系甚密的朋友郝德亮、结拜兄弟王社宽、老同学刘文斌担任。我分别打电话征询他们的意见，起先他们谦虚地婉拒，可经不住我的央告，便答应了下来。他们三人不论白天还是晚上，不辞辛苦地操劳，把繁杂的仪式料理得井井有条，尽心竭力当成一件顶天大事来办。如今我回想起来，感激之情溢于言表。

父亲去世后，我们第一时间给亡者剃头净身，穿戴均换为最上乘的新寿衣。棺木用料用柏木，入殓后，还要铺盖九层，最后一层铺白盖黄，称之为"铺银盖金"，我们弟兄决定实行圈葬。父亲逝世的告天纸贴到了大门外，灵前设临时供桌，并在供桌前点燃长明灯，摆一桌倒头饭。烧香供饭后，家人们跪地哀号，并烧倒头纸。

没一会儿，亲近的亲朋好友们纷纷得知消息，从各处赶来为我们分忧解难。我的姑舅王九如，他是阴阳先生，也第一时间赶来，商量择定出殡的日子。安抚先父的日子定到正月二十四日，遗体在家中停放十五个日夜。这十多天时间，可以说在老家或整个神木县尚属罕见。安抚的日子是由风水先生按照父亲的生辰八字和去世的时间掐指推算的。

孝子披麻戴孝、拄丧棒到族人中各家各户报丧，娘家、驰家必须由孝子亲自去请。其他亲戚朋友可让别人代请，或者捎话打电话均可。同时，开始搭建灵棚，购买各种纸火，如童男童女、车水马龙、三合斗库等。还要购置出殡期间所用的物品、食品。请到的亲戚均戴孝，按亲近关系不同，戴孝的规格也不相同，如孝子和迎亲的人必须穿孝服，戴孝帽，远亲和朋友也可出腰孝或者戴帽孝，来人要送礼钱或挽幛、花圈、纸钱等祭品。

从父亲去世的当天开始，二弟家的巷子和巷子外的空地上，夜晚灯火通明。亲戚朋友们络绎不绝前来祭奠，寄托哀思；教育界同仁、煤矿老板们前来吊唁。孝子们披麻戴孝站在门口迎接，引领众人到父亲的灵前祭拜，然后到临时搭建的大棚里吃吃喝喝，热闹非凡。后勤灶务雇佣七人，随时待命，为前来吊唁的亲友准备饭食酒菜。屋里时不时传来妇女们的哭泣声，屋外吹鼓手奏哀乐。前来祭拜的女人们，都要去看望母亲，围在她的身边，紧紧握住她的手。母亲声音嘶哑，视力模糊，可吐字清晰，向来客讲述父亲的好处和他这一生受尽的牛马罪，如今儿子们有了出息，才办起了像样的事务。她说着说着，又不禁掉下眼泪。女人们也要哭上一遍。

我们三个弟兄，这时也各有各的事情。我身体不好，便坐镇指挥，统筹安排各项工作。三弟凤林主要出远门请驰家、娘家以及其他亲戚，剩余时间协助二弟做好圈葬匠工生活等方面的事务。家中采购日常用品也由他协助完成，同时负责接待亲友等。

我们决定圈葬，但因没有提前打好墓穴，这个重任就落在二弟肩上，担子非同小可。寒冷的冬天还没结束，我家的坟地虽避风向阳，但我们仍担心表皮冻土层太厚，想要掏下去可不容易。可万万没想到，坟地没有一点点冻土层，匠工们尽快挖好地基，提前完成了圈葬任务。整整十天，二弟不停往返神木城和枣树圪村，来来回回置办圈葬所用的材料。祖坟在一个背北向南的黄土斜坡半山腰中，通行困难，运送砖、沙、水难度巨大，靠人力从山下运送到山腰，是不可能完成的。于是，二弟与众人商议，雇了一台推土机，开辟了一条车辆能到达坟畔的路，并将凹凸不平的坟地重新整理。圈葬所有用水从城内拉到坟地，一株株樟子树按时栽到了坟地四周。

到了出殡的日子，天还未亮，所有人便起床穿戴整齐准备出殡事宜。按头天总管规定的时间，所有亲友及办丧事人员吃一顿油糕粉汤，接着按时辰起灵出殡。阴阳先生唱说诵经，他右手拿着切菜刀，左手提着一只大红公鸡，嘴里不停地念叨，以此将请来的和亡者的灵魂随着棺材一齐出走。

开头走的打着引魂幡子，孝子扶灵，外甥端灵牌，选体强力壮者抬棺材，棺材盖上绑着阴阳先生在动灵时念佛消灾用的那只红公鸡，鼓乐齐奏，亲友随送，哀号声动天。出殡走时，一般情况下要孝子中的直系长子将灵前烧纸用的砂锅顶在头顶打碎。引魂幡在前，各种匾牌花圈由亲友端举着紧随其后，抬棺材的再跟其后，孝子侄男孝女哭灵者拄着丧棒号啕大哭。鼓乐哀奏，人群浩浩荡荡，好一派悲哀凄凉景象。

走出城区主要路段后，全部人员坐在亲朋预备的大小车上，向着墓地出发，运灵的和扶灵的孝子们一起到墓地，在阴阳先生的统一指挥下，按程序进行安葬。安葬结束后，孝子中的直系者开始又一次哭号，同时烧纸钱，参加安葬的亲友均点纸叩头，尔后将花圈匾牌一起烧掉，阴阳先生献土念经，安葬完毕。

中午招待所有亲友及参祭者吃酒席，动荤吃肉，饭后亲友散去，下午再招待办事人员吃一顿饭以示酬谢。城市里一般下午不招待，改在三天后中午酒店吃席，依次敬谢参与祭奠的全部亲友。第二第三天个别直系亲戚朋友再次上坟地烧纸，叫服二服三。

逝去的人，亡在哪一天，哪一时辰，按七七四十九天，数在哪一七，就要上坟烧纸，并在路旁扎五色三角旗，放一点儿小吃，给亡者请罪，祈求阎王爷免除逝者刑法。

安葬百天后，全家人再上坟烧纸，同时恭请娘家、馳家直系亲人，俗称"过百日"。以后按亡者逝去的那一天，要过一、二、三周年，这三年过春节家中不贴红对联。其实减掉烦琐的丧葬仪式，以开追悼会、戴纸制白花、胳膊扎黑纱的形式，也是对亡者的深切缅怀。传统丧葬仪式耗费人力、物力、财力，在城市可能会造成交通堵塞，个别甚至造成意外伤害。移风易俗，新事新办最好。

第六十九章

慈祥母亲骤然病重 不孝长子不让"赶气"

说来也奇怪，父亲逝世三周年之际，我们近百人去老家墓地为先父祭灵烧纸。结束后，我们回到酒店。我刚给亲友敬完一杯酒，就接到伺候我母亲的人来电："姑姑突然人事不省，你赶快回来。"我们赶紧拨打了120急救，并赶回家，将母亲送往医院。急诊医生检查后说："左肺功能已衰竭，尽快准备后事吧！"

母亲微闭双眼，一个劲儿地流着泪水，用微弱的声音叫着我们弟兄三人和早已去世的妹子的名字。我们一大家子站在病榻前，真的束手无策。人在死神面前是多么渺小。我一边揉着母亲的腿脚，一边呆呆地望着母亲皮包骨头的脸，仔细听她用微弱的声音呼叫："栓林、卡林、凤林、先娃。"这些呼喊一字字扎在我的心上。"妈妈，我是栓林，您张开眼睛看看我啊！"可她依旧微闭眼睛，不给我一分一秒的机会。

那天，即使明知无法挽回母亲的生命，我依旧在内心深处想着，哪怕有丝毫的办法，哪怕是借助神灵的力量，用尽一切代价，也要延续母亲的生命啊，哪怕是一年、一月，甚至一天。可是，母亲年岁已大，心肺接近衰竭，就是神仙来了也回天乏术。

母亲躺在白色的病榻上，呼吸十分微弱，住院仅仅一天，处于昏迷状态，嘴里说着听不懂的话。可尽管如此，我们还是能听清她呼喊我们兄妹四人的名字，或许在她弥留之际，仍旧放心不下我们吧！这些她一手拉扯大的孩子们。

难道这就是母亲希望的吗？既让我们内心留下遗憾，又让我们可以轻松一点儿，她想无忧无虑地离开这个世界？她老人家经历了八十六个春秋，在穷山恶水的黄土地上，走完了艰苦又灿烂的一生。这一生究竟留下了什么？留下了一笔宝贵的精神财富，为把我们兄妹四人抚养成人苦苦挣扎，精打细算，顽强不屈地同苦难斗争到底，那脸上、手上深深的皱纹，就是无比荣耀的"军功章"。

我们兄弟三人再三乞求，主治医生坚持自己的原则，再三催促必须出院。医生说："神仙也无力回天。"母亲水米点滴不进，昏睡胡言乱语。当天，实在没法子，在医生的陪护下，我们只能带着液体、药品，将插着氧气的母亲安全带回家中。

那年，我的身体素质极差，父亲三周年祭日回老家烧纸的路上，车辆一路颠簸，再从老家返回县城酒店招待亲友已经筋疲力尽。母亲不省人事之际，我陪同了三个小时，再也无法支撑。于是，我跟妻子和弟弟们说了一声，就在龙华府酒店登记了一间房，并将登记的房间的座机号告诉了妻子，让妻子安心陪在母亲身边，一旦有状况立刻打电话。

当天晚上十点，我离开母亲，去酒店休息。一觉睡到凌晨三点多醒来，本想回家陪伴母亲，尽一尽当儿子的责任和孝心。可又鬼使神差地拿起笔思索，准备写一份偿还债务的五年计划，还没写一个小时，电话铃声响了，我已感到情况不妙。"快！妈妈不行了。"没等话说完，我放下电话撒腿跑出宾馆，正巧一辆出租车停在我面前。"我给你加倍付钱，以最快的速度到八附近。"小车风驰电掣前行，我感觉我的心脏跳动比发动机转得还快。责备、悔恨、埋怨如同箭雨般向我的心头袭来，我在心里不停地祈祷上天："不要让母亲走了，等着我啊，等我呀！"这是无声的呐喊，能起作用么？

不到五分钟，我冲进了家门，可我的母亲，已经停止呼吸了。

两分钟，迟了两分钟啊！悔恨与伤痛交织的泪水夺眶而出，苍天不给我"赶气"的时间，母亲的灵魂不等我似箭的归心啊！我竭尽全力忍耐着，不让泪水毫无节制地喷涌。因为我是家里老大，父辈不在，长兄为父。我必须振作精神，同堂兄王心，还有两个兄弟跑前跑后，为母亲擦洗身体，穿衣入殓，筹办母亲的后事。

我是个不孝子。亲我、疼我、爱我的母亲，短短两天不省人事，昏迷不醒，我不陪在她身边侍奉，而是操心费神写那还款计划，这是个什么样的儿子？

我们这里有个很讲究的说法：不孝子女在父母临逝时，不会给他见最后一面的机会。也就是说死者咽最后一口气，不会让你赶上。人们叫"赶气"。我就是一个不让赶气的人。

母亲去世不到两个月的一天晚上，我做了一个噩梦。梦见我走到一个陌生的地方，看到许多人在一个破旧的窑洞躺着，离我不足三米的地方，一眼望见母亲也躺在那里。我高吼一声："妈妈！妈妈！"她随即坐了起来，也用力脱口而出："妈妈！妈妈！"我被这吼声惊醒了。

告别母亲时，数十辆小车头尾无法相见。我怀抱着母亲的遗像，坐在徐徐前进的灵车副驾驶室中。母亲像微风一般消失了，回到了老家的一山一水、一草一木间。临近老家的土地，我看着眼前熟悉又陌生的山山峁峁，泪水交加，思绪万千。那些光秃秃的山头、斜坡、荒野、平原，曾经都留下了父母的足迹，渗透着父母辛勤劳动的汗水。此时，我感觉母亲就坐在我的身旁，抚摸我的脸庞，安慰我宽解我。我轻轻地抚摸母亲的遗像，轻声说了最后一句告别："再见了，妈妈！"而泪水，又一次从脸颊疯狂滑落。

母亲安葬后，我长长地舒了一口气，感觉自己释然了，也无拘无束了。母亲走了，我可以在这片土地上任意地游走。倘若母亲在世，一旦我先有个三长两短，母亲该怎么办？见不到我，找不到我，面对突如其来的打击，她能承受得了吗？与其让她再次遭受心灵深处的创伤和痛苦，不如轻轻松松地离开我们，离开让她提心吊胆的世界。

　　母亲，您的肉体走了，您那勤劳持家、不停劳作、爱惜一粒粮一粒米的美德没有带走；您那待人诚恳、善良的心没有带走；您留在老家山山峁峁、沟沟岔岔、层层梯田的脚印没有带走。

　　您和父亲会永远陪伴在儿孙身边。